People 6

世界之女呂秀蓮

柳敏珠 著

金炫辰 譯

【目錄】

很長的序文

——關於台灣的簡短回憶

柳敏珠

忠宜家

小時候，我住的社區裡有一家規模相當大的中國餐館，人們都稱呼那家餐館爲「忠宜家」，因爲華僑老闆夫妻的女兒名叫「忠宜」。由於中國料理的香味很濃，因此肚子餓時，經過「忠宜家」前面是一件非常痛苦的事。每當我們經過時，弟弟都邊用力吞口水邊喃喃地說：

「姊，那香味讓我餓得快要死了！」

如果食物的氣味能夠用來殺人的話，那一定是中國料理！至少弟弟和我都對此深信不疑。

貧困的童年時代，我們就是那麼的飢餓，而從「忠宜家」飄出來的食物香味對飢餓的我們來說，彷彿是一種嚴酷的刑罰。

國小入學的那天，爸媽帶我和弟弟去「忠宜家」。那是我生平第一次進中國餐館，也是我們一家人第一次上館子。我因爲終於可以吃到期待已久的炸醬麵，而興奮得連腸胃都昏眩了起來。

「姊，妳能吃幾碗炸醬麵？」

我們一坐下來，弟弟便以耳語問我。

「兩碗，你呢？」

「我能吃三碗。」

不過爸爸只允許我們每人吃一碗而已。

直到現在，我仍然記得當初一碗炸醬麵終於擺在我們眼前時的感動。我們彷彿深怕有人搶走它，像被追趕的小孩一樣，把鼻子貼近碗裡，急急忙忙狼吞虎嚥起來。

一碗炸醬麵一瞬間就吃光了，然而原先所期待的飽滿感卻似乎沒有獲得完全的滿足。如今已長大成人，反而吃不下一碗炸醬麵，可見當時我們的確是非常飢餓。也可能是爲了吃一碗炸醬麵而需等待的時間，遠遠比吃完它的時間要長得多的緣故吧。

弟弟和我依依不捨地舔著嘴唇時，後座的餐桌突然吵鬧起來。回頭一看，發現與我大約相同年齡的小女孩坐在位子上，身旁有位穿著紅色旗袍的中年婦女以快速的中文喋喋不休。雖然聽不懂她說話的內容，但聽起來好像在責備那小女孩，或者在要求她什麼。嘟著嘴的小女孩面前擺著一碗炸醬麵和水餃，穿著旗袍的女人邊用手指著那些食物邊說個不停。

「她們怎麼啦？」

父親以嚴肅的表情問母親。

「大概是那位女兒不愛吃吧。」

「為什麼不愛吃？」

「不知道，也許不太餓吧。」

「不愛吃炸醬麵？」

「也許吧。大概是天天吃，吃膩了吧？」

仔細聽爸媽說的話，我和弟弟互相交換了一下懷疑的眼色。天啊，世界上竟然有不愛吃炸醬麵的小孩！

在那一瞬間我就下定決心，以後等我長大，要開一家中國餐館，然後讓我的小孩吃炸醬麵吃個夠。也許就是那樣的飢餓感，小說《大長今》的第一粒種籽，或許在那時候就已經發芽了也說不定。

有時候在路上偶爾遇到忠宜，因為她讀的華僑學校就位於我家附近。每次遇到忠宜，我就馬上覺得自卑，因為忠宜每次都穿著漂亮的連身裙和新皮鞋，像個高貴的公主，而且對炸醬麵這種東西根本就不屑一顧！

記得有一次，我因爲心裡嫉妒而問媽媽：

「中國人都那麼有錢嗎？」

媽媽以丈二金剛摸不著頭腦的口氣反問我：

「妳爲什麼突然問這些？」

「因爲上華僑學校的小孩都穿漂亮的衣服，忠宜也是，還有……」

「他們並不是中國人。」

「那麼是哪一國人？」

「是台灣人。」

「台灣人爲什麼說中國話？」

「因爲他們是同一民族。」

「就像我們和北韓嗎？」

「對，就像我們和北韓……」

媽媽說話之際，將視線轉向遙遠的天邊，也許是想起了外公的緣故吧。聽說在「一四撤退」①時逃難南下的外公，直到去世那天爲止，對北方的故鄉仍然念念不忘。

台灣、韓國同病相憐

那天我透過媽媽才第一次知道這世界上有個叫做台灣的國家。之後，只要提到台灣，一定會先聯想到漂亮的連身裙和有蝴蝶結的皮鞋，還有炸醬麵。而且「富裕國家」的台灣印象持續存留在我腦海中許久。

一九八四年時，我還是個高中生，那一年正在舉辦洛杉磯奧運。到現在我還記得韓國和台灣爭奪棒球比賽的第三、四名，那是因爲當時我的偶像宣銅烈出場主投的緣故。可惜，經過十三局的激烈交戰後，韓國敗給了台灣。獲得第三名的台灣選手們互相擁抱，盡情地享受勝利的喜悅。但是選手們爲了接受銅牌上台領獎時，塡滿電視畫面的卻是五輪標誌的奧運會旗。

「啊?怎麼不是台灣國旗，而是奧運會旗?」

我不知不覺中喃喃自語地仔細看著畫面，這時才發現獲得銅牌的國名竟然寫著「Chinese Taipei」。當時社會課地圖裡的台灣明明是「中華民國」（Republic of China）。

我後來才明白那是因爲中國的壓力。由於中國不斷杯葛台灣參加國際大賽，國際奧委會（IOC）便傾向中國，通過決議案：台灣參加奧運時，不能以中華民國的國名而必須以 Chinese Taipei 之名，並且不能使用青天白日的國旗，只能使用台灣奧委會徽章的「台灣奧委會會旗」，甚至必須以「國旗歌」代替國歌。

那時候我第一次了解到，原來一直以爲富裕國家的台灣竟有這種深刻的痛楚。雖然有自己的國旗和國名，卻不能使用它，令我對於台灣國民的哀傷和忿怒，感同身受。

如今回想起來，也許是一種同病相憐的痛楚吧。韓國的孫基禎選手也曾在一九三六年柏林奧運會獲得金牌時拿日本國旗，而無法拿韓國國旗。以經歷國家分裂的痛苦來看，兩國有類似的處境。而且國際社會讓台灣或韓國所承受的傷痛，都是無視於老百姓的意志，而只依據大國的利益來決定，令人憤慨！

悲情城市

洛杉磯奧運之後，我對台灣的憧憬轉變成一種同仇敵愾。到了大學時代，偶然觀賞了一部電影，使得我對台灣的痛楚更貼近一步。

侯孝賢導演的《悲情城市》，在國際上有很多電影導演把它列爲二十世紀最傑出的電影之一。它將台灣四〇年代政治與社會理念的掙扎，對一個家庭所造成的影響，淡淡描寫得幾近無聊的程度。然而這部電影極爲悲劇的內容卻很淒美，這就是導演的觀點，同時也是當時台灣的狀況。

一八九五年，與日本戰敗的中國把台灣割讓給日本。日本將島民分爲台灣人和原住民，台灣歷經數次的殖民屠殺事件，到了一九四五年終戰，台灣回歸中國。但一九四七年二月二十八日，又一次掀起大屠殺，國民黨政府對台北市民之請願示威進而激化的省籍衝突，採取格殺勿論式的鎮壓，導致傷亡難以計數。

《悲情城市》是敘述自一九四五年到一九四九年之間這段悲劇時代的一個家庭故事。本省人林阿祿有四個兒子：文雄做生意，文龍被日本徵調到南洋打仗一去不回，文良是流氓，文清是聾子。

經營照相館的文清是一個敏銳又善良的感性青年，與改革主義者吳寬榮的妹妹寬美戀愛。文良曾被拘禁在中國大陸的「日軍戰俘營」裡，返台後參與上海人組織的毒品走私，文雄發現後命令文良退出，然而該組織卻誣告文良爲漢奸，陷其入獄，後來雖被釋放，但已變成瘋子。

在那段日子裡發生了二二八事件，文清被捉去坐牢，他大部分的朋友也被逮捕或失蹤。文清出獄後想要加入寬榮的反政府組織，但寬榮卻拜託他照顧妹妹寬美而反對他加入。

老大文雄在與上海人幫派的爭鬥中死亡，如今四個兄弟中只剩文清一人而已。文清與寬美結婚後，國民黨政府開始了大規模的鎮壓，文清再度被捕後不知生死，只留下寬美和剛出生的小孩。

我觀賞這部悲劇電影是在一九八九年時，透過讀電影科系的朋友拿到錄影帶，在戲院正式上映之前即先睹爲快。一九八〇年代末期的韓國，由於動盪的政治與經濟現實因素，不斷有示威抗議，我曾親眼目睹參與學生運動的學長死亡，屍體上到處留下了被拷打的傷痕。

「一個人在歷史中到底是怎麼樣的存在？」這是當時我不斷問自己的一句話。原本深信無論任何理念或價值也不能比個人幸福優先，但面對學長的死亡，讓我的思考陷入了極度的混亂，因爲它讓我懷疑，一個人的幸福眞的與社會、政治的現象無關嗎？

《悲情城市》之所以令我深受感動，也可能是因爲它悲哀且淡淡地告訴我，無論任何個人都不可能與歷史無關。影片時間很長，主題沉重，片中人物沒有一個幸福，但整支影片卻很美。或許是因爲侯孝賢導演盡力將逼近眞實的眞誠融入影片中的關係吧。

撰寫《世界之女》這本書時，剛好舉行第七十八屆奧斯卡電影頒獎典禮，由李安導演獲得了最佳導演獎。出生於台灣屏東的他在獲獎感言中，把東方人第一座奧斯卡導演獎的榮耀獻給自己的父親。對於未來要拍哪一種電影的問題，他的答案也非常有趣。

「無論是動作片、武俠片或劇情片，不管電影的類別，我都會以個人與團體的關係以及其中的糾纏爲素材。」

由侯孝賢和李安兩位導演看來，台灣人具有敘述故事的力量，我所見過的台灣人都是如此，他們在描述自己傷痛的過去時卻流露出勇敢的表情，他們都有這樣的共同點。也許經歷過長久的哀傷且加以克服的人都會成為卓越的說故事者吧。

女權，連微風都還沒吹呢！

我的母親也是一位卓越的說故事者。她無論在任何場面，都能堂堂而不畏縮地表達自己的意見。有一次，我聽到她如此回應鄰居：

「我的女兒讓我不會羨慕別人有十個兒子。」

當時我不僅成績不怎麼優秀，外貌也不出眾，又沒有什麼特殊的才藝，個性也沒特別好或善良。即使如此，對母親來說，我是一個讓她不會羨慕別人有十個兒子的女兒。回顧起來，她就是讓我成長的力量。

世界轉變，民主化已是主流。在我就讀大學的一九八〇年代後半期的軍政時代，學生往往神不知鬼不覺地被捉去拷問，或在抗議現場被催淚彈射中致死。但只不過二十多年之後，網路上已充滿批評政府的文章，電視政論節目也出現直接責罵總統的聲音，因輿論和民意而迫使政府改變重要政策的情況也不少。

但我總認為眞正的民主社會並不是只尊重多數人的意見，而是也應該要傾聽少數者的意見，例如性別少數者、殘障人士、外勞等弱勢者。唯有弱勢者不受到差別待遇或忽視才是眞正民主化的社會。如果對佔全人口一半的女性以任何方式壓抑的社會，就更沒有資格提「民主」這個詞了。

韓國最近任命了一位女性國務總理，這是自大韓民國政府建立以來所誕生的第一位女性國務總理，而在野黨的總統候選人也是女性。預料繼菲律賓、芬蘭、德國、愛爾蘭、紐西蘭、智利之後，韓國也可能會出現女性總統。

女權已風起雲湧。雖然自人類誕生以來，女性始終佔世界的一半。整體而言，別說是雲湧了，連微風都還沒吹呢。

僅以韓國爲例，雖然媒體連日報導女性國務總理和在野黨女黨魁的行蹤，但大多數的女性仍然在威猛的儒教男性主義之下承受著痛苦。反對政府廢止户長制的聲浪仍高，雙職家庭的育兒及分擔家事已成爲社會問題，職場性騷擾、家庭暴力、性暴力、性別差別待遇等問題依然嚴重。現實如此，在這種情況下，僅以幾位傑出的女性登上高位，就說已實現了男女平等簡直是笑話！

沒有愛國者的世界

女性學者強調「百分之三十的社會學」。也就是說在一個組織中特定少數團體增加到百分之十五左右時，多數人會感受到威脅而加以抵制，但達到百分之三十時便會尊重。

我相信社會已發展到女性在各行各階層超過百分之三十的臨界線，但我並不是要求給予女性特別的權利，而只是希望給予女性同等競爭的權利即可。只要有平等的權利，女性特有的長處就會對社會有正面的影響。依據各種統計資料證明一個事實，男性的領導力依賴權力的傾向較大，而女性則會發揮親和與仲裁的領導力。

政治領域更是如此。女性議員越多的國家越沒有腐敗，這也是理所當然的事，因爲飲酒政治、黨派政治、情色政治會自然消失，人事政策也因而自然而然變得透明。瑞典、丹麥、芬蘭等國被認爲政治清明，相信也與國會和地方議會中女性議員人數佔百分之四十不無關係。相反地，韓國的國會、地方議會、企業高層幹部的女性佔有率只不過百分之五左右。

說實在，我並不喜歡所謂的民族主義、愛國主義、國家主義等，因爲從那類的詞彙中可以嗅到血腥味。我完全同意詩人權正生②所說的：「假如每個國家都沒有愛國家、愛民族的人，這個世界便會和平。」

假如沒有愛國者，「年輕人不需爲國家、爲同胞而揹著槍上戰場，也不需要製造大砲和坦克車，更不用製造核武……，母親不會因戰爭而失去子女，年輕人愛花、愛戀人、愛自然、愛彩虹……」歡心容納其他文明和文化，便會愛上全人類，不是嗎？

因此我對大部分的政治人物有點不滿。他們以民族和國家爲前提，把年輕人趕到戰場上。他們總是以比個人自由和幸福更重要、更崇高的東西來誘騙人們，但我覺得沒有比個人自由和幸福更重要、更崇高的東西。

即使如此，仍然一定會有人從事政治，那麼我希望有更多的女性來擔任此一角色，因爲我相信百分之三十的臨界線會使得世界更和平、更平等。這就是我關心全世界女性政治人物的理由，也是關心呂秀蓮的動機。

譯注：

①一九五一年一月四日，北韓在中共的支援下，將美韓聯軍逼退到北緯三十八度線以南。

②韓國兒童文學家權正生，一九三七年出生於東京。一九六九年以童話《小狗的便便》獲得月刊雜誌《基督教教育》第一屆兒童文學獎。權正生曾生活在大韓民族曲折的歷史軌跡裡，至今仍執著於貧窮而純粹的人生，過著如聖者使徒般的修行生活；這也是爲什麼他的作品除了對孩子有深刻的啓發外，也帶給大人深深的感動與省思。

第一章 最初的創傷

下雨的台灣桃園機場

下雨的台灣桃園機場有點冷。我不知道台北十二月的氣溫不到攝氏二十度，而只攜帶夏天的衣服，實在是一大失誤。我原以爲台灣一年三百六十五天都是大熱天，沒想到這時還會颳起陣陣強風，而且大白天的天空竟然是陰暗的。自以爲很了解台灣的我在寒風中冷得發抖，不禁取笑自己對台灣的無知。

到底爲了尋找什麼而來到這裡？我突然覺得自己來台灣的理由好模糊。

自從《大長今》出版之後，我就計畫等待已久的白頭山（中國稱「長白山」）登頂之旅。

二〇〇五年六月，終於飛抵中國長春機場，再搭乘將近十小時的巴士才抵達延吉市。

我無法忘記站在長白瀑布前的感動。從六十八公尺的高處飛散著雪白水霧而落下的瀑布眞是壯觀！但不知不覺中心裡忽然湧上一絲感嘆。瀑布越美，越令我心痛，因爲它並非飛龍瀑布①而是長白瀑布，此地並非北韓領土而是中國領土。

問題出在白頭山的定界碑。一七一二年，清朝使臣穆克登在劃定大清國和朝鮮國的國境時，以白頭山定界碑上刻有「西爲鴨綠東爲土們」爲藉口，硬主張土們江就是圖們江（韓文名稱爲豆滿江，中文標記爲圖們江，與土們江發音相似），而將白頭山頂端的一半以上以及整座間島（中韓曾簽訂「間島協約」，確定間島領土歸屬問題）都納入中國版圖。

但最近發現的古地圖中標記土們江並非圖們江，而是松花江的一條支流。在此之前，也已透過衛星影像確認過上述事實。

中國爲何如此貪心？他們已經擁有全世界第三大的領土，還搶奪第一百名以外的韓國領土的一部分。

更令人心疼的是，貪心程度不相上下的中國與美國，竟然擺布左右韓國的命運。美國透過南韓，中國則透過北韓，以友邦的美名爲藉口，干涉韓國的統一問題。

我對政治並不太關心，但對強國所犯的各種掠奪深感忿怒。假借維持世界和平的美名，展開骯髒的戰爭，使得多少母親失去了子女，使得多少戀人失去心愛的人，想到這裡我就顫慄起來。

要防止這種事情發生，除了各小國積極合作以外，沒有其他辦法。必須為地球的和平構築多元網絡，並且透過活躍的溝通，發揮聯合的力量。假如有很多女性進入社會各領域，形成百分之三十的臨界線，便能夠帶來更樂觀的結果。而我覺得在東北亞地區，能夠主導這種力量的國家就是韓國和台灣。

這兩個國家有很多的共同點：同樣是漢字文化圈，愛好和平，不同於侵略性強的日本，而且經歷過長久的被殖民統治歷史，又處於戰爭危險之中，此外連經濟規模也很類似。

當然也有很多不同點，尤其在國民性方面有顯著的差異。台灣自認為「客氣」，我想它的意思大概也可以轉譯為「謙虛」或「有禮貌」。不同於歐美地區的個人主義傾向，卻經常表現出親切；不像假惺惺的日本人，也不像表面上硬邦邦但內面溫柔的韓國人。

我見過的台灣人都很樂觀、親切又溫和。韓國人大都好強、硬邦邦又性急。有人說全世界唯一華僑無法定居的國家就是韓國，的確韓國人對其他團體特別排斥，而且韓國還欠台灣一筆斷交的大債。

即使如此，我仍然深信台灣和韓國彼此有好感。若硬要以韓國的俗語來比喻的話，大概是「寡婦的心情，只有鰥夫才了解」吧。兩國都懷著國家分裂的傷痛，且因為中國而受苦，以此點來看，韓國和台灣應該算是同志。

在這個時候，我認識了一位台灣的傑出女性。

二〇〇五年十月十九日《文化日報》的時論寫到：

提起德國史上的第一位女性總理梅克爾（Angela Merke），眾人的視線自然而然投射到大國黨代表（黨魁）朴槿惠。以目前來看，最大在野黨黨魁的朴代表最有可能成爲韓國第一位女性總統。

……上週訪問過的台灣政治圈，也以梅克爾內閣爲主要話題。尤其現在民進黨政權的呂秀蓮副總統，她的下一步引起了民眾特別的關心。朴代表和呂副總統除了未婚的單身女性這一個共同點之外，人生歷程和政治風格完全不同。因民主化鬥爭而在三十來歲時入獄五年四個月之後，才踏入政界的呂副總統是一位典型的白手起家型人物。和二十來歲時已經經歷第一夫人②角色的朴代表相比起來，從出發點開始就不同。

朴代表對於事情的處理方式緩慢又愼重，令人覺得沉悶，説話也格外小心，因此被笑稱「記事本公主」。評論家認爲也因爲這樣才不會犯下大錯，而能大致上安定地管理好龐大的在野黨，但對於急速的時代變化無法迅速有力地因應，而錯過了政局的主導權。相反地，呂副總統就像她的綽號「擋不住的大嘴巴」一樣，如果心裡有話就會馬上一吐爲快。由於突破性的發言而多次被捲入漩渦中，但在國民腦海裡留下了這樣的強烈印象：「敢於明白表達是非立場的自信派」。

韓國和台灣離下次大選各還有一年多的時間。朴代表與呂副總統兩位都算是抵達了大權峰頂附近的稜線。朴代表靠著父母的餘蔭光環而以捷徑順利地抵達該點，然而問題是要登上最高峰，眼前陡峭的岩壁全然不同於一路上來的丘陵地帶。她們兩位有沒有意志力和體力丟下氧氣筒，奮力挑戰征服峰頂……

以德國第一位女性總理當選爲契機，接著又讀到將韓國和台灣的兩位女性領導人做比較的時論之後，我便上網開始檢索關於呂秀蓮的資料，然後好不容易拿到台灣出版的相關書籍，但因爲筆者微不足道的中文實力，實在無法完整地了解其中的內容。

但至少可以明白一個事實，呂秀蓮比任何男人還聰明，比任何男人還勇敢，也因此過著比任何男人更孤獨的日子。她是向全世界主張台灣獨立，並抬高原本被國際社會孤立的台灣地位的第一功臣。

我一提起呂秀蓮，便想到台灣雖然因爲受到中國的壓迫而退出聯合國但絕不孤單，那是因爲有像呂秀蓮這樣愛台灣、爲台灣而奮鬥的人物。

但是我欣賞呂秀蓮的原因並不在於她是愛國者，畢竟一個國家的愛國者往往會對其他國家人民造成傷害。就像主張「一個中國」的中國人在其國內受到愛國者般的待遇一樣，我希望全世界的人民能超越國家之愛，進而胸懷普遍的人類愛，因爲這才是消滅戰爭、飢餓、難民的唯一解決對策。

呂秀蓮之所以吸引我，也是因爲她每次都與弱者站在一起的關係。若以名譽或富裕爲優先考量，以她的傑出才智來看，有足夠的能力可以擁有它們。但是每次遇到選擇的岔路時，她就選擇處於危機的祖國優先於自己的幸福。實際上，她選擇的是貧困的民眾、女性、弱者。無論任何時刻都能站在弱勢者一邊的正義感，這就是超越國境而邁向人類大愛的力量。我從呂秀蓮那兒發現希望的也就是這一點，因爲菁英分子富有正義感的社會，才是眞正能夠發展的社會。

我下定決心要寫一本關於呂秀蓮的書，便透過其周邊的人士打聽她的意願。然後終於受到呂秀蓮的邀請，抵達了台灣桃園國際機場。

是的，我就是爲了採訪呂秀蓮而來到台灣。

她未婚但她有小孩

「很高興見到妳。」

穿著紅色洋裝的呂秀蓮看起來比我想像的還年輕。她帶著溫和的微笑，向我伸手示意握手。

「旅途有沒有不方便？」

「有點疲勞，不過我到這裡來的途中見到的台灣人都非常親切，無論是機場工作人員、駕駛、飯店員工都很好。他們怎麼都知道我是韓國人？大家怎麼那麼親切？其實我本來心裡滿擔心來台灣會不會遇到恐怖分子？」

呂秀蓮聽我開玩笑，仍以溫和的笑臉回答說：

「與台灣斷交的是韓國政府，而不是韓國人民，我們不會愚蠢到連那種事都不會區別。」

「雖然理論上是如此，但會不會還是變得情緒化？因爲韓國人直到現在仍然對日本人沒有好感。」

「正面的思考方式就是台灣人的長處之一。」

「我想也是，說實在，看到街頭上的巴士就覺得很驚訝，因爲統統都貼上韓國電視劇廣告，雖然我不太看電視劇，但看來台灣人眞的很愛看韓國電視劇。」

「是，我最近也在看《明成皇后》，是很好的作品，我以前已經看過，現在是第二次觀賞。」

「妳喜歡它哪一點？」

「我覺得明成皇后的人物角色很有趣。她是一位非常聰明又堅強的女人。」

「不過妳不覺得她的下場太悲劇了？」

「堅強的人通常容易成為靶子。尤其女性更會如此。」

「依我看，副總統看起來也很堅強。副總統也覺得自己成為眾人的箭靶嗎？」

我質問，呂秀蓮似是而非的淡淡微笑。過了一會兒，她如此回應：

「地位越高，攻擊的人比起支持的人愈來愈多。」

「妳到如今都還是放棄走舒服的路，而堅持走荊棘之路，卻受到那樣的待遇，難道不覺得冤枉？」

「我雖然一向為台灣奮鬥，但在那過程當中，我比任何人得到更多東西。因為得到得夠多了，所以沒什麼冤枉的。」

「不過也失去了很多東西吧？」

「失去東西……？」

「假如妳當個律師，不但不需被責罵，反而受到大家的尊敬。也因為妳在獄中，才沒辦法在母親臨終時守孝，而且也放棄了一般女性所享有的幸福，不是嗎？」

「妳說我放棄，我放棄了什麼？」

「例如說，愛情、小孩，還有平凡的日常生活等。」

「嗯……我從未放棄過愛情，但我並不認為愛情因而消失了，我只不過放棄擁有一個男人而已。還有，我雖然沒有結婚，但我有子女。」

「原來如此，我從來不知道妳有子女。」

我深怕透露我內心的驚慌而立即閉嘴，因為我今天第一次得知她有子女。我聽說六十多歲的她到現在一直都是單身，但竟然有子女！是不是有與舊情人之間生下未曝光的小孩？

但呂秀蓮卻令我大為意外地說：

「台灣在一九九九年九月經歷了大地震，很多房子和家庭慘遭破壞。當時慈善團體率先展開行動，安排慈善家庭領養因失去父母而變成孤兒的小孩。我一聽到消息，認為領導階層應挺身而出，便率先領養了一個原住民女孩，後來又領養一個男孩。」

「妳領養時也實踐了兩性平等。」

我開了一句玩笑，但呂秀蓮沒笑。也許只要聽到兩性平等的詞句，就覺得不想再開玩笑吧。

「三年前有棟大樓失火，一對夫妻因而死亡，我到過現場，發現一對雙胞胎，看了很不忍心就領養了。還有我的第五個小孩，他的父母都是殘障人士，他們利用人工授精而生了一個小女孩。」

「所以妳總共有五個小孩。」

「沒錯，我覺得當發生很多應該參與和實踐的事情時，我自己要比任何人更先發動去做那件事才對。我記得上次薩爾瓦多和印度發生地震時，我很想為災民的支援募款盡點力量而熱心奔走。如果能夠幫助艱困的人，就算力量微弱也要盡力去做。說實在，我一直以做慈善事業的方式去從事政治。」

「妳的意思是透過政治來幫助窮困的人？」

「並非如此，我的意思是我有的就是關懷和幫助（聞聲救苦）。如果說男性政治家專注於搶奪，那麼女性政治家則在關懷和幫助方面較熟練。我覺得這就是男性和女性政治風格上的最大差異。」

「二十世紀以後，政黨政治成爲趨勢。副總統是民進黨黨員，妳也知道，政黨就是爲了獲得政治權力，且爲了行使它而組織的團體。也就是說，它的主要目的在於獲得權力。在這種以權力爲重的集團裡眞的能夠做慈善事業嗎？」

「若把它轉變爲女性的力量就可以吧。雖然民進黨和國民黨是宿敵，但一旦發生女性共同的問題時，女性立法委員不管黨籍都會表明同一種聲音。這就是證明實現平等比擁有權力更重要的實例。」

其實不久以前在韓國也曾經發生過類似的例子。某國會議員在和記者們的餐會時對女記者性騷擾，之後同黨的女性議員們強烈要求這位犯錯的議員辭職下台。

實現平等比擁有權力更有價值。呂秀蓮的這句話使得我以前對政治人物所懷的不信任和懷疑減低了許多。我的預期沒有落差，我來台灣並沒有白跑一趟，讓我甚感欣慰。

太大的石頭

呂秀蓮的生日是六月六日，我的生日也是這一天。我和她之間有二十四年的時間差距，但卻在同一天出生。

一九四四年六月六日，是人類歷史上最大規模登陸作戰的日子。在亞洲大陸另一邊的諾曼第海邊，由戰艦一千二百艘、航空器一萬架、登陸艇四千一百二十六艘、運輸艦八百零四艘，以及數百輛水陸兩用特殊裝甲車編成的十五萬六千名聯軍登陸。就在那一天，呂秀蓮誕生於桃園。

當時的台灣已被日本殖民統治將近五十年，但是經歷日本統治的台灣壯年階層不像韓國人那樣對日本高度反感，這可能是因爲日本對韓國和台灣的殖民統治性質不太一樣的緣故。從日本爲了載運戰爭物資到日本而建設京釜鐵路便可知道，日本對韓國的殖民統治可說是徹底的掠奪。相反地，在台灣則實施改良農業、開發各種建設事業、普及現代教育等正面政策。但無論實施任何政策，殖民政策的本質仍在於掠奪。就像俗語說的「餵胖母雞好生蛋」一樣，總之是爲了掠奪更多而展開的懷柔政策罷了。

不管如何，聯軍的諾曼第登陸作戰成功，完全改變了第二次世界大戰的局勢，尤其對橫行亞洲各處的日本軍形成致命的打擊。扮演日軍南太平洋戰線後防基地角色的台灣，連續遭到美國空軍的轟炸，而日軍的惡行也隨著激烈起來，這些痛苦都完整地落在台灣人民的身上。

一九四四年六月初的桃園，連原本最熱鬧的火車站附近都呈現一片殘破沉寂，因為很多人都為了躲避空襲而疏散到鄉下了，舉目所見，只見到處都是炸毀的房子和刺鼻的煙硝味。

在吃了晚餐，不知能不能吃到明天早餐的不安狀況下，更激起了人們求生的本能。也許愈處於死亡就在眼前的處境，生命反而可能變得愈珍貴。一響起空襲警報，人們不管白天或半夜都已習慣盡快躲到防空洞裡。

呂秀蓮就在這種萬分危險的情況下出生了。種菜維生的四十多歲呂石生已經有三個孩子，但新生命的誕生總是如第一胎一樣喜悅，何況這是生了第三個小孩八年後才再誕生的孩子。在此之前，由於太太曾經流產，所以這次的順利生產所獲得的喜悅更大。呂石生為戰亂中誕生的小孩取名為秀蓮，意思是像在污泥中也會綻放花朵的蓮花一樣，在戰爭的廢墟中也能長得健康美麗。

大姊秀絨十四歲，二姊秀卿十歲，哥哥傳勝則大秀蓮八歲。依這城鎮的風俗，女孩誕生，第一天為她洗澡時，要將小石子放進洗澡桶裡，替不熟悉人世而啼哭的小孩壓驚並增加其膽量，不過並沒有太多人重視這種傳統習俗。

大姊秀絨不同於他們。一聽到老么出生了，便興奮不已，立刻撿回一顆非常大的石頭放進洗澡桶裡。她期望老么將來成爲勇敢的人，連美軍飛機的轟炸都不怕。後來她每次看到已長大成人的秀蓮面臨很多痛苦仍不屈服且勇敢表達自己的意見時，就覺得有罪惡感。

「我撿來的石頭太大了，因此才讓妹妹的膽子變得那麼大。」

秀蓮出生後還是時常有空襲警報，每當這時，人們就慌張地躲到防空洞裡。秀蓮的父親領著家人避難到祖先留下來的桃園郊區的田寮。

他帶著年邁的母親、弟弟、妻子和四個小孩，穿過野地，盡可能挑偏僻的路走，好不容易才抵達目的地。舊倉庫雖然簡陋，但還可以當成臨時住處。呂石生原本打算先暫住這裡，等轟炸較少時再回到桃園的家。

但沒想到在那裡也無法躲過空襲。一旦響起了彷彿要撕裂耳膜般的警報聲時，無論任何人都要展開一場與死亡的賭局。大多數人都平安地躲到防空洞裡，但偶爾也有人被流彈所傷或當場被炸死。

剛出生的秀蓮不可能知道這樣的情況。有一次哥哥傳勝抱著秀蓮慌張地躲進防空洞時，大家因極度恐懼而沉著氣，心裡只希望像地獄般的時間趕快過去，這時被抱在哥哥懷裡的秀蓮突然哈哈大笑起來，或許她以爲哥哥抱著她參加什麼賽跑吧。

秀蓮的父親呂石生原本和弟弟們一起開了一家販賣魚乾類海產的批發商店，逐漸發展成相當大的規模。除了桃園的店之外，還在鶯歌和楊梅地區也開了分店。但後來由於發生第二次世界大戰，導致從日本進口的貨源中斷，使得生意一落千丈。因此呂先生爲了養活大家庭而改爲種植蔬菜，從此從清晨到晚上爲了照顧菜園而忙得不可開交，妻子也整天忙碌，不落人後。家中的工作也很繁重，秀蓮的大姊放學回家後便立刻幫忙媽媽，而照顧剛剛才學走路的秀蓮也是姊姊、哥哥的工作。

那天，呂先生一家人仍然與平常一樣忙碌著。然而到了晚上，父親紅光滿面地跑進來大聲喊說：

「日本投降了！終於光復了！」

家人爲了立刻將父親帶回來的消息傳給村民，一起跑到屋外去。

「光復了！」

「聽說日本天皇投降了！」

「終於光復了！」

家家戶戶的人們都跑了出來，村里在一剎那間充滿歡呼聲而熱鬧起來。

終於等到長久以來深深渴望的光復，台灣人民好像從很早以前就籌備好似的，穩定又細心地著手重建台灣，計畫靠自己的力量建設一個民主又富裕的國家。從沒有人強迫他們，但卻果斷地拋棄長期以來的皇民教育，放棄已經比母語更自然表達的日語，自願學習中文和漢字。人民對重建國家的熱忱比八月的太陽還要熱情。

和平的氣息持續到中國派遣的接收官員到達台灣之前的一個多月期間，或許那段期間是全台灣歷史上最幸福的時日吧。剛剛聽到中國的國民黨政府要派遣接收官員和軍人前來台灣時，從台灣各地來的民眾都聚集到基隆港熱烈地歡迎他們，呂石生和親戚們也歡欣地參與了這個行列。

但是國民黨軍隊簡陋、破敗的模樣讓民眾失望。穿著骯髒又老舊的軍服，加上無精打采的步伐，這樣的國民黨軍隊簡直就像殘兵敗將。已經習慣日本皇軍乾淨又威武的形象，民眾面對本國軍隊窮酸的形貌，不禁感到氣餒。

不過也能夠了解那可能是長久以來抗日戰爭的結果，但眞正讓人失望的是軍紀混亂和官員腐敗。他們強佔學校和官署，而且像流氓一樣橫行街頭。不僅如此，隨著軍人一起來的平民如果找不到適當的居處，就隨地定居下來，甚至有人索性在墳墓旁蓋房子。

但最無法忍受的就是軍用車輛的疾駛，輾斃行人的事件不少，但沒有一個人負起責任。因此民眾一發現如「市虎」的軍用車輛，爲了不被冤枉地輾死而拔腿就跑。軍人們簡直和合法的強盜沒兩樣，可說貪污腐敗是他們的主業，搶奪街上行人的東西則是他們的副業。

台灣人民對從中國來的外省人愈來愈覺得失望和忿怒，當初隨著台灣光復懷抱的希望也逐漸破滅。

國民黨政府對台灣實施的「接收」，本質在於「搶奪沒收」，要明白此一事實不需要太久的時間。他們除了立即掌控行政、司法、經濟之外，連警察和教育方面也都全面掌握。只要用得到的東西，就以支援國民黨軍隊對抗共產黨的理由運送到大陸。無數的勞工面臨了大量失業的危機。可怕的通貨膨脹從中國大陸跨海而來，使得台灣的米價遽漲爲國民黨軍隊來之前的五十四倍，地瓜漲了十三倍，豬肉漲了三十二倍，牛肉則漲了六倍。呂石生將菜園交給太太和女兒照顧，自己則開始經營販賣豬飼料的商店，順便銷售地瓜和雜糧，以便養活家人。

好時節實在太短暫了。對於政府官員的反感和未來的不安，使得台灣陷入極度混亂的狀態。

殺戮的季節

有一天，秀蓮的家人爲了參加親戚的婚禮而到苗栗竹南。婚禮結束後準備從竹南搭火車回桃園，但到了火車站才發現人們到處纏鬥在一起，彼此拳打腳踢，也看到有人隨意縱火。原本小巧又安靜的村落，在這短短時間內已經變成無政府狀態的煉獄。

由於火車停駛，秀蓮家人只好徒步走回桃園。原本只需一小時就能抵達的車程，竟然足足走了一天的時間。才三歲的秀蓮揹在媽媽的背上，像條被煮爛的茄子一樣熟睡。

暴動的火苗發生在前一天，也就是一九四七年二月二十七日。在台北市圓環走廊販賣香菸的女人林江邁，被公賣局緝私人員嚴重毆打，毆打的藉口是逃稅。林江邁不僅被毆打，連香菸和錢都被沒收。

聽到這消息的市民們跑到現場去救出這可憐的女人，並且激烈抗議。然而公賣局緝私人員竟然開槍射擊，打死了人。在這一瞬間，市民原本壓抑許久的忿怒終於爆發了。

第二天早上，也就是令人難忘的二月二十八日早上，無數的市民聚集到街頭，從圓環走到公賣局展開了街頭示威。市民要求嚴厲處罰屠殺無辜良民的那位緝私人員，但是公賣局卻相應不理。於是市民再轉往行政長官陳儀的官邸。但在那裡等待忿怒市民的卻是步槍。在鎮壓示威的過程中，他們再度使用了槍械，因而再度造成死傷。

台北市民都被激怒了。抗議的火勢乘著忿怒之風而急速擴大起來，火勢傳到桃園、新竹地區，然後彷彿野火一樣波及到台灣全省。

成為忿怒群眾箭靶的是外省人以及日本統治時的警察人員。流氓和流浪漢趁混亂的情勢行搶偷竊，使得整條街道簡直亂成一團。當時讀小學四年級的秀蓮哥哥傳勝在放學後回家的路上，目睹了一個男人被群眾丟石頭打死的現場。

國民黨政府認定這是當地人的叛亂。行政長官陳儀派武裝軍隊佔據街頭，同時下令對不順眼的平民格殺勿論。蔣介石為了鎮壓抗議的民眾，而從南京派遣大規模支援部隊在基隆和高雄登陸。不久後，載滿軍人的軍用卡車布滿了大街小巷，他們個個都配備來福槍和機關槍。

一九四七年三月可說是殺戮的季節。街頭巷尾血流成河，基隆近海布滿了屍首，彷彿丟棄的枕頭般鼓鼓的屍首漂浮在海面上。桃園小學旁的憲兵隊不斷傳出悽慘的哀叫聲，只要是二、三十歲血氣方剛的青年被拖進去便遭受嚴苛的拷問。無論任何人只要被逮捕，不管他有無加入抗爭，一定要招出共犯的姓名。結果，將近一萬名的年輕人失去了性命，而且鎮壓抗爭之後，被逮捕殺害的菁英人士也足足有一萬名左右。

不幸中的大幸是呂家人沒有受到傷害，由於家人當中僅有一個中年男人和一個小男孩的緣故，使得他們能夠逃過這場災難。

世界上最溫暖的背

不過從此二二八事件留下了長久以來無法撫平的傷痕。原本對無理沒收與毆打的抗議，結果卻以殘酷無比的屠殺來回報，使得台灣人民感到無限的悲痛和受欺騙。何況剛剛才因爲日本殖民統治結束而高興了短暫的時間，如今遭受中國國民黨的對待，竟然遠比日本時代還要殘酷，對他們造成了極大的打擊。

不管如何，殺戮已經停止，呂家人也回到爲躲避二二八事件而暫時離開的桃園。火車站附近的商店也一家接一家開張。呂先生在以木板隔間的兩層樓磚房裡安頓好家人。

當時在台灣，男尊女卑的思想很重，盛行將自家的女兒賣給別家當養女或童養媳的風俗。有一天，秀蓮的母親也接獲這種提議。

「於台北經營裁縫店的夫妻在物色養女。呂家已有三個女兒，把老么送給他們當養女，應該可以吧？」

當時秀蓮的母親爲了貼補家計，而在屋旁的一個角落設置豬圈養豬，在豬圈旁提出這樣建議的就是隔壁家的太太。到了晚上，丈夫回家，秀蓮的母親將這件事彷彿不當一回事般說了。

「隔壁家太太對我說，叫我把秀蓮送給有錢人家當養女。」

母親不經意的口氣笑著說，但父親卻沒笑。

「她說我們家有三個女兒，所以應該可以把老么送給人家當養女。」

「那妳怎麼回答？」

「這還用問嗎？我就直截了當說不要再胡說八道了。」

父親聽到母親如此回答，並不回應，只深深地嘆了口氣，看起來無精打采的樣子，母親注意到父親的神情。

「怎麼啦，你有什麼心事？」

「光靠賣飼料，別說小孩的教育，連塡飽肚子都有困難。這世上太亂了啊。」

「話是沒錯，但現在我已經開始養豬，相信豬仔很快會爲我們家帶來福氣。」

隔壁家太太很固執。母親已經拒絕數次，她卻一有空就過來遊說將秀蓮送給人家做養女。大概是因爲從台北那家裁縫店拿到不少的介紹費吧。

有一次趁父親也在家的晚間時刻來訪。

「不要光考慮父母的想法，也要爲秀蓮著想啊。」

隔壁家太太看正面遊說不通，就開始針對父母的弱點來展開攻勢。

「妳這話是什麼意思？」

「我的意思是說，不要只想把她帶在身邊，也要好好考慮怎麼做才是爲秀蓮好。」

「妳認爲我們家無法好好養育嗎？」

「也不是這個意思，但光能餵飽有什麼用？應該讓她接受良好的教育，以後爲她找到好丈夫才重要啊。在這種鄉下長大的女孩，哪裡會有什麼希望呢？」

父母聽她如此說，一時不知該怎麼回答。怎麼做才眞正爲么女好？開始讓他們感到困擾。

這時秀蓮的姊姊們和哥哥也都聽到他們的談話。

「隔壁家太太眞是個奇怪的人。幹嘛一直要把我們的妹妹送給別人做養女？」

「爸媽不可能把秀蓮送給別人當養女吧？」

「我們的爸媽不是那種人。」

「可是氣氛很怪，看起來好像在考慮。」

「不像話！我絕不會讓他們這麼做。」

小孩們的預感竟然不幸言中了。爸媽最後改變想法，認爲如果秀蓮在富裕的家庭中長大，也是一種福氣。

姊姊們和哥哥怎麼也沒辦法理解爸媽這樣的想法。他們的心裡因爲即將失去可愛的妹妹而焦急得不知所措。尤其哥哥傳勝更加倍感到焦急。對他來說，秀蓮是唯一的妹妹，因此一定要想盡辦法守護妹妹。在台北人約好來領養秀蓮的那天，一大清早他就揹著妹妹離家出走。

台北的裁縫店夫妻帶了很多見面禮，早上八點就來拜訪。但是他們見到的只是以天眞的眼神說謊的兩個姊姊。

「秀蓮不見了，看來傳勝也不見了。妳們一定知道秀蓮在哪裡吧？」

母親問，但姊妹只是靜靜地搖頭。

「不知道，我們眞的不知道，大概很快回來吧。」

裁縫店夫妻在等消失的小孩回來時，傳勝正揹著妹妹前往離桃園很遠的姑姑家。揹著三歲的妹妹徒步，可眞是又遠又苦的旅程，但由於要守護妹妹的意念，連飢餓都忘了，走了老半天。

剛剛才學會說話的秀蓮揹在哥哥的背上，連一刻都沒休息地說個不停。

「哥，要去哪裡？」

「嗯，要去姑姑家。」

「我肚子餓。」

「忍一下，到了姑姑家，我們就可以吃好吃的東西。」

「還要走多久？」

「只剩下一點點。」

「好餓。」

「快到了。」

「哥！」

「怎麼啦？」

「好冷。」

由於剛下過雨，因此風很涼，地面也濕濕的，使得又小又嫩的腳踝一直陷進泥巴裡。越是如此，傳勝的手腕越用力揹緊秀蓮，一步步走向姑姑家。泥漿飛濺，使得他的褲管都被浸濕到大腿部分。

呂秀蓮如此回顧那一次的經驗：

「在我的記憶裡並沒有留下那件事的印象，因爲當時我還太小。但我想我揹在哥哥的背上時所感覺到的觸感，在我的潛意識中完整地留下，也對我後來的人生產生了深遠的影響。也許我判斷男人的標準，在那時就已經形成了吧。對我來說，假如男人不及哥哥傳勝的愛和溫暖，就不會讓我覺得滿意。」

聽呂秀蓮說這段話，讓我記起以前讀過一本書的內容。那是某位女性社會學者的著作，內容爲父親對待母親的行爲會成爲女兒將來選擇男人時最重要的標準。也就是說，假如女孩在父親對待母親慈祥又尊重的環境中成長，不會那麼容易被男人的求愛所感動；相反地，女孩在父親以惡劣態度對待母親的環境中成長，面對異性小小的示好就會很快打開心扉。因爲在成長過程中沒看過男人善待女人，所以只要對自己好一點，就深信對方眞正喜歡她。

我深深同意那位女性社會學者的主張，她的主張不但與我的經驗相通，而且與其他多數朋友們的經驗也相通。因此我偶爾見到非常大男人主義的男人時，就如此告訴他們：

「你有女兒嗎？如果你希望女兒長大成人後選到好丈夫，那麼請你以同等的人格對待你太太。」

傳勝雖然不是父親，但對秀蓮來說，這位年齡差八歲的哥哥已成爲好男人的標準。看著聰明又慈祥的哥哥而成長的過程中，秀蓮對理想男人的標準也自然提高了吧。

不過眞的能樂觀地找到理想型的男人嗎？一般來說，任何普通男人總會有一兩項不及人或致命性的缺點。即使如此，大部分的女性與平凡男人陷入愛情後，在看起來最特別的瞬間結婚。等到她領悟自己的錯覺時，小孩已經出生，最後在小孩成長的過程中重新找回人生的安慰和力量。

我無法知道呂秀蓮以一個女人的立場來說是否幸福，但能確認的是，就算她以女人的立場來看是不幸，但對台灣來說卻是幸運。

傑出的講古仙

不管怎樣，帶著妹妹抵達姑姑家的傳勝絕口不提來此的原因。這時候裁縫店夫妻在桃園家等小孩等累了，便回到台北去了。

父母送走客人後，心裡很擔心而到處去找，好不容易才找到離家出走的兄妹。

「求求你，不要把妹妹送走。讓我們天天住在一起。」

傳勝的哭求聲令人心疼，也讓怒氣沖沖的父母心都融化了，父母立即收回原來的決定。

但事情並不就這樣了結了。不久後，另一位沒有小孩的醫師夫妻想把秀蓮收為養女，而來拜託父母，這時父親認為把秀蓮送入富裕的醫師家才是為她好。假如不是顧慮到傳勝會像上次那樣果斷地離家出走，父親很可能立刻就把秀蓮送給醫師家了。

父母煩惱了很長一段時間後，下定結論說：

「要養育小孩並不是只靠金錢。」

當然有錢是最好不過了，但讓小孩成長的主要力量是父母的愛心，此外兄弟姊妹的友誼也佔很大一部分，物質方面的不足由親情來填補即可。

發生那件事之後，父母已經完全打消將秀蓮送人當養女的念頭。假如當時秀蓮被送走當養女，很可能她的人生會與現在全然不同，如此一來，台灣的現代史也要重寫一遍了。

四個小孩彷彿雨後春筍般一天天長大，需要花費的金錢隨即自然而然增加。由於父親必須照顧店面，因此母親常常代替父親到中南部的其他縣市購買飼料用地瓜。這時其他小孩都已上學，總不能讓小秀蓮單獨留在空無一人的家裡，所以母親只好帶著么女一起上路。因此，秀蓮跟隨母親搭乘火車很多次，經常接觸到外面的世界。或許是這種因素加上澡桶裡放了大石頭，使得秀蓮的膽子變得更大了。

秀蓮的姊姊們和哥哥都是成績優秀且規規矩矩的模範生。大姊小學畢業後想參加中學考試，但當時幾乎沒有家庭讓女孩讀中學，何況身爲長女，無法擺脫應該幫忙母親做家事的傳統觀念。老師雖然特別來訪，企圖說服父母讓她讀中學，但未成功。

到了二姊，父母稍微讓步了，但秀卿卻說，如果不是台北的中學，就寧願不要。

「要去台北讀中學，女孩怎麼可能離家到外地讀書?」

母親驚嚇得絕不答應。結果秀卿沒有辦法參加在台北舉行的聯考，後來雖然考上了桃園中學，卻自己放棄。因爲對一向很有主見又固執的秀卿來說，要嘛就要最好，不想退而求其次。

相反地，大姊秀絨的個性文靜又溫和，即使幫忙母親做沉重的家事，又要照顧豬和鴨子，但總是默默地承受，她在刺繡和勾織毛線方面有才華。由於從小看著大姊的裁縫手藝長大，使得秀蓮雖然沒有特別學習過，但對女紅方面仍有不錯的表現，一定是受到大姊的影響。

個性活潑積極的秀卿則幫忙父親照顧店面。由於她個性豪爽，朋友很多，可說是個獨立的女性，但母親也正因爲女兒這點而經常擔心，深怕秀卿會被男人引誘而在夜裡私奔，因此一心想一到適婚年齡就讓她嫁人。

姊姊們給秀蓮的影響大多是正面性的較多，不過卻無法和傳勝對她的影響相比。傳勝總是細心地照顧唯一的妹妹。無論是在學校學過或從父親那兒聽來的故事，自覺很重要的部分一定不忘講給小秀蓮聽。秀蓮從小就熟悉如釋迦牟尼、孫中山、華盛頓、林肯等許多歷史人物，都是託哥哥的福。

秀蓮才剛滿五歲，便已經是個很傑出的「講古」人。不但記得從哥哥那兒聽到的故事，而且有天分把它們潤飾得更有趣味。她講得實在好聽，人們爲她取了「講古仙」的綽號。

因而呂家屋子前總是有很多爲了聽她講古而來的鄰居。除了小孩之外，連老爺爺和老婆婆都過來了。有些人索性蹲在地上，有些人則坐在椅子上，聽講古仙講故事，聽得津津有味，忘了時間的流逝。

傳勝很喜歡放學後帶著秀蓮爬後山。他判斷秀蓮已經學會自己走路，便盡量不牽她的手或揹她，而讓她自己走。有一次走過田埂時，秀蓮發現一條蛇後嚇得哇哇大叫。

「秀蓮，那是水蛇，水蛇不會咬人，所以不用怕牠。」

「眞的？」

「是啊，不會咬人的蛇就不用害怕。」

「可是……就算牠不會咬人，但還是長得很噁心。」

「看起來噁心的只不過是蛇的外表，只因外表而有成見是不好的。而且只要人不先去觸碰蛇，蛇不會先攻擊人。往這裡慢慢走過來。」

「不要，我害怕……」

「我說沒關係啊。哥哥幫妳，妳別擔心，走走看。」

秀蓮還是沒有勇氣，但傳勝一再催促，她只好邁開腳步。經過盤成一團的水蛇旁邊時，雙腿抖個不停，但照哥哥的指示而努力保持鎮定，悄悄地移動腳步，果然蛇一動也不動地讓秀蓮平安通過。

「妳看吧，哥哥說得對吧！秀蓮已經長大了，盡量不要靠別人，要靠自己完成。」

「我有哥哥啊。」

「哥哥不可能永遠在妳身邊。總有一天，秀蓮應該靠自己完成。」

傳勝就是用這種方式深深地影響了幼年期的秀蓮。傳勝的學業成績很優秀，對什麼都要跟哥哥學的秀蓮來說眞是幸運。

「將來我上學，一定要像哥哥一樣很會讀書，像哥哥一樣參加演講比賽並且得獎，像哥哥一樣當班長……」秀蓮將成長期的每一階段，都用這種方式設定目標而一一實踐，傳勝就是秀蓮的小英雄。

牙齒當作銀來用

父母的觀念都非常傳統保守，他們從未懷疑過「男主外，女主內」的二分法。

父親呂石生出生於貧窮的農家，從小就幫忙做農事，順便拉拉牛車運貨，以增加收入，那時已經顯露出生意人的天分。長大成人之後，他判斷從事農業只能餬口，沒有什麼大前途，於是開始做生意。要不是因爲戰爭，也許早就靠海產店賺了大錢。

呂家在呂石生小時候就收養了童養媳，但是他到二十七歲時眞正結婚的對象卻是當地中醫師的女兒黃勤。黃勤原本也另外有訂婚的對象，但是那男人還不到成年就夭折了。後來黃勤和呂石生戀愛結了婚，以當時的風俗來說，這可是打破禁忌的大膽行爲。

黃勤是個賢妻良母，一整年都忙裡忙外，但她很有主見，什麼事都靠自己的判斷和意志來處理，她不會因爲女人的宿命而勉強去做內心不願做的事。她尊重婦德，具有強烈的母性，而且嚴格教育子女。

比起黃勤剛強頑固的個性，父親呂石生的個性則慈祥溫和。從來不打小孩，不會說一句傷人的話，甚至也不會紅臉動怒。父親如此溫和且講理，使得小孩遇到什麼事都先找父親透露心事。

在貧困家庭中成長的呂石生，一直沒有受過正規教育，這點成爲他終生的遺憾，因此結婚後利用晚間攻讀漢文，到私塾學習漢字三、四個月，之後不忘認眞自習，因而無論任何艱澀的書都能閱讀，也能夠順利寫信。

呂秀蓮對父親的記憶有這樣一段：

「父親雖然沒有接受過正規教育，但好像頭腦很好。尤其心算能力很強，學過三天的算盤後，看到再難的算術也能很快算出。只要瀏覽一遍帳簿裡的買賣紀錄，就絕不會忘掉。」

誠信和正義是呂石生最重視的人生哲學。有一次，一家麵粉廠漏算了賣麵粉的錢，一般人遇到這種情況大概會認爲意外賺到而故意假裝不知道，但呂石生卻自動先聯絡對方，叫他一定要來收錢。至於自己該收的錢卻不那麼計較。有一次借錢給一位顧客，不料那位顧客生意失敗而沒辦法還錢。後來呂石生抱著希望去找他，但看到他家的處境令人心疼，討債之事說不出口便轉身回家。不久後那人又來找呂石生。

「我……有急事需要錢……可不可以……」

上次借的錢還沒還，又要來借錢，眞是不像話。可是那人的表情看起來非常迫切，令人沒辦法坐視不管。

「你借錢的用途是什麼?」

「我小孩生病了，得了急性盲腸炎，但是沒錢帶小孩去醫院。求你可不可以當成救人一命，再幫我一次忙?」

呂石生二話不說就拿錢給他，小孩因而能夠送到台大醫院，病癒後跟著爸爸一起來找呂石生。

「無論對我或我兒子，你都是我們一輩子的恩人，我們到死也不會忘記這份恩情。」

那人叩頭叩到額頭一再碰到地面後才回去，後來他做各種工作賺錢，終於還清了所有債務。

呂石生對外省人也很親切，只要發現沒找到工作而遊蕩的年輕人，就教他們孵豆芽的方法，因爲豆芽長得快，可以很快的有收入。如果那人連買豆子的錢都沒有，就讓他賒帳，等他賣豆芽賺到錢了再還。如此靠呂石生這種體貼的協助，而能夠養家活口的外省人可不少呢。

其中有一位大家都叫他老李，因爲獲得呂石生的幫助靠孵豆芽而改善經濟的窘境，屢屢不忘呂石生的恩惠而告誡家人。數十年後，秀蓮競選桃園縣長時，老李的兒子以駕駛計程車爲業，當時號召同業司機，以車隊一起幫秀蓮助選，感念當年呂石生的施恩。

有一次，秀蓮聽父親的朋友如此抱怨說：

「把好不容易買來的烏龜拿到海邊放生，你瘋了嗎？」

「牠們也是珍貴的生命啊，我不忍心看牠們乾涸等死。」

「那是商人故意這樣，以便哄抬牠們的價錢。」

「但我看烏龜在被人用高價出賣以前，就快要死的樣子。」

「就算這樣，只爲了救活烏龜而白白地浪費錢？」

「哪有浪費？因爲這樣做才有很多烏龜獲救啊！」

秀蓮表示到如今仍然鮮明記得，父親說完那句話後呵呵大笑的慈愛臉孔。日後秀蓮非常重視生命，並且疼惜軟弱的生命所承受的痛苦，也許這樣的心就是得自父親的遺傳。

當時在桃園地區有呂、陳、林、吳這四個氏族。呂石生的德性敦厚溫和，而且做事公正，因此他在宗親之間也極受尊敬。後來他被推選爲會長，常出面解決宗親之間發生的大大小小糾紛。父親的話雖不長但切中核心，而且不失溫柔，不會招致反感。他的表達能力不錯，在日本佔領時期還參加過演講比賽獲得第一名。他一有機會就訓練傳勝和秀蓮演講，也因此而讓秀蓮有如此不同凡響的經歷。

他常常告訴子女：「牙齒當作銀來用。」意思是不要隨意亂講，一旦說話就要說對別人有用的話語。他也常教導子女：「不識字可以央人看，不識人就死一半。」也就是說，如果沒有好好培養辨別好人和壞人的慧眼，便很容易與壞人同流合污。

思慮深遠的父親從未鬆懈過身爲家長所負的義務，更不會把子女的教育責任讓太太單獨承擔。只要他在家裡，就常引用俗語來教導子女人生的道理。秀蓮從還沒有讀小學以前就能夠接觸外面的世界，以及學會哥哥的演講技巧等，全都是拜慈祥的父親之賜。

母親是一位非常勤勞又有堅強耐心的人，每天清晨四點起床，爲火爐生火，準備全家人要吃的飯和小孩的便當，白天照料豬圈，到了晚上洗衣服，一年三百六十五天不曾休息過，使得她的腰後來都無法伸直。

雖然有姊姊們的幫忙，但重要的事都由母親親自處理。處理那麼沉重的家事外，還承擔了當時女人鮮少出門幫忙採購的工作，她是白手起家的典型人物，無論做事的風格或堅強的耐性絕不輸男人。母親常喜歡說：「我們家裡的女人在家要做女人的事，出外就做男人的工作。」

最初的創傷

母親須如此刻苦勤勞的原因之中，一部分要歸咎於日漸嚴重的通貨膨脹。幣值如無底洞似地一再下跌，當時要買一斤豬肉需要十六萬元。也就是說，要帶一大袋的鈔票才能夠買東西。

到了一九四九年，舊台幣改為新台幣時，當初賣祖先所留下土地的錢轉眼間變成只有兩百元而已，因為舊台幣和新台幣的兌換比率是四萬比一。

政治方面也與經濟一樣混亂。蔣介石在國共內戰時，被共產黨擊敗，於是率領兩百萬大陸同胞撤退到台灣。國民黨政府以「全中國合法代表」、「民主國家」等名義，刻意強調與中國共產黨政權的差別，他們高喊的國家目標是「反攻大陸」。

接著立即宣布戒嚴統治，賦與軍事機關對妨礙自由及秩序、毀棄損壞等罪行逕行審判；禁止集會、結社、遊行及請願；限制言論、講學、新聞、雜誌、圖書、告示、標語及其他出版物等的自由；限制或禁止宗教活動；賦與公務人員檢查私人郵件和電報等權利。為此而設立警備總部和司法行政部調查局（即現今的法務部調查局）；將憲兵、特務及軍方連結成一個系統，以便監控人民的思想和行動。

對國民黨提出異議或不滿的人，一個接一個神不知鬼不覺地失蹤了，人一旦失蹤了就很難再見到。由於特務機關的任意鎮壓、逮捕、羅織罪名等，使得一般人民只要聽到政治就會顫慄畏懼。

就在如此不安又混亂的時代，秀蓮進入小學就讀。那時傳勝已經初中畢業。秀蓮每天早上赤腳徒步走十五分鐘左右的路程到桃園小學上課。

秀蓮一向以哥哥傳勝所有的事蹟為範本，因此無論任何事都要當第一名才覺得滿意。秀蓮在班上要得第一名是件容易的事，當選班長也從未失利過，而且還代替老師指導班上成績差的同學，因此獲得了「小老師」的稱號。

學校裡多是台灣人，外省人較少，他們大部分都是家庭較富裕的小孩，由於生活方式和文化不同，和台灣同學較沒有互動。他們平常都規規矩矩地穿著襪子和鞋子，女孩則將頭髮梳整齊後綁成辮子，與光腳短髮的台灣同學全然不同。

當班長的秀蓮除了幫忙老師指導同學的功課之外，還擔任衛生檢查。因爲衛生條件不好，當時頭蝨和砂眼非常流行。老師爲女同學的頭髮噴灑聯合國發的DDT殺蟲劑，甚至鼓勵大家互相抓同學的頭蝨。秀蓮常代替老師檢查同學在「消滅頭蝨作業」上的成果。此外還要檢查同學有沒有帶手帕和衛生紙，以預防由於手髒導致砂眼的傳染。

秀蓮和傳勝相比起來一點都不遜色，可是爸媽每次看到秀蓮拿回獎狀和獎品時，多半嘆氣比歡喜多。

「妳這麼聰明，如果是男孩該有多好？」

秀蓮的內心深感傷痛，這是她記憶中第一個深刻的傷痛，這個自出生以來的第一次內心創傷竟然是由於她是「女生」的緣故。大部分女性只因爲生爲女性，或多或少都會受到一些或大或小的傷害。

「當女生又怎麼樣！」

有一次因爲實在覺得太生氣而偷偷一個人大聲吶喊，人們越是如此，秀蓮就越努力不透露內心的不滿。因爲她認爲與其辯論頂嘴，還不如用行動去證明更有效率。秀蓮很想證明給人看，自己並不比男生差，因此更認眞地讀書。

代課小老師

上三年級時，秀蓮得了百日咳。服用西藥房調劑的假藥後，導致病情更加惡化。雪上加霜的是，母親也得了相同的病而臥床。因此父親獨自將病懨懨的秀蓮送到台大醫院，並且在住院一個月的期間，守候在秀蓮身旁。傳勝也來幫父親照顧秀蓮，到了晚上索性把棉被鋪在病房地板上，彎著身子入睡。

傳勝本來的夢想是要當醫師，但是目睹身爲醫師的人竟然公然地接受賄賂，更對於不給賄賂的病患和其家人不理不睬，因此受到很大的打擊，加上那些護士對待爸爸和妹妹也很無禮，讓傳勝感到失望透頂。最後，傳勝決定放棄當醫師的夢想。

「我將來不想當醫師。」

父親聽到傳勝忿忿不平的口氣，就說了一件很久以前的事情給他聽。

「大概是我二十歲的時候吧，那時有一位村裡的長輩來找我，表示警察常常去他家找麻煩，問我有沒有什麼解決的好方法。」

「如果警察不但不幫忙村民，反而騷擾他們，的確是個大問題。」

「沒錯，但也沒辦法直截了當地頂撞他們，於是我陪他去台北找律師。根據律師的說法，如果警察一再騷擾他家，就這樣警告說：『我聽律師說，你這樣的行爲是妨礙自由的重罪。』」

「後來呢？」

「後來那個警察又來了，就照律師的說法警告他。從此之後，警察就不再來找麻煩了。」

「律師的一句話果眞很有效力啊。」

「是啊，經過那件事後，我就覺得當律師眞是偉大。好律師應該爲無力的老百姓辯護，讓他們不要受冤枉，並且盡力維護正義。」

父親因爲那件事而對律師抱持了很深的信賴。傳勝適值對醫師職業感到失望之際，便將父親的那段故事刻印在心底。後來他考上了第一志願的台灣大學法律系，給全家人帶來極大的歡喜。這是秀蓮小學五年級時的事情。

父親高興得幾乎說不出話來，臉上因喜悅和興奮而泛紅，他問秀蓮：

「秀蓮，我們家的么女也要讀大學嗎？」

秀蓮以興奮的口氣大聲說：

「當然啊！我要成爲我們桃園最棒的女法官！不，我要當全台灣最棒的法官！」

雖然年紀小但懷抱著偉大夢想的么女讓父親覺得好欣慰，但父親還是恢復平常的嚴肅神情說：

「很好，妳的夢想很棒。好是好，但妳大學畢業就二十三歲了。已經長大到那種年紀還不結婚而只管讀書，並不是妥當的事。結婚也是有時期的啊。」

秀蓮毫不猶豫地回答說：

「那麼哥哥呢？哥哥也要像大家一樣在二十三歲以前結婚啊，他怎麼能夠讀大學呢？」

父親聽到她這番意外的回答，一時間無言以對，只能呵呵大笑。父親早就時常聽聞也很明白秀蓮是多麼優秀的學生。不管自己的觀念有多傳統，但對於那麼聰明的小孩，怎麼忍心一再強調結婚比大學還重要？

有個小故事足以證明秀蓮是多麼卓越的學生。

有一次，級任老師帶領躲避球代表隊參加在高雄舉辦的比賽。由於級任老師爲了此事必須離開學校一星期，因此校長決定爲秀蓮的班級安排代課老師。但沒想到全班同學卻表示不需要代課老師，而紛紛挺身反對校長的安排。

「我們只要有秀蓮就夠了。」

「對，以前級任老師不在的時候，都由秀蓮教我們。秀蓮是我們的小老師。」

「跟著秀蓮上課比跟不熟悉的老師好。」

「我們會乖乖讀書的，請您讓秀蓮幫我們上課。」

校長不知這是怎麼回事，而露出莫名其妙的表情，怎麼也沒辦法相信同學們的說法。雖然是代課老師，但畢竟是正式接受師範教育的老師啊，怎麼可能全班都相信班上的同學會比老師教得好呢？於是校長找來了幾位老師打聽關於秀蓮的事。

「如果是那小孩的話就可以。」

「我聽說該班級任老師平常都是讓秀蓮負責放學後指導成績差的同學。」

連老師們都這樣說，校長只好懷著半信半疑的心情，讓秀蓮試試看。於是秀蓮負起了班長兼代課老師的責任，在一個禮拜期間指導五十多名同學。一星期後回到學校的級任老師發現，秀蓮果眞在這段期間平安無事且很優秀地帶領了全班。

世上沒有正義嗎？

秀蓮雖然是模範生，但並不是不知是非的乖巧學生，她只要見到冤枉或不公正的事就無法忍耐。

當時的級任老師是公認的明星老師，由於他對中學升學考試方面發揮優秀的指導力而深受好評，使得很多家長都很希望將自己的小孩託給他教。也許因而他的心理負擔也不小吧。

秀蓮心裡也很尊敬這位級任老師，只要有機會幫老師計算成績或記錄排名等工作，都會以此爲榮而誠心誠意地去做。但有一天，老師叫她把班上成績第四十名的同學和第二十名的同學的記錄互調。秀蓮剛開始還以爲自己聽錯而立刻反問：

「啊，要調換他們的名次？」

「對，但妳一定要保守這個祕密。了解我的意思嗎？」

秀蓮這時才聽懂，而覺得好像後腦袋挨了一記悶棍似地莫名其妙。原來第四十名的同學爸爸是議長，而第二十名的同學爸爸是在街上賣糖果的攤販。

「我再次告訴妳，絕對不可以將這件事告訴任何人。秀蓮是聰明人，我相信妳了解老師的意思，對不對？」

秀蓮不但不了解，而且下定決心絕對不會聽從那種指示。有擺路邊攤的爸爸又不犯罪，爲什麼要因此承受這麼冤枉的事？難道沒有出生在權貴的家庭，就連靠自己讀書而獲得好名次的權利都沒辦法享有嗎？越想心裡越湧出忿怒和正義感。

秀蓮整天想著這件事，宛如被它困住，等上完課後開始打掃時，才向最要好的同學透露了這件事。消息在一瞬間傳遍了全班，忿怒的同學們以罷掃表示抗議。這時剛好進入教室的老師發現同學們不打掃，卻三三兩兩在一起咬耳朵，就問他們原因。一時之間同學們遲遲不說，但老師一再追問，最後才開口抗議道：

「我們覺得調換名次是不正當的事情。」

「什麼?」

「我們沒想到老師會偏愛家庭富裕的同學。」

「到底是誰說出那種話?」

同學們不敢指出是誰，但老師看見同學們眉來眼去，就立刻明白了。然後默不作聲地大步走向秀蓮，二話不說地打了秀蓮的耳光。由於實在是來得太突然，所以根本躲不掉。原本爬在窗檯上擦玻璃的秀蓮被連續打了兩個耳光，任何人都不會認爲那是愛的打罵，它明顯帶有極爲憎恨的情緒。出手的力道非常強而有力，使得抓住窗框的秀蓮在第二記耳光時，整個身子掉了下來。怒氣沖沖的壯碩男人使出的力氣眞是可觀。

在這種情況下，秀蓮安撫自己說不可以哭。由於在同學們面前公然被打而感到羞辱，小小的她自尊心嚴重受傷，恨不得去自殺，但一方面又覺得萬一流出淚來更是羞恥。不過當時受到的傷痛、失望以及對世上的不信任，反而對秀蓮的人生產生了莫大的影響。

「世上沒有正義。」

從原本最信任而跟隨的老師身上看到他醜陋的一面，使得小秀蓮下了如此的結論。

當時讀大學二年級的傳勝在路上偶然遇見老師，從他口中聽到這件事。但老師只是說秀蓮在學校搗蛋而已。

傳勝一回到家就悄悄地叫秀蓮來問：

「聽說妳在學校發生不愉快的事？」

秀蓮緊閉著嘴，什麼話都不說。

「跟哥哥說一下。」

秀蓮仍然不開口。

「看來妳眞的很傷心。好，妳不想說，就不用說。但是不管什麼事，跟老師頂嘴是錯的。跟哥哥一起去向老師道歉吧。」

「不要！」

秀蓮這時才開口。

「我並沒有錯，爲什麼要我道歉？」

「如果學生讓老師生氣，光這點就需要道歉。」

「那是老師有錯在先。他爲了議長的女兒而拿窮人家同學的成績調換！」

「嗯，原來有這種事。那麼秀蓮把這件事告訴其他同學了嗎？」

哥哥敏銳的質問讓秀蓮無精打采地點了點頭。

「就算老師有錯在先，但秀蓮也應該先跟老師說出妳的意見才對。妳在老師面前不表示任何意見，卻跟其他同學說，導致事情傳開，讓老師因而生氣。所以我覺得秀蓮也有錯，妳覺得呢?哥哥說得對不對?」

「也對，但是……那時我才不敢跟老師說呢!」

「我了解，哥哥也了解秀蓮很難跟老師說。不管怎麼樣，就快要考中學了，這麼重要的時候卻發生了這種不愉快的事，覺得好遺憾。跟哥哥一起去向老師道歉，好不好?」

「不要。」

「一再固執，只會讓妳吃虧。」

「我還是不要!」

「這樣妳會吃虧!」

「吃虧也無所謂。我絕對不會去道歉。我沒有錯，還要去道歉，這樣更不好!」

這時傳勝再度明白妹妹是多麼固執。結果傳勝自己一個人去向老師道歉。

當時，中學聯考的競爭非常激烈。要念中學的學生一旦上了六年級，就有考不完的試和課外補習。課外補習有兩種：放學後由老師義務爲學生補習一小時，另一種則是學生到老師家接受強化補習。後者必須另外付學費，因此只有少數的同學能夠到老師家。

去老師家補習，自然而然能夠得到比較多的資訊，因此對考試比較有利。秀蓮除了金錢的因素以外，由於一向成績優秀，所以不覺得有另外補習的必要。爸媽甚至根本不知道有學生去老師家補習這種事，因爲秀蓮刻意不告訴他們。

秀蓮自從被老師打耳光之後，雖然極力忍住而不表露出來，但深深烙印的傷口卻不容易癒合。尤其施暴的老師根本不覺得有任何良心上的苛責，而其他同學仍然討好那樣的老師，這種種都更讓她難以忍受。秀蓮就在這段時期痛下決心，以後面對不正當的事，絕對不會妥協。

譯注：

①飛龍瀑布位於南韓雪嶽山。

②朴槿惠是韓國前總統朴正熙的女兒，二十來歲時母親因爲異議分子暗殺朴正熙時子彈射偏而遭擊斃，從此之後便代替母親扮演第一夫人的角色。

第二章 青春

六年的北一女生活

在傷心的日子中，時間依然流逝，秀蓮參加了中學聯考，畢業典禮時還獲頒縣長獎。聯考放榜，她是全桃園考上北一女的六名佼佼者之一。

秀蓮比兩個姊姊幸運，因爲傳勝先鋪好路，讓她的升學較容易，而且還可以和哥哥一起通學，個性頑固的母親也只好改變想法。

如果要搭五點半的火車，四點半就得起床才行。在這時間母親早已準備好早餐和便當，在飯鍋旁用扇子搧。當時台灣一般人家的早餐通常是稀飯，然而剛煮的稀飯非常燙，母親就是爲了讓秀蓮吃稀飯時方便一點，而先用扇子搧涼。秀蓮剛起床原本毫無食慾，但考慮到母親的愛心每次都把碗裡的稀飯吃光。

如今秀蓮已經不是小女孩。雖然從小學六年級開始已經穿了皮鞋，但穿著綠上衣和黑裙子（北一女制服），使她看起來完全變了不同的樣貌。

火車站附近因爲大批往台北通學的學生而顯得很繁忙，候車月台上也是擠滿了人。學生大部分是桃園出身，所以彼此可能都是鄰居或同學，但在擠滿乘客的車廂裡，男女有別的觀念仍然很嚴格，通常大家互不交談，在奔馳的火車上也都只專心自己的事。

以秀蓮來說，剛開始的一段日子，她都一邊抬頭看著車窗外快速後退的風景，一邊靜默地思索。但後來想想，這樣的通學和住在台北的同學比起來，自己等於一天白白浪費兩個小時。於是她開始在火車上背英文單字或看看課本，慢慢習慣之後，甚至在火車上也能夠做三角幾何習題。

到了台北火車站後，還要再徒步十五分鐘左右才能抵達北一女。秀蓮每次都沿著公園旁的懷寧街再穿過總統府廣場走到學校。除了爲了買書偶爾經過重慶南路以外，回家時也都是走固定的路線。

母親每次在秀蓮回家的時間，一定在家門口等么女回來。自從傳勝大學畢業之後，等么女的心情總是加添了些許的擔心。她會不會去了什麼不該去的地方？會不會被壞男人拐走？母親總是一邊如此擔心，一邊焦急地等待秀蓮回家。

秀蓮很明白母親在擔心什麼，因此每次都準時回家，是個乖巧的學生。當時其他同學之間流行去打桌球或聽外國流行歌曲，看電影更是大家都喜愛的娛樂。住台北的同學們到了週末就約在戲院一起觀賞影片。秀蓮則沒辦法奢望這種事，只偶爾陪同兄姊到桃園的戲院看電影。

其實讀小學時信心十足的秀蓮升上中學後難免有點氣短。以鄉下長大的秀蓮的眼光來看，台北的女學生個個都長得漂亮又有氣質。這樣的她們如果功課差一點或許會讓秀蓮心裡覺得平衡些，但偏偏她們的功課又很好。聽說高官的子女們都另外在家請家教補習英文。

由於這所學校聚集了成績優秀的學生，校內競爭非常激烈，使得以前始終第一名的秀蓮進入中學後，只在第五名到第十名之間打轉。還好這時秀蓮已經進入思春期而且早熟，不會只因爲成績退步而覺得憂鬱，由於升上中學後和分離的小學同學們書信來往，反而使她變得更富感性。

即使如此，她並不是完全沒有不滿。到了愛漂亮年紀的秀蓮也很想穿著華麗的衣服，但母親爲她挑選的衣服偏偏都很土氣而且顏色暗淡。

「穿這種衣服看起來才會端莊有氣質，女孩子穿得太華麗，看起來十分輕浮。」

當然，秀蓮不會因而氣餒。從小就有強烈好奇心且絕不輸給別人的她，無論母親怎麼反對，還是堅持玩踢毽子。再長大些，還學騎腳踏車，有一次騎著還不太熟練的腳踏車到大馬路上，差一點就撞到軍用卡車，偏偏被母親目睹了此一場面。

母親因而嚇得差點昏倒，等稍微恢復鎮靜後，便以嚴肅的口氣警告她：

「今後無論如何，都不許妳單獨騎腳踏車！如果一定要騎，就叫爸爸或哥哥載妳。」

秀蓮點頭以便讓母親安心，但內心卻如此喃喃自語：

「卡車又不會看到男生就避開吧……」

學校裡談不上什麼兩性教育，不過校慶那一天會特別開放給建國中學的男學生參觀。每當這天就會發生很有趣的事，譬如男學生揹著跟自己體重一樣沉重的書包，三三兩兩聚在一起，一邊東張西望，一邊徬徨地走來走去，彷彿動物園裡的猴子一樣。

不過這天並不允許男學生和女學生互相對話。女學生早就藏身於校園建築物裡，打從遠處以高傲又冷靜的神情觀察男學生的舉動。即使和尚遇到比丘尼，也不會比這種情形更滑稽吧。

反正每當這時，秀蓮的心裡就會這樣想：

「看起來那麼傻呼呼的男生，到底哪一方面比女生好啊？」

四洲九國的筆友們

當時北一女初中生在德、智、體、群四育成績都達八十分以上時，就可以直升高中部。秀蓮念初中時成績逐漸進步，有三項拿到高分，但每次體育成績都不理想。

「我不知道原因，我已經很努力了，但每次遇到運用身體的科目就不行。當時我想是自己天生遲鈍，只好認命。」

呂秀蓮回想中學時的體育課，簡直就是一場噩夢。

「尤其我的握力很弱，譬如握單槓或丟鐵餅方面眞的很差。甚至我的筆記速度也很慢。不但字寫得很難看，而且寫起字來手很快就痠痛，沒辦法寫久。經過十八年後，我才明白是因爲甲狀腺功能失調，導致手指末梢神經退化。」

不管如何，秀蓮因爲體育成績未達八十分，而無法直升高中部。還好參加台北市舉辦的高中聯考，又考上了北一女高中部。

她升上高中後更認眞讀書，對課外書也很關心，幾乎看遍了圖書館內的書籍。尤其愛看小時候從父親和哥哥那兒聽過的名人傳記，有一段時日被孫中山的高瞻遠矚和革新思想深深吸引。然而自從讀過《胡適文選》後，便開始愛上他教育者兼思想家的自由觀念。後來秀蓮爲自己取號爲「逸之」，也算是對這兩位的「敬意」。

就在這段時期，秀蓮開始沉迷於世界文學，例如《簡愛》、《亂世佳人》等描寫堅強女性的小說，讓秀蓮著迷了好長一段日子。此外傳勝也推薦她讀中國四大古典小說，並強調應該按照計畫有系統地讀書。

四大古典小說中，她覺得《紅樓夢》遠比爲了權力而互相欺騙的《三國演義》、《水滸傳》還要有趣。至於短篇，她愛讀散文家陳之藩的文章。

但不管如何，對秀蓮高中生活影響最大的人是張澍老師。當時擔任秀蓮一年級班導師的張澍老師，曾在美國俄亥俄州哥倫布市（Columbus）中學教書多年。因爲她有這種經歷，在第一天上課時就帶來美國學生的通訊錄，積極建議同學們與美國學生通信結交筆友。老師索性將通訊錄和點名簿擺在一起，依序配雙，而且親自爲同學們寫好的書信修改英文。

秀蓮雖然英文實力還不成熟，但有勇氣生平第一次寫信給外國人，都是張澍老師的功勞。盡心寫好信交給老師校正後寄出去，等收到回信時的那種感覺，眞是一種既新鮮又興奮的經驗。

秀蓮的運氣不錯，因爲收到秀蓮書信的筆友非常滿意與秀蓮書信交往，因此兩人之間的書信往來不曾間斷，每逢佳節或生日等紀念日時，更彼此交換禮物等，因而加深了友情。

班上與秀蓮最要好的三個同學也從秀蓮那兒受到影響，而開始與美國筆友書信往來，最後她們甚至不滿足於只和一個筆友交往。在報刊上看到國際筆友俱樂部的廣告之後，索性把她們的個人簡介登錄在那裡。然而四個同學中，秀蓮的人氣最旺，收到從全世界各地筆友寄來的書信，筆友最多的那段日子裡，與美國、加拿大、英國、德國、比利時、日本甚至奈及利亞等四大洲九個國家的筆友書信來往。

與外國筆友書信來往時得到的最大收穫，就是讓秀蓮的眼界變寬廣了，秀蓮以此爲根基而建立了多元文化的正確國際觀，並且因而逐漸提高對英文的興趣。此外也藉此讓世界各國筆友認識台灣的風俗習慣和歷史，使自己覺得好像成了民間外交使節一樣心滿意足。

她的英文因此進步不少而有了信心，偶爾聽到村裡來了外國人的消息，就馬上放下手邊的事跑過去主動交談。一到寒暑假，就到教堂聽英語會話課，也使得她的英文大幅進步。高中二年級暑假時，從報紙讀到四健會要派遣美國籍的民間大使到桃園的消息，立刻帶著那張報紙出門去找，找了三、四個小時，流了滿頭大汗，最後好不容易才見到美國青年，秀蓮興奮得忘了對方是男性，一見到他便主動握手示意。

另外有一次，幾位來台灣的摩門教大學生看到筆友廣告而到家裡來找她，使得母親差點昏倒。身爲摩門教徒的他們非常親切又愛交朋友，但母親說他們沒有禮貌，而大聲責備了秀蓮。可是秀蓮至少用這種方式來使自己從沉悶又保守的環境裡跳脫出來，呼吸一下新鮮的空氣。

這些經驗使秀蓮憧憬更寬廣的世界。當時台灣是聯合國的常任理事國，在國際上享有崇高地位，連當學生的秀蓮都認識如葉公超、蔣廷黻、顧維鈞等有名的外交官姓名。

他們有不同凡響的才華，人品高尚，在台灣的年輕人之間是廣受崇拜的對象。擔任外交官的夢想這時也在秀蓮的內心裡開始萌芽。

錄取名單的第一個

由於傳勝在大三時就取得了法官特考檢定資格，而且在大四時已經通過了律師特考。無論什麼事都要以哥哥為學習模範的秀蓮，更在高三時參加了高考資格檢定考試。

若要參加高考，原則上必須有大學畢業證書或通過資格檢定考試。不過資格檢定考試科目中的共同科目與專業科目可以在三年內分別參試，因此秀蓮設定目標，先設法通過國文、三民主義和史地三科，等大學時再考專業科目。

同年級同學們正積極埋首準備大學聯考時，秀蓮卻悄悄地參加了國家考試。有些人看見她穿著北一女綠色制服進入考場時便問：「這裡是考高考的試場，妳是不是跑錯地方了？」因為穿制服的秀蓮看起來還很稚氣，竟然來參加那麼難的考試。

秀蓮考完試後，還寫了一篇愛情小說。大家都埋首苦讀課本準備大學聯考時，她還到處尋找文藝報刊投稿，看起來好像是已經放棄升大學的學生。不過，妥善管理時間的秀蓮雖然沉迷於小說創作中，也從未疏忽功課。

當時大學聯考分爲三個組。甲組爲理工科系，丙組爲醫農科系，而文法商科系則屬於乙組。秀蓮早就決定要選擇乙組。

國文老師認爲她對文學有興趣又有才華，所以建議她讀中文系；歷史老師認爲她對人文科學方面有傑出表現，所以建議她讀歷史。但這些都改變不了她的決定，她認爲文科可以依個人能力而有較多接觸的機會，因此希望在大學專攻方面盡量選擇能累積特殊知識的專門領域。至於商科打從一開始就不是考慮的對象。這是她長久以來的夢想，因此決定報考連父母也積極贊成的法律系。

考試當天，爸媽陪秀蓮到考場去。

「秀蓮，不要緊張，慢慢考。」

媽媽以緊張的神情叮嚀，但秀蓮實在太鎮靜了，似乎反而應該叫她緊張一點才行呢。考完試後，秀蓮認定自己當然會考上因而很放心。

但是，放榜日期越接近，不安的想法便開始一連串地出現。越想越覺得自己估算過的分數不對。想一想，好像自己把每題的答案都誤填在下一欄裡，也可能把姓名寫錯了。想著想著，距離放榜的三天前，她竟然憂慮得吃不下飯、喝不下水。而且要通過那麼可怕的競爭才能考上台大法律系，反而讓她自己覺得莫名其妙。

秀蓮心裡已接受落榜的結果，而打定主意乾脆先說服父母。

「不要期待這次的結果，很抱歉讓你們失望，求你們再給我一次機會。」

「還沒有公布考試結果，妳何必先這樣說？雖然很焦急，但等到放榜後再說吧。」

父親的安慰也沒辦法安撫秀蓮不安的心情。

「有不好的預感，我一定考得很爛。」

「是眞的嗎？」

「是……再給我一次機會，如果下次重考，我有信心一定考上。」

父母默默無語。並不是不願意答應女兒重考，而是無法接受秀蓮視落榜爲既定的事實。

放榜當天，爸媽和哥哥貼近收音機旁，仔細聽取主持人唸錄取考生的名單。秀蓮以如坐針氈的心情偷瞄家人的臉色。終於輪到要公布以法律系爲第一志願的錄取名單。

「呂秀蓮。」

無論秀蓮和家人，都驚訝得張大了眼睛。秀蓮的姓名竟然最先被唸出。

「爸，媽！聽到了嗎？」

傳勝以興奮的嗓音大叫。

「考上了，而且是第一名！」

「第一名？」

「第一個唸了秀蓮的名字啊，這等於說她以第一名考上了。」

原本聽秀蓮說沒信心考上的爸媽，神情看起來簡直無法相信第一名的消息。傳勝不厭其煩地一再說明讓爸媽安心。

「看來你們還不相信，我卻聽得千眞萬確。」

「是眞的嗎？」

「沒錯，媽，我保證啦，現在妳盡情地高興吧。」

父親的嘴邊這下才浮現了微笑，母親則用手背擦拭眼淚。秀蓮本身也無法相信，但從收音機報出來的確確實實是「呂秀蓮」三個字，就算不是第一名，也確實有考上了。

家人的喜悅遠比秀蓮想像得還要大，連續出了兩個台灣大學法學生，不只是呂家，也是全桃園値得慶祝的事件。當時，已經大學畢業並且擔任律師的傳勝早有名氣，全村都很羨慕秀蓮的父母。一般人家想讓小孩進入台大法律系都很難，呂家竟連續兩個小孩都能考上該系，令人羨慕是必然的。何況呂家又不是有錢人家，加上從未接受課外補習，因而更讓人羨慕。

尤其更讓秀蓮高興的是，她甩開了優秀的男學生而以最高分考上。如今只等她成爲優秀的女法官，便要糾正性別不平等以及社會上根深柢固的不合理現象。

秀蓮下定決心從今以後眞的要很認眞讀書了，這種決心在她心裡發芽多少有點悲壯的覺悟：到現在爲止都只是爲了自己而努力，但將來應該爲了更多人而讀書。

辦舞會不跳舞

由於秀蓮是第一名考上，因此自然而然被選爲班代表。班上大部分的男同學都是來自中南部，女同學則大多畢業於中山女高。可能是這種緣故，男同學們在女同學面前很容易畏縮，面對第一名的秀蓮時更是如此。

然而秀蓮是個很酷的班代表，無論任何事都率先挺身而出，另一方面還發揮機智爲班上安排舞會。對秀蓮來說，可說是個連「舞」字都不懂的人。雖然不會跳舞，但又不是連跳舞的樂趣都不會想像啊，光是觀賞同學們快樂跳舞的神情就可以了解了。

「據說，舞蹈在人類語言出現以前就已經有了，是不是？可能因爲這種緣故，我覺得舞蹈比語言更眞實。使用語言時可以隱藏內心，但是投入舞蹈時，虛僞等似乎都會消失不見。我就是很欣賞同學們這種神情而常安排舞會。」

尤其考試結束後的週末，秀蓮的系上一定會舉辦舞會。每次先精心安排後，秀蓮便第一個出場盡情營造氣氛，見到氣氛開始熱絡起來，就消失得無影無蹤。

她的大學生活就是這樣開始的。從大一起，邊讀刑法等課程，邊準備高考資格檢定考試。另一方面，加入《大學新聞》週報擔任編輯，趁此不斷地認眞寫作。曾經考慮當家教來賺取學費，但父親勸她專心準備高考而作罷。

刑法是秀蓮最喜歡的科目，因爲它與人文精神密切相關，而且教授陣容也很棒，典型學者風格的韓忠謨教授以治學嚴謹、教學認眞出名，而剛留學回國的蔡墩銘教授的課每次都令秀蓮感動。

「法律，自然與其社會背景或文化有深厚的關係，所以法律人不能只是個會引用條文的法匠，而應該要領悟法律精神和學理，並且還要深入了解其他各種學問，才能成爲眞正優秀的法律人。」

秀蓮非常景仰每次上課時都提示學生法律人該走正路的韓忠謨教授，甚至因爲實在太尊重韓教授，而決定將來讀研究所時一定要專攻刑法。

直到那個時期，仍然沒有辦法放棄外交官之夢的秀蓮，對於國際公法也很有興趣，當時的授課老師是丘宏達教授，剛從美國回台的丘教授常常推薦美國法學院的課本給學生。

法律課已經夠艱澀，還要用英文課本，讓大家都覺得好辛苦。還好，每年寒暑假時都參加由救國團主辦的「國際事務研習會」，學習有關政治外交及禮儀等課程，全都是用英文進行的；還有和其他大學三、四年級學生一起編輯研習會刊物等，這些對於常常練習英文的秀蓮並不覺得困難。而且在國際海上大學巡迴到台灣時，她被選派爲接待人員，學習到了如何接觸國際事務。

由於秀蓮每次都認眞讀書，上課時也都誠心準備功課以便發表，讓丘宏達教授留下深刻的印象，但其他同學則不斷抱怨。

「英文讓人很頭痛，使得已經夠無趣的法律課本變得更枯燥。」

但秀蓮覺得除了商務法以外，其他所有法律課本都很有趣。她並不會因爲讀法律系而緊抓著法律書不放，反而堅信法律有崇高的價値，即在人類生命上實現正義。因此對秀蓮來說，讀法學比修學分更重要，而且她也希望在那過程中，對人與人之間的世界有深刻的洞察能力。

秀蓮的心版上一直刻印著，傳勝考取律師執照時父親講給哥哥聽的故事，那時秀蓮還在讀中學二年級。

清朝有一位訟師，常替人寫狀子，筆鋒銳利，由於善於引用條文，也很懂得鑽法律的漏洞。每次替人打官司總是勝訴，找她打官司的人都得排隊。

訟師變得有錢有勢，可惜長年以來膝下無子，於是夫婦倆找算命仙問個究竟，原來他命中本註定該有四個孩子，但因爲被自己無情的筆鋒刺死了三個，算命仙告訴他，如果不再寫狀子，並且多積德行善，將得到一子。

爲了求得一子，訟師從此不再替人打官司，後來果眞獲得一個乖巧的兒子。

二十年後，村裡發生丈夫刺死太太的凶殺案，丈夫發現太太紅杏出牆，羞辱憤怒下犯了大罪。這個殺妻兇手找訟師想法子脫罪，訟師不肯為他破例，兇手只好帶著紅包懇求訟師的太太，央請她無論如何說動訟師承接此案。

根據大清例律，捉姦必得捉雙，並把男女兩人同時殺死可判無罪。兇手得到訟師的暗示，回家途中看見一個年輕人，不由分說就捉進屋裡殺掉，與太太的屍首一起放在床上。

訟師因受兇手之託來到現場，發現那無辜的年輕死者竟然是自己的兒子，當場昏了過去……

「律師的訴訟文像外科醫師的手術刀一樣銳利，它能救人也能殺人。」

在哥哥身旁津津有味地聽父親說著故事之際，最後的這一句，讓秀蓮至今難忘。

「優秀的律師一定不可以忘記這點，而且要考慮自己的一句話對別人將會有什麼樣的影響。也就是說，不要因為能賺錢而全盤受理所有案件，應該要受理幫助受委屈或可憐者的案件才對。能堅守正義的律師才是最優秀的律師。」

堅守正義的律師！這句話讓秀蓮的心臟激烈地跳動起來。以前她只單純地覺得律師的職業很酷，但這時才了解律師職業應該具有明確的理想及熱情。

每當秀蓮認為讀法律好艱苦時，就想起這一點而獲得勇氣。「堅守正義的律師」這句話總是令她振奮並且一再刻印下嶄新的決心。

高考落敗陷入絶望

當時台大的學風還算自由，但政治氣氛仍受壓制。譬如批評國民黨政府之事一概不准，有不少人因而坐牢或遭解雇。

曾教過傳勝的彭明敏教授也因爲發起「台灣人民自救宣言」而被逮捕坐牢，度過兩年的監獄生活，出獄後仍然在家軟禁，最後落到離開台灣流浪於國外的處境。國民黨政府將彭明敏教授列在黑名單上，要讓他餘生永遠無法回台。

秀蓮當時不僅沒有關心政治，也不了解。她只是看看書，寫寫小說，沉浸在文學思潮中。後來迷上孫逸仙和胡適的人格，而爲自己取了新筆名叫做「逸之」。如果說她有變化，就是除了看小說以外，對於哲學等人文方面的興趣比以前濃厚。秀蓮自從閱讀哲學書籍之後，開始自問：

「在芸芸眾生中，如果我這個人消失不見了，世界不會有什麼改變吧？那麼我何必出生呢？到底要如何才能讓自己的人生變得有價值？」

雖然不斷自我質疑的那段時間令她陷入混亂，但仍不失爲意味深長且激情的歲月。

說實在，秀蓮的成長期雖然物質環境並不豐盛，但總算是在家人的愛及呵護中順利成長，而且經由滿足家人及師長的期待過程中建立了強烈的信心，可以說她並未經歷過重大失敗的痛苦。

升上大學後，逐年通過九科高考資格檢定考試，到了大三時終於獲得檢定資格，於是毫不猶豫地參加司法官高考。可惜國文成績五十七分，但司法官考試國文不到六十分，一律不錄取。她因此生平第一次嘗到了落敗的痛苦。

深受打擊的秀蓮因為挫折太大而抬不起頭來，由於深感羞恥，而天天躲在被子裡痛哭流涕。尤其怎麼也無法接受國文分數不及格的事，平常對作文很有信心，甚至傳勝都承認秀蓮的寫作比他好，但其他科目都通過了，偏偏國文科碰壁。

秀蓮決定寫信給被稱為「陶青天」的監察委員陶百川，信中說明原因，請求幫忙調查自己的作文是否算錯分數或登記錯誤。

不料考試院的回函表示：

「調查結果，呂秀蓮的國文分數無誤。」

秀蓮這時深刻體會到什麼叫做「眼前一片空白」，那是一言難盡的痛苦經驗。極力不去想自己是落敗者，但這種想法一再浮現腦海，令她陷入絕望。

這消息雖然使家人感到意外，還是誠心鼓勵秀蓮再考一次。於是她重拾勇氣，以不承認失敗的心情再次應考。但是沒有想到，這次還是落榜，而且全部科目總分數只差三分。這次不純粹是受打擊而已，心裡也開始產生懷疑，這種考試實在令人想不通，突然覺得這裡面一定有什麼問題。

連帶使她開始後悔就讀法律系，她懷疑自己並沒有明確的目標，只是順著哥哥傳勝早一步鋪好的路而高興地跟隨。走上哥哥所走的人生道路，這樣眞的能成爲自己的主人嗎？

有一天，秀蓮試著將「失敗」這個詞彙喃喃地唸出來，然後默默地凝視它，不禁取笑以前驕傲的自己，藉此慢慢放下痛苦，感覺到自己的心也隨著放空。在經歷挫折的過程中，自己已不知不覺中成長。

「我何不走自己的路？」

這時才再度記起遺忘已久的外交官之夢。沒錯，秀蓮曾經有過想當外交官的日子，但卻好像理所當然地讀了法學院，毫無懷疑，結果司法官高考落榜。想一想一切都是自己的錯，於是重新開始準備考試，但這次準備的不是爲了當法官而是爲了當外交官。

有一天偶然翻閱《大學新聞》時，看到一則法律系學長徵求筆友的廣告。秀蓮早就聽說過他畢業後獲得法國政府提供奬學金而去歐洲留學的消息。

廣告欄裡的內容是他希望和法律系學妹交筆友。與國際筆友交流是秀蓮長久以來的興趣，這回剛好對象又是法律系學長，讓她覺得好玩，也覺得對她有幫助，於是寫了封信給他。

懷著半爲好奇、半爲好玩的心情將信寄出，一陣子之後便忘了這件事，直到數週後收到一張印有歐洲牧場風光的明信片時才想起來。

以「親愛的呂秀蓮學妹」起頭的文句裡，流露出學長坦白又親切的個性。秀蓮讀信時嘴邊始終保持著微笑。對方正在攻讀外交博士課程，因此可以從他那兒獲得很多有關歐洲文化和生活方式的資訊，使得她的外交官之夢再度燃燒了起來。

雖然彼此不太認識，而且離得很遠無法見面，但兩人之間有寫不完的豐富話題。秀蓮的文學感性和學長豐富的經驗談，加上同科系所產生的交集，使得兩人彷彿已經認識很久的朋友，有種隱密的親切感。

對方非常積極，還透過台灣的朋友打聽秀蓮的事，然後爲秀蓮加油，積極建立連秀蓮本身都不太確定的信心。

秀蓮：

我相信妳一定可以成爲優秀的外交官。我雖然遠在法國，但還是有這樣的感覺，也許就因爲我離得較遠，所以能更客觀地感覺到吧。

希望妳感到疲累或失去信心的時候，就回頭看看自己走過的路。

妳比任何人都聰明，而且一路走來風風光光。

我相信妳將來還是一定會如此。

大約這種內容的信函不斷地寄來，有的時候學長還透過回台的朋友轉交了他的相片，秀蓮也託再回法國去的學長朋友轉交了自己的相片，後來她收到了這樣的一封信：

秀蓮：

今天從台灣回來的朋友把妳的相片交給了我。彷彿妳就眞的在我面前一樣。

由於妳的自我意識很強，表達意見時也很有主見，因而讓我不知不覺中對妳產生了中性的印象。可是相片裡妳的模樣遠比我想像的還稚嫩又很女性化，因此在一瞬間感到很驚訝。

……

……

……

讀信的時候，秀蓮不知所措得無法讓自己怦怦的心跳穩定下來，這種感覺是生平第一次啊，很不習慣也很生疏，但又很甜蜜。秀蓮在大學快畢業時才開始初戀的感覺。

無情的死別

不過要擔任外交官的路打從一開始就遇到障礙。

「可以了解妳因爲司法官高考落榜而傷心，但何必冒昧去考外交官呢?難道妳不知道外交部絕對不會挑選女性外交官嗎?」

系上所有教授都勸阻秀蓮。

「我沒辦法接受。爲什麼女生就不能當外交官?」

「雖然遺憾，但現實就是如此，還能怎麼辦?」

「即使如此，我還是不會放棄。在台灣，對女性的限制太多了，至少要打破其中一項，才能讓台灣眞正有發展。」

「我也很同意妳的想法，但爲時尚早。就算妳通過筆試，在口試時一定不會讓妳通過。我不希望看到像妳如此聰明的學生碰到現實障礙而挫折的模樣，那也是一種很大的損失。」

秀蓮好氣餒。她在不合理的現實和不安的未來之間，生平第一次對自己感到非常失望。

然而不知不覺中就快畢業了，她壓根兒都沒有想要結婚，成爲一個男人的妻子而度過餘生。秀蓮下定決心去留學。

「去留學？女孩子竟敢到外國去獨自生活？」

好不容易說出自己決心的那一刻，母親驚嚇得差點昏過去。

「妳連作夢也別想，我瞑目之前絕不會答應。」

反正她也沒有期望會馬上獲得同意，從此之後還是常常表明留學的心願，每當這時母親就激動地反對。

「如果妳再一次在我面前提留學的事，妳就不是我的女兒。」

母親有時怒氣沖沖而狠狠地威脅她。

雖然父親沒有發怒，但很爲她擔憂，有一次以憐惜的眼神看著秀蓮說：

「如今我年紀大了，最近嚴重氣喘，身體很差。萬一妳到遠地留學，我擔心死前沒辦法再見到我的么女啊。」

父親的話語遠比母親生氣的威脅更有效。秀蓮突然覺悟到父親衰老了許多，熱淚不禁奪眶而出，使得她無法再堅持要去留學。

一九六七年夏季，秀蓮以獲得法律系授予的書卷獎榮譽由台大畢業，之後考取了青輔會和《大眾日報》合辦的新聞從業人員講習班，由此展開她的社會新鮮人生活。但是採訪外交新聞大約三個月之後，就不想再繼續做下去了，因爲總覺得這不是自己要走的路。

「當時覺得好暗淡。高考落榜，又不能留學，彷彿前後被擋、被困一樣沉悶，有時覺得我的青春是否就這樣結束？令人好焦急。」

秀蓮如此表露當時的心境，但隨即又加上幾句：

「不過如今回顧起來，那也是一種試煉。我覺得對傲慢的我來說，絕望才會教人謙虛，而且看看周圍別人的痛苦，也成了珍貴的學習。」

有句話說，禍不單行。十一月時氣喘極度惡化的父親終於住進了醫院。那時兄姊都已經結婚成家，於是照顧父親的責任自然由秀蓮承擔。躺臥在病床上的父親衰老的模樣讓秀蓮心痛。想到以前自己因患百日咳而住院時，照顧她的父親心情也是同樣吧？秀蓮不分晝夜守候在父親身旁。

父親擔憂的事很多。尤其一提到秀蓮的將來和婚姻問題，馬上就像整張床都垮下來一樣長長地嘆了口氣。

「嫁不出去的女兒就像沒有把手的菜籃子……」

爲了讓如此擔心的父親安心，而出席了幾次家人爲她安排的相親，對方的條件都很好，但始終沒辦法讓她動心。

說起來，秀蓮相信如火花般的愛情。她認爲要結婚就要和有絢麗理想和堅定世界觀的男人欣然約定彼此的一生，所以對於爲結婚而結婚這種事根本不放在心裡。

即使如此，仍然不忍心在唉聲嘆氣的父親面前表露她這樣的心情。父親一生不停地工作，爲了養育子女而省吃儉用。她只期許父親能早日康復，好坐著哥哥新買的汽車到各地遊玩，而且也讓他看到女兒成就的模樣，因此她都乖乖地聽父親的話。這段日子裡是她生平第一次扮演父親乖巧的女兒的角色。

但是父親的氣喘仍然未見好轉，加上心臟逐漸無力，整個人看起來明顯衰弱許多。接受治療約兩個月後，在病房裡過年的父親不耐煩地嚷著要回家。

「我不想再住這裡，帶我回家。」

剛開始勸他說還不能出院，又故意生氣地說不行，但父親堅持到底，最後還不耐煩地大聲叫說：

「你們打算把我關在這個治不好的醫院到什麼時候？我還要求你們幾次才會聽話？」

於是開了一場緊急家庭會議。兩個姊姊和哥哥認爲要出院還太早而反對，但一直在醫院照顧父親的秀蓮則有不同的意見。

「我沒辦法信任主治醫師，太沒誠意了。偶爾有實習醫生來看一下之外，主治醫師根本沒來過，這裡住久了，只會讓爸爸更傷心，不是嗎？」

「但是萬一遇到緊急狀況，醫院比家裡更有利吧？」

「話是沒錯……」

「爸爸那麼希望出院，眞不忍心讓他一直住在這裡……我去找主治醫師商量看看好了。」

傳勝考慮後提出了解決方案。剛好主治醫師也認爲父親應無大礙，可以出院回家，於是一九六八年一月六日終於辦妥出院手續。

不料才結清費用、領完藥，正準備離開病房時，父親的臉色突然大變，還來不及扶住他就立刻倒地，昏迷不醒。

大家驚慌得立即去找主治醫師，卻遍尋整棟醫院也找不著，這時令人心慌得血液都快乾涸了，好不容易等到傍晚，主治醫師才出現，然而他的第一句話竟然是：

「我已經下班了。」

眞是令人氣結，但還是先設法救活父親要緊。

「醫生！我父親很危急，拜託醫生看一下。」

「我已經下班了，等明天再看吧。」

「不可以！等到明天可能就太遲了。」

「唉……要看所有的病患，我根本沒辦法下班啦。」

「拜託你看一下就好。有時也會有個例外啊，是不是？」

「好，好！我有空會去看看。」

秀蓮心急又忿怒得眼珠都快要彈出來了。父親陷入昏迷不醒的狀態，身爲醫師的人竟然連個影子都沒有。

「有沒有給他紅包？」

也許這家人焦急的模樣讓人心疼吧，有人提示了一下，這才恍然大悟，於是傳勝急忙準備紅包，主治醫師收到紅包才答應等一下就過去，但可能紅包裡的錢不夠多，醫師仍然沒有任何消息。

千斤般沉重的時間仍然無歇止地流逝，不知不覺中已經到了夜晚。眼睜睜地看著依舊不省人事的父親，家人因無力焦急而早已絕望心碎。這一刻，母親喃喃自語地說：

「不能讓他在醫院裡過世，趁他還有命時回家吧。」

傳勝以染紅的眼望著母親，好像有話要說似地掀動了嘴唇，但又馬上露出放棄的表情，跑出去租計程車。秀蓮極力忍住不哭，咬緊了嘴唇。

抱住父親的傳勝和母親坐在車子後座。秀蓮到今天仍然記得很清楚，當車子行經總統府前時，坐前座的她看到牌樓上的文字在冷颼颼的夜色中燦爛輝煌：

恭禧新年

父親回到家裡不久就斷了氣。一月七日凌晨，活過六十七年的生命在主治醫師的罔顧和家人的痛心哀怨中與世長辭了。

從未想到會如此突然與世上最親愛的父親永別，秀蓮對此幾乎失去了理性。比起來，高考落榜的打擊根本微不足道。如果她能在父親臨終前說一句愛他，就不會這麼痛苦到極點了。

生命本是如此虛無又脆弱的嗎？無情的死別從秀蓮身上將生活意志力都搶走了，使得她無法做任何事，也不想去任何地方，甚至看到人們的笑容，也會湧出淚水。父親已不在這世上，她很害怕看到人們仍然過得快樂。幾個月之後，好不容易恢復過來而能外出了，但她不再搭火車，因爲從桃園到鶯歌的鐵路上會看到父親的墓地，所以堅持搭乘公路局汽車。如此思念父親的一切，如今卻只能看到父親的墓，她就是百般不願接受此事。

令人怦然心跳的愛情

失去父親的哀痛與百日守孝的繁文縟節，讓秀蓮心力交瘁，喪失活力，隨之也失去了一切意念，熱忱一旦消失的心再也恢復不過來，持續沉陷下去，呈惡性循環。

每晚都是在對父親的思念和罪惡感中哭累了才入睡。到了早上，不願讓母親看到她哭腫的眼和臉，而一起床便急忙出門。

那天秀蓮還是照樣悄悄出門時，母親叫住了她。

「常不吃早餐，會弄壞腸胃，至少吃一碗粥再出門吧。」

「不想吃，肚子餓時，我自己會吃。」

秀蓮向站在朦朧晨光中的母親回話。

「最近妳在忙什麼？」

「總不能一直待在家裡，出去打聽看看有什麼事可以做。」

「是啊，我相信妳會做該做的事，但還是先吃完飯再去吧。」

「快要遲到了，我要趕快出去。」

秀蓮隨便回應一句，像怕被人追蹤一樣忙著穿上鞋子。這時，母親重重地嘆了口氣說：

「其實我很討厭自己一個人吃飯，自從妳爸爸過世後，我常一個人吃飯。」

這一刻秀蓮的心彷彿突然被撕裂一樣痛了起來。她只沉溺於自己的哀傷而從未體諒過母親的哀痛，讓她對自己好生氣。失去父親的哀傷再大，會比母親失去丈夫的哀痛還大嗎？

秀蓮默默地回頭望著母親。母親空洞的雙眼已經哭累，蓬亂的頭髮和沒有血氣的臉孔，彷彿童話中解除魔法而在一剎那間衰老的老婆婆一樣令人心疼。秀蓮用力吞嚥一股熱熱的哀慟，用沙啞的聲音說：

「想一想突然覺得好餓，好久沒跟媽一起吃飯了，要不要一起吃？」

母親馬上勤奮地動手準備早餐。坐在餐桌前望著母親這樣的背影，秀蓮想至少爲了母親，自己要趕快打起精神。

她接著開始準備報考台大法律研究所，不告訴家人，獨自去應考，結果在一百四十八名報考者中，名列榜首。

這是呂家好一段時日以來的第一個好消息。以秀蓮的立場來說，也是一掃上次司法官高考落榜陰霾的好契機，只是遺憾無法和父親分享這份榮耀。

重返台大當學生的秀蓮，決定要專攻很早以前就決定的刑法，並且請蔡墩銘教授擔任指導老師。學期開始，正式上課，秀蓮成了研究所內所有學生注目的焦點。以她大學時的名氣，加上班上連她在內只有兩名女生，自然而然吸引了男同學的注意。

雖然北一女和法律系的同學們一個接一個寄來喜帖，但秀蓮總覺得這些都是另一個世界的故事。自己也不懂，當同學們都結婚了，母親也那麼在意么女的婚姻時，她本身爲什麼總覺得跟她無關。或許是因爲——雖然秀蓮本身並沒有意識到——自己設定的理想對象標準過高，並且自認世界上不可能有這種對象而放棄。

其實，秀蓮一向認爲如果對方在學問、人格，還有面對世界的眼光等各方面不比她高則不予考慮。到現在從未遇到這種對象，於是自我猜測將來也不會有那種機會。

不。雖然從未見過面，但有那種男人，在這世界上唯有一人，他在法國。學長一直寄信來，但秀蓮並沒有常回信，因爲留學夢受挫，加上失去父親造成的傷心過大，此外她也覺悟到以前並沒發現的樊籬的確存在。

她想，即使有再多的思念，如果無法拉近兩人之間的距離，思念只是思念而已。突然間覺得這些都很虛無，並從內心深處告訴自己該承認現實。想到這裡，就覺得台灣和法國之間的距離彷彿月球和地球一樣遙遠。

秀蓮從未向周圍任何人提過，她與學長之間信函交往的事。她覺得那是一種隱藏在心底深處的祕密，就像爲了拯救妻子而到冥府的奧菲歐（Orfeo）忘記與黑地斯（Hades）的約定，而在回頭看的那一刻失去了尤莉迪絲（Euridice）①一樣，也許自己把這件事說出來的剎那間，一切都將如泡沫般消失不見。

然而有一天，一位陌生女子來找正在圖書館裡讀書的秀蓮。

「不好意思突然來找妳，請不要緊張。我是受我弟弟之託而冒昧來找妳。」

那女人明明是初次見面，卻有很親密的印象。

「妳的弟弟是……？」

「我弟弟現在爲了圓外交官之夢而在法國讀書。」

「啊……」

「他說妳最近都沒有寫信給他，很擔心妳發生了什麼事。但看起來妳很平安，讓我安心多了。」

她看起來很面熟，原來是學長的姊姊。

「因爲這一陣子我父親過世……所以沒時間，就沒有回信。」

「原來有這種事。如果我知道了就會去弔問……沒有告訴我弟弟嗎？」

「是，不想讓他擔心……」

「這樣啊，妳一定很傷心吧。」

秀蓮淡淡地微笑，對方也以溫馨的微笑回應。兩個女人彼此面對面，一時間不知該說什麼。學長的姊姊先開口說：

「我想正式邀請妳來我家。妳什麼時候有空？」

意想不到的提議，讓秀蓮稍顯驚慌地說：

「謝謝妳的好意……但我不想讓妳麻煩。」

「哪裡會麻煩！我好久沒看到弟弟，一見到妳就覺得像見到弟弟一樣開心呢。如果妳不介意，來我家一起用餐吧。」

秀蓮只是客氣地點頭道別，但是幾天後眞的收到來信，要招待她晚餐。至少看學長的面子，沒辦法拒絕他姊姊的好意。

沒想到姊姊的家裡還有學長的父母也在等著與秀蓮見面。聽說他們從台東特別搭飛機來台北，唯一的目的就是爲了與秀蓮見面。

「很高興見到妳。我常聽兒子提起秀蓮小姐。」

想不到學長的父母會出現，讓秀蓮十分緊張，連打招呼的禮節都差點忘了。

「我是他媽媽，妳不要太拘泥。」

學長的母親印象很溫和，雖然僅看過相片，但看起來學長長得很像母親，第一眼就覺得他們都很善良又親切。

學長的姊姊笑著過來拉住秀蓮說：

「讓客人站到什麼時候啊？妳一定很餓吧，快進來。」

於是她和學長的家人面對面一起用餐，雖然很不自在，但學長的存在頭一次讓她覺得如此具體又親近。原來學長如此珍惜秀蓮，而將秀蓮驕傲地介紹給父母。

用餐時間始終和氣融融，擺設的餐點全都流露出烹飪者的誠意，非常可口，對待秀蓮的態度也很親切。他們一家三人爲了看秀蓮，桌上的菜幾乎都沒什麼吃。

用完餐，端出甜點時，學長的父親拿了一個信封袋放在餐桌上。

「我們準備了一個禮物。」

「你們準備好吃的菜，還有禮物……很抱歉，我什麼都沒有準備。」

「不用客氣，我們只要看到妳就覺得很高興。」

秀蓮的臉頰因害羞而變紅。

「我們聽說秀蓮小姐也想當外交官。不管怎樣，兒子很想念妳。但因爲他是拿獎學金留學，不許離開歐洲，所以我們已經爲妳買了機票，希望妳去法國見我兒子。」

爲什麼偏偏這時候想到父親呢？也許是學長的父親令人意想不到的安排，以及非常溫馨的語氣吧。秀蓮像傻瓜一樣紅了眼眶，害她連道謝都說不出來，彷佛罪人一樣默默地低頭。

回家的路上，腳踏著地面卻像浮在空中的感覺。終於可以去法國見學長的喜悅，還有今後可以到更寬廣的世界，盡情享受自由的期待，使她的心都膨脹了起來。尤其自己被一個男人深愛，讓她覺得無限幸福。這種愛不同於父母或兄姊給予的愛，而有另一種感動。簡直不敢相信，自己竟然能得到一點血緣關係都沒有的他人如此大的關懷與愛。

從此只要想到學長，心臟就猛烈跳個不停，好像自己染上了無時無刻猛烈心跳的症狀，她終於得了愛情病。

站在人生叉路上

秀蓮在這種情形中仍然很快恢復冷靜。從小就決心自己絕不願只滿足於爲人妻子，這次也一樣，不想拿著贈送的機票急忙出國投靠一個男人。因此寫信給學長表明，請他等到她靠自己的力量找到出國留學之路。比任何人都了解秀蓮的學長也回信說會心甘情願地等，於是秀蓮立即積極收集留學獎學金的訊息。

剛好這時，打聽到「歐洲委員會獎學金」提供給世界各國學生攻讀國際政治學的機會，告知這個消息的人就是留學法國的學長。雖然此項獎學金僅限於在荷蘭阿姆斯特丹攻讀，但對秀蓮來說仍是很難得的好機會。

秀蓮趕緊申請獎學金，審查結果收到錄取通知。聽到這項消息的學長寄信來說，想到很快就能和秀蓮見面，害得他好幾個晚上失眠。如今只剩下準備啓程上路的事。

「一九六九年夏天，暑假開始，我以全學年平均九十七分得到第一名，因此剩下的一年研究所課程只需寫論文就可讀完。但是爲了和學長見面，而決定放棄其餘課程，我寧願到歐洲展開新的人生。那時我還爲了預備過外交官夫妻的美好生活，而學習烹飪、美容、插花，都以閃電般的速度學會。那時學長也先到荷蘭幫忙打點入學相關事宜，然後我們約好在阿姆斯特丹火車站見面。」

雖然已經是三十多年以前的往事，但回想著燦爛時光的呂秀蓮，眼睛仍然如少女一樣閃爍了起來，這是擁有永不褪色回憶的人才會流露出的眼神。

唯一讓她擔心的，就是孤單留下來的母親。當然母親現在可以和傳勝家人一起生活，讓她稍微放心，但要送走么女的母親彷佛再也見不到一樣，露出放棄的神情。如果母親像以前一樣堅持瞑目以前絕不讓女兒出國留學，反而會讓秀蓮心裡好受些。但自從父親過世後，母親顯得脆弱了許多。

「如果妳一定要走就走……我不可能一輩子抱著妳不放。如果妳有很想做的事，就要去做，不然怎麼辦？」

母親雖然沒有極力阻止，但這一段話比反對更緊緊捉住了秀蓮的腳踝。

這時，學長早就離開法國抵達荷蘭，秀蓮也已辦理簽證手續準備前往荷蘭。但沒料到，晚上十點之後，接到一封限時信，那是台大校長室寄來的信。

看完信後的秀蓮陷入極大的掙扎，因爲那封信通知她已獲得李氏獎學金，要盡快辦理赴美留學手續。難道是命運捉弄？偏偏在這時收到這張通知！

李氏獎學金是由開發錫礦致富的旅美李姓華僑，用他留下的遺產所設立，每年從台大全校選拔一位學生，可以獲得兩年的獎學金以及來回機票，並且畢業後不需要負擔任何義務。

台大校方依慣例每年先審查全校各系畢業總成績前三名的候選人後再選拔一名。秀蓮在筆試時獲得第一名，但由校長錢思亮親自主持的英文考試時僅拿到第三名。平常秀蓮對英文很有信心，但這次獲得第一名的學生是外交官的女兒，第二名是英國籍的香港華僑，這兩位學生的英文實力比秀蓮優秀也是理所當然的事。

已不抱獲選希望的秀蓮，剛好藉由學長父母送的機票，而決定前往歐洲。

依據李氏獎學金的規定，獲得獎學金的學生一定要在當年出國，不許延長期限或保留，並且不可以在兩年內結婚。然而獲得第一名的女學生剛好與未婚夫論及婚事，她與未婚夫商量後決定放棄。獲得第二名的男學生若要接受獎學金就必須取得中華民國國籍，因而必須服兵役，考慮結果只好放棄。由於這樣的緣故，機會輾轉落到了秀蓮的身上。

連想都不敢想的變數。要不是與學長的約定，這樣的好消息一定會讓她邊跳邊高興大叫的。但一切已經太遲了。

「校長，我很想去，可惜我已經獲得了赴歐洲的獎學金，而且正準備動身前往。眞抱歉，看來我要放棄赴美。」

校長睜大眼睛，以嚴肅的口氣說：

「呂同學，妳現在明白妳在說什麼嗎？妳正自己踢開一個大好機會。難道妳不懂李氏獎學金是本校學生人人都想獲得的最高榮譽？如果失去這次機會，不但妳個人會終身後悔，而且對我們學校以及全台灣來說也是一大損失。」

告辭校長後秀蓮到法學院見韓忠謨院長。

「換成是我，理所當然會選擇去美國。」

平常非常信任的韓忠謨教授這句話，使秀蓮的心意產生動搖。

「如果是攻讀法學，根本不用考慮，赴美研究遠比留學歐洲更有利。」

關鍵是其他教授們也異口同聲推薦美國，有位教授還親自連絡自己母校加州柏克萊大學法學院，沒過幾天就拿到柏克萊大學的入學許可，而她原先申請的伊利諾大學也熱忱歡迎她。

事情到了這種地步，秀蓮的內心陷入掙扎。無論如何，先把這種情形告訴學長最要緊。秀蓮明知道學長早已前往荷蘭，還是寄了一封說明自己有變數的限時信。

只不過是寄了封限時信，但因而將思緒整理得順暢多了。重點在於將什麼東西視爲最優先，是愛情還是自己的人生？很遺憾，秀蓮沒有辦法同時選擇兩者。在此刻她覺得自己的人生比愛情更重要。思緒到了這裡，她的煩惱變得單純多了。假如主要目的不在結婚而是讀書，那麼美國比歐洲有利。

在柏克萊沒有認識的人，但伊利諾有系上學長在那兒，而且秀蓮筆友的祖父母也住在那個地區。經過百般的煩惱之後，終於決定到伊利諾大學香檳城（Champaign）進修碩士學位。

離開法國的學長一定沒有收到秀蓮寄到宿舍的信。他根本不知道，他相約與兩年多來僅靠信函交往的秀蓮在阿姆斯特丹見面的那個時刻，對方正飛越東方的天空前往美國。後來聽說，當時他在阿姆斯特丹火車站癡癡等了一整個禮拜，堅信秀蓮一定會出現，以爲是飛機誤點或因故延後啓程，而苦苦地等下去。

「柳小姐，有沒有看過《愛在黎明破曉時》（*Before Sunrise*）這部電影？」

採訪中途呂秀蓮突然提起了電影。

「喔，我還沒看，但看過《愛在日落巴黎時》（*Before Sunset*），聽說那是《*Before Sunrise*》的續集。」

「是嗎，妳看完那部電影之後的感想如何？」

「其實我是在尼泊爾回韓國的飛機上看的……加上沒有韓文字幕，所以……」

「我猜妳的英文不太好吧？」

「Bingo!」

我以頑皮的口氣回應，接著因爲笑聲而中斷了一下下採訪。

「其實那時候因爲睡不著，所以勉強看了，但看那部影片時覺得好累。」

「爲什麼？」

「即使聽不懂，至少畫面應該有趣才對，但登場人物只有一個男人和一個女人。而且影片全都是這兩人一直不斷地邊說邊走路的場面，當然覺得很無趣啊。」

「妳沒看過前一集，加上英文不熟悉，難免會這樣覺得。」

「請問爲什麼突然提起那部電影？」

「怎麼說呢……男女主角在火車上偶然認識，共度一夜之後分手，相約六個月後在火車站再見面，電影就這樣結束。柳小姐看過的續集，則是以九年後他們在法國某一書店再會的場景開始。」

「啊，這麼說，他們並沒有去當初六個月後相約的那個火車站？」

「女人沒去，但男人遵守了約定，癡癡地等那女人來，一直在火車站等了一星期，我看電影時，不知不覺中想起了學長。聽說他也在火車站等我整整一個星期。」

「有沒有曾經後悔當時妳沒有去荷蘭？」

呂秀蓮慢慢地搖頭。

「在我的人生裡沒有後悔。因爲在每一時刻都深思熟慮後才下了認爲最好的決定，並且對一旦決定的事，無論結果如何，都不後悔。」

這並不是我所期待的答案，因此有點失望。大家都會選擇比較好的路，但其結果如何，等時間過了才會明白。所以有的時候，難免會後悔當時應該選擇那條路，而不應該選這條路，不是嗎？

結束第一次採訪回到韓國後，我順路到錄影帶店租了《*Before Sunrise*》和《*Before Sunset*》。當天晚上一口氣看完那兩部電影。有韓文字幕的《*Before Sunrise*》對白中，尤其這一句深深打動了我的心：

「妳大概不懂，爲什麼這一瞬間，在我的人生中那麼重要。」

譯注：

①奧菲歐是希臘羅馬神話中一位精通音律的半人半神，他憑藉著非凡的音樂才能，下到冥府，討回遭毒蛇咬死的新婚妻子尤莉迪絲；可是在走回人間的路上，他違背與冥王黑地斯「不得回頭」的約定，回頭望了尤莉迪絲一眼，因而永遠失去了愛妻。

第三章　留學生涯

獨立過日子

一九六九年秋天，秀蓮揮別捨不得她的家人，終於搭上了前往美國的飛機。宛如乳燕離開母燕懷抱而初飛般，終於開始靠自己的雙翅飛翔。

在飛往美國的途中，秀蓮先在日本過境一天，短暫瀏覽東京。

「同是亞洲鄰國，又都受到二次大戰嚴重破壞的日本，竟變得如此發達，讓我頗受打擊，無法相信東京比台北更現代化。便捷的地下鐵、摩登的高樓大廈、完善的公共設施，使東京明顯表現出時髦的都會氣息。我向來有反日情緒，不禁開始對日本嫉妒起來。」

那天的經驗成了秀蓮對台灣未來感到憂慮的決定性契機。

抵達芝加哥時已經是晚上時刻。美國北部地區的晚秋，對成長於亞熱帶氣候的人來說，已經冷得宛如被刮掉一層皮一樣的酷寒。秀蓮拖著沉重的行李辦理轉機手續，因爲從芝加哥到香檳城要再搭乘小型飛機。

她在嚴酷的寒冷及陌生的空氣中想起了學長。這個時刻，也許他正逗留在火車站裡，就像此刻的自己一樣一再啃噬著孤獨。她也在思考，等待不會來的人和明知對方等但自己去不了，這兩者中哪一方比較痛苦？無法得知。但確定的是，自己已經來到了更遠的地方。

從台灣出發前，秀蓮先打電報給在伊利諾大學讀法學的陳姓學長。由於赴美的決定實在太倉促，來不及安排住宿就出國了。到機場接她的陳學長先帶她到自己的住處。

那是整棟都住著華人的平民式公寓，一、二樓住男生，三樓住女生。陳學長帶秀蓮到與另外三個男生同住的樓層。要和四名陌生男人住在一個屋簷下，是她出生以來頭一遭。

秀蓮不知所措得坐立不安，陳學長只好把她帶到三樓的吳姓學妹住處。已經累到筋疲力盡，但還是再拖著行李到三樓去。鋪著破舊地毯的樓梯地板每次換腳步時就咿咿呀呀地響，通知大家有人上下樓了。原以爲美國是富裕國家，沒想到這裡也有這種簡陋的房子，眞是大吃一驚。同時也見識到台灣留學生遠在異國土地，爲了省錢而住在如此簡陋的公寓，讓她覺得難過。這樣的多愁善感不像秀蓮的個性，也許是因爲突然的環境改變再加上嚴重疲勞的緣故吧。

到三樓的秀蓮正要道謝時，有一個女生伸出脖子說她是吳姓學生的堂姊，接著很不客氣地說：

「我們不希望妳長期住在這裡，明天妳就自己去找地方住。」

感激的心自然消失殆盡，秀蓮的心冷冷地凍結了。幸好，因爲疲勞過度，連自尊心都被麻木了。秀蓮在陳學長送來的簡易床上一躺下來就像昏迷似地沉沉入睡。

第二天早上，陳學長匆匆上樓，由於心急而忘了敲門便進來，結果被吳姓學生的堂姊不耐煩地臭罵一頓。

「你連敲門的禮貌都不懂嗎?哎，眞是受不了，根本沒有隱私。」

秀蓮見到陳學長一副緊張的模樣，就覺得自己的身體也跟著凍僵了。原來陳學長是因爲法學系已經開學，爲了趕緊告訴秀蓮盡快去註冊而匆匆上樓。

正好秀蓮也很想早點離開這裡。打算不管怎樣也要申請學校的宿舍。

聽他們說，一般留學生大多喜歡住校外公寓，因爲如此一來可以自己下廚煮東西，多少能夠節省外食開銷。但打從第一天遭受的冷落記憶實在太強烈，沒有把握再與祖國同胞合住。反正她有豐厚的獎學金，想一想住校內宿舍比較好。雖然親自下廚可以省錢，但相對也要多花費時間。

辦完一切手續，拿到宿舍鑰匙，才覺得放心。秀蓮以滿意的心情掃視了一下房間。還不知道今後生活會如何開展，但無論如何，至少這一刻讓她心滿意足了。想一想自己能夠獲得獎學金來留學，是自己的努力和選擇。

不久後，秀蓮為了買些日用品外出，這時街頭已經夜幕低垂，各家商店都點亮燈火，黃色的街燈使她聯想起家鄉巷弄的風景，心底浮上溫馨的感覺，秀蓮一邊輕鬆地漫步一邊深深地吸氣。

對！這就是美國。這裡似乎瀰漫著人們常說的自由氣息。有人問到底什麼是自由氣息？也許一時答不出來，但至少這裡束縛秀蓮的事物一樣都沒有。想想自己在沒有貧困、男尊女卑、回家時間、別人眼光等的街頭上闊步行走，原本壓迫胸膛的感覺已消失無蹤，令她舒暢無比。

秀蓮伸著脖子東張西望，大致買齊了需要的日用品後，為了回宿舍而穿過大馬路。但是很奇怪，卻找不到出門時走過的路。正確的說法應該是分辨不出路在哪兒。不要說路段，連方向都搞不清楚。

「我到底從哪裡來的？」

不知不覺中喃喃自語之際，秀蓮噗嗤苦笑了起來。無意中喃喃自語，這不是很有哲學味嗎？

這時街道已經完全被夜色籠罩，建物的形狀和色彩幾乎辨認不出來，看起來都是一個樣子。黑皮膚、白皮膚的年輕人以龐大的軀體靠過來又遠離。恨不得捉住任何一個人問路，但好不容易有了勇氣，一面對他們陌生的臉孔時，卻又開不了口。

秀蓮走了又走。自己也不知道已經走了幾遍相同的路。雙腿發軟，冷冽的夜晚空氣狠狠地吹刮著臉頰和耳垂。而且遊盪街頭的青年們看起來都有著濃厚的不良氣息，其中有幾個還用露骨的輕蔑眼光掃視著秀蓮。她彷彿掉進深淵一樣，恐懼感突然撲過來。一感覺到恐懼，心臟隨即咚咚猛然跳個不停。

「媽……」

一個人感到恐懼時大概就會自然喊出一聲「媽」吧。然而「媽」這樣的音調，連她自己聽起來也覺得好悽涼又哀慟。自由氣息早已轉變成恐怖氣息，秀蓮自嘲似地想起「恐怖常伴隨著自由而來」。

突然又想起了學長，現在他是不是已經回到法國？會不會還在荷蘭火車站癡癡地等她？如果是，他一定是傻瓜。但有人曾說過，只有傻瓜才能眞正的戀愛。或許秀蓮本身太聰慧、太自愛了，所以現在才會因此受困。

秀蓮四處尋找公用電話亭，她一邊調呼吸，一邊翻閱電話簿，然後撥了陳學長的電話。

說實在很不願意再次麻煩陳學長，但沒辦法。秀蓮等陳學長來之前，一步也不敢離開電話亭。在這麼寬廣的美國土地上，這裡是學長來之前唯一能依靠的地方。要獨立過日子，是多麼困難、多麼緊張的事啊！

兩人合作繞地球一圈

剛踏上美國土地，連續兩天經歷了辛酸，讓她自然關心起別人的困難。所以她回到宿舍後第一件做的事，就是在房門口貼上中文名牌，好讓從台灣來的留學生看到這名牌而來請求幫忙時，能夠立刻伸出援手。

好一陣子到了半夜便聽到宿舍裡有人哭泣而被嚇醒。醒來後看看四周，只發現一片黑暗，然後望著那片黑暗再度入睡的秀蓮，夢中常常見到爸爸，也見到媽媽、哥哥，還有在火車站晃來晃去的學長。

每當這時，秀蓮便在黑暗中摸索著打開電燈。忽然間變亮的光線中，尚未熟悉的房間各物品也驚醒了過來。坐在書桌前，書架裡的書本依序叫出自己的名字向她打招呼：《刑法叢論》、《現代行政法》、《法學概論》……在一切都很陌生的環境中，它們是如此溫馨又窩心。

如果現在回不去，那麼就要忍耐，必須咬緊牙關。如果不適應這裡，那就結束一切，回到台灣，找些適當的工作，然後應母親的嘮叨而勉強相親結婚生兒育女，就這樣過日子吧。

並不是說這樣的人生沒有意義，只是自己不想因為不能過自己夢想中的人生，而心不甘情不願地被迫選擇。她不是為此才傷了學長的心來到美國的嗎？

能照顧她的唯有她自己一個人。每次如此夢醒過來之後，她都重新下定決心提筆寫信，寫給只要一想到就會哭的媽媽，寫給如果能陪在她身旁該有多好的哥哥，還有寫給隨著時間流逝而更加心疼的法國學長。

秀蓮寫了一封長長的信給學長，說明自己沒辦法遵守約定的原因，向他道歉並誠心誠意請求諒解：

假如無法諒解就不需要回信，我能了解。或許這封信是最後一封，所以我現在要說一聲眞心感謝與抱歉，以免將來後悔。

無論她如何經歷徬徨、掙扎、焦急、錯誤，時間還是照常流逝。無論什麼事，總是隨時間增加而日漸熟悉。秀蓮也逐漸習慣了美國的生活。聽課、獨自解決餐飲、做功課、洗衣打掃以及控制情緒等……。

就在逐漸適應留學生活的某一天，突然收到早已放棄等待的一封信。

由於受到狠心的背叛，而幾度想放棄算了，但回顧過去兩年期間的等待，就覺得很不甘心，讓我無法放棄。

我想等考完期末考，便利用聖誕假期去一趟美國。希望妳這次務必等我。要不然我永遠不原諒妳。

緊繃的神經轉變成喜悅，隨著膨脹起來的血脈散播到全身各角落。極力忍住不笑，但嘴角自動往上咧開，讓笑聲溢了出來。看到自己如此傻笑的模樣，連自己都覺得不好意思，因此故意乾咳了好幾次。

「傻瓜……」

自己如此呢喃著，不知是在說誰？自己也搞不清楚，到底是狠狠被人耍了還要到美國來看她的學長是傻瓜，還是收到信後獨自傻笑個不停的自己是傻瓜？

那天紐約下雪。一個人從法國，另一個人從伊利諾，抵達了紐約。在台灣出生，念過台大的這兩人，居然不是在台灣或荷蘭而是在美國相見，而且兩人合作把地球繞了一圈。

彷彿受到祝福似地天空正下著雪。秀蓮是出生以來第一次看到下雪。

「咦？我在找一個小女孩，這裡怎麼會有位淑女啊？」

這是他開口說的第一句話，秀蓮馬上聽懂他的意思，咪咪地笑了起來。當初寄給他的第一張照片是大學剛入學時拍攝的，那時高中剛畢業沒多久，看起來一定很土又稚嫩。現在已經過了五年多，她的臉蛋比照片裡的模樣成熟也是理所當然的。

「妳看起來很冷，要不要找咖啡廳坐一下？」

秀蓮默默地點頭。不知為什麼，一時間想不起來該說什麼。

「對了！我有話要說。」

他在跨出腳步之際突然轉身以很頑皮的口氣說。

「什麼事？」

「我們好不容易見面了，先握個手才對吧？」

他咧開嘴笑著伸出了手。好修長又纖細的手，秀蓮第一次發現男人的手也可以如此美麗。仔細回想，她所牽過男士的手也只有爸爸和哥哥的而已。

秀蓮慢慢地拔出插在大衣口袋裡的手，稍微猶豫了一下後脫了手套，再猶豫了一陣子才握住了他的手。好冰啊。這也難怪，這隻手可是在紐約的冬季寒風中等待秀蓮的手足足有一分鐘之久。

「很高興，要握一次這隻手還眞難。」

他一邊動一動相握的手，一邊開心地說。秀蓮不好意思而一直低著頭，只感覺自己的手在大大的手裡抖動。好像全身的神經都集中到那裡，而那隻手以外的其他器官全都麻木了。

兩人慢慢地走在積雪的街道上，沿路尋找咖啡廳。他握著秀蓮的手放進上衣口袋裡，並且哼著從商店傳出來的聖誕歌。一路上都沒發現咖啡廳，而秀蓮因為被他握住了手，腦袋裡什麼都沒辦法想。

就這樣，他無論到哪裡，都依然握住秀蓮的手。坐在咖啡廳裡彼此聊天時、打公共電話時、搭乘或下計程車時，一直握著秀蓮的手不放。秀蓮很不習慣，但也沒勇氣主動掙脫那隻手。不管如何，聖誕節將近，而且他是特別從遙遠的法國飛過來的啊。

與秀蓮通信將近十年的筆友凱莉爾（Karyl Bookwalter）邀請她到華盛頓家共度聖誕節，約好秀蓮在紐約會合，也就因爲這樣，秀蓮才會與學長相邀在紐約。

「要見妳的美國朋友還有一個小時的空閒，要不要先吃點東西？」

從咖啡廳出來時學長邊看手錶邊問。

「我還不餓……是不是學長餓了？」

「眞不滿意喔。」

他皺著眉頭突然無厘頭地說。

「不滿意？」

「能不能換個稱呼，妳要叫我學長到什麼時候？」

「對學長不叫學長，還能怎麼稱呼？」

「我可不願當秀蓮的眾多學長之一，希望妳叫我適合我倆關係的稱呼。」

秀蓮笑著掩飾顫抖，說實在，第一次見面，要叫他的名字，還不習慣呢。

想一想該怎麼稱呼才好，秀蓮腦海裡忽然浮現「傻瓜」這兩個字，讓她不知不覺中噗嗤笑了出來。

「笑什麼？」

「喔，對不起，我正在想該怎麼稱呼你啊。叫 June 怎麼樣？」

「June，是什麼意思？」

「就是六月的 June。我們剛開始通信就在六月，同時也是我的出生月，而且叫起來很順口。」

「June……可是爲什麼不叫我的名字？」

「隨便叫學長的大名，沒禮貌啊。」

不過這只是藉口，眞正的理由是她想用別人都不會叫的專屬名字來稱呼他。不管怎麼稱呼，秀蓮就是秀蓮，他也不例外，反正就是想給他一個專屬的名字。或許這只是沒用的執著或虛榮，但有的時候愛情會使人在感情上處於獨佔的狀態。

他在街頭求婚

他們在紐約與凱莉爾會合後一起到華盛頓，聖誕假期中都住在凱莉爾的家，受到她們一家人的盛情款待。

聖誕節那天，凱莉爾家人都去教堂而不在家，秀蓮和 June 也趁此機會出門上街。

「出來感覺眞好。」

June 邊拉秀蓮的手放進口袋邊說。

「在凱莉爾家有沒有什麼不方便的地方？」

「沒有。都很好，大家都是好人，待我們很親切。」

「但是你剛才的話聽起來好像是囚犯的口氣。」

「這也難免啊。我們根本沒有時間單獨相處，我正在後悔當初我們兩個應該單獨旅行比較好。」

「沒有結婚的男女倆單獨去旅行，我媽媽知道了會馬上從台灣飛過來。」

「很好啊，趁這個機會辦結婚就行了。」

秀蓮瞪了 June 一眼。

「不要用那種眼光看我，我正在求婚呢。」

「別開玩笑。」

「不是開玩笑。我可是很認眞的，快要停止呼吸了。」

「求婚怎麼這麼像開玩笑？」

「像開玩笑嗎？我說得簡單，妳就認爲是開玩笑，好傷心。我一直在煩惱，該用什麼方式才能既嚴肅又自然地求婚。」

看他的眼光，不像開玩笑。但如果不是開玩笑，問題更嚴重。

秀蓮默不作聲只管往前走，June 停下了腳步，把秀蓮的肩膀轉向面對自己，然後拉起秀蓮的手貼在自己的胸膛上。

「妳怎麼都不回應只管往前走，不覺得這個忐忑不安的傢伙很可憐嗎？」

但她的耳際只迴響著自己心臟猛烈跳動的聲音，根本管不了 June 忐忑不安的心。

「秀蓮，和我結婚吧。」

突然感到恐慌的秀蓮驚嚇得趕緊收回自己的手。聽到結婚這兩個字，突然覺得好害怕。

「我們剛剛才第一次見面啊。」

「但彼此交換感情卻已超過兩年。難道妳認爲只有面對面，並且直接聽到對方的聲音才具有眞正的價值？」

「我沒想過結婚。」

「秀蓮已經成年，身爲成人，而且已經有心愛的人，卻沒想過結婚？我眞不了解。」

「我書還沒念完，還有很多事情要做。」

「我只是跟妳說我們結婚，我有說叫妳不要讀書嗎？」

「意思還不是一樣?」

「眞傻，怎麼會是一樣?結婚後也照樣可以念書啊。」

對方也一樣傻，但秀蓮告訴自己要理性。這可是人生中最重要的兩件事——事業和愛情上的關鍵問題。站在這麼重要的抉擇歧路上，她可不希望因爲興奮而毀了兩人的未來。

「人家在看我們，邊走邊慢慢談吧。」

秀蓮先移動了腳步，接著便聽到背後他深深嘆了口氣、不甘心地跟來的腳步聲。

夜色漸深的街道雖然冷清，但家家戶戶點亮的小燈燦爛地閃爍著。凱莉爾曾經告訴她，在美國聖誕節時，家裡裝飾聖誕樹，屋外的屋頂和牆角則連接小燈泡來照亮黑夜。

或許所謂的結婚就像那樣劃定自己的領域。一個男人和一個女人相愛後，願意擁有屬於他們倆的領域而結婚，但自從進入那個領域的時刻起，就看不到其他的世界。因爲僅守候屬於自己的領域已經夠負擔了。

或許時候到了，她也可以這樣過吧，但現在還不是。想見識的世界太多，何況秀蓮才剛剛開始踏上寬廣的世界啊。她不願現在結婚，被關在一個男人的妻子所屬的領域內，爲守護它而戰戰兢兢過日子。她有很多話想說，但眞不知道從何說起。June 也只能不斷嘆氣，一直沉默地跟隨。

街上的夜色已濃，June 和秀蓮之間似乎產生了一道比夜色還沉重的牆，這道牆使得他們比在美國和法國、台灣和法國的距離拉得更遠了。

秀蓮不希望這次又傷了 June 的心。他雖然感到被嚴重背叛，還是原諒了秀蓮。千里迢迢從法國到美國來見秀蓮，對於這樣的好人，秀蓮根本不想對 June 說大道理。

「我希望先把學業完成，這是我最要緊的事，而且也是我務必做到的事，我想等以後再來考慮結婚也不遲。」

「……秀蓮太貪心了。」

「我就是不要太貪心，才會這樣。因爲……我沒有把握同時做好讀書、結婚或工作這麼多事情。」

「我說過結婚後還可以讀書。妳爲什麼一定要只選擇其中一個？」

「想想看，我們兩個都靠獎學金讀書。你在歐洲，我在美國，如果我們結婚後，其中一個人必須放棄學業，你願意爲我這樣做嗎？你能放棄獎學金而來美國嗎？」

「那……妳爲什麼不可以爲此放棄妳的學業？」

June 稍受驚嚇，而收回剛要說出口的話。他沒辦法慷慨地答應，只能悶悶不樂地甩過頭去。秀蓮也跟著望了望天空，沒有月亮的夜空中有幾顆黯淡的星星。

「凱莉爾的家人恐怕會擔心，我們進去吧。」

秀蓮本來想把話說完，但 June 卻在秀蓮面前冷淡地轉了身。也好，在這種氣氛中多說幾句只會傷了彼此的感情。

秀蓮望著 June 已經遠離的背影而跟了過去，然而她再怎麼匆匆加快腳步，也拉不近與 June 的距離。或許她和 June 之間打從一開始就已經存在著永遠無法縮短的距離吧。

手相裡哪會有什麼命運？

第二天是各自回到香檳城和法國的日子。兩人用完早餐後離開了凱莉爾家，凱莉爾說要開車送他們到機場，但他們不想再麻煩她，因此租了計程車。

「不知道你們在我家這段期間有沒有不方便的地方？」

計程車來之前互相道別時，凱莉爾的母親握著秀蓮的手說。

「怎麼會呢？就像回到台灣的家一樣舒服。謝謝你們的招待。」

「我們也託凱莉爾的福，過了很愉快的聖誕節，妳願意明年再來我家嗎？」

秀蓮點頭，凱莉爾的母親張開雙臂擁抱秀蓮。這幾天相處已經有了濃濃的感情，使得大家捨不得別離。秀蓮也和凱莉爾相擁道別後，搭上了已在等待的計程車。

「明年你們兩個也一定要一起來哦。你們兩個好相配。」

凱莉爾遞行李給他們，趁關車門之前用悄悄話說。

「謝謝妳，如果不是妳，我來美國的第一年聖誕節可能會過得很寂寞吧。」

「別忘了常寫信給我。」

計程車出發了，秀蓮向凱莉爾和她家人揮手一直到看不見他們。雖然短暫，但她們是讓秀蓮除了家人以外第一次感受到深情的人。

坐在她身旁的June始終默不作聲地看著窗外的華盛頓街景。自從早上打招呼時已發現他的臉上全無笑意，猜想是因爲前一天晚上秀蓮說的話讓他心情低落吧。

秀蓮期望有機會與他四目對望，因此一直看著他的臉。到了機場搭上前往法國的飛機後，不知道什麼時候才能再見面。希望道別以前先讓他心情好起來，但他的視線宛如穿破車窗一樣始終朝外，直到抵達機場之前根本不給她一點機會。

辦完手續後搭乘飛機以前還有一點時間。June終於打破沉默開口說：

「我們要不要坐一下？」

問過秀蓮後，June卻不等她回答，自己先走向椅子那兒。寬廣的候機室角落裡有幾排塑膠椅，一群黑人和東方人聚集在那裡吵嚷交談。她眞不想擠進那種地方互相道別，但June已經找位子坐了下來。

他見秀蓮猶豫著不想坐下，便默默地伸出了手。那是修長又纖細但看起來剛強的手，如果現在握住這隻手，可能會讓她永遠不想放掉而覺得害怕。

「妳想一直站著不坐？」

June拉住秀蓮的手讓她坐在旁邊，然後握著秀蓮的手不放，並且用他另一隻手虔誠地一一拉開秀蓮的每根手指。雖然這裡是美國，但不能不在意別人的眼光。

秀蓮要縮回自己的手時，June反而更用力拉住說：

「等一下，我幫妳看手相。」

他這句令人意外的話，讓秀蓮忍不住笑了出來。

「你也會看手相？」

「雖然不會讀秀蓮的內心，但至少會讀手相。」

June低頭看手掌的表情好嚴肅。

秀蓮向來不信手相，不，不是不信，更正確的說法是不願意相信。假如一個人的命運是注定的，那麼沒有比這更虛無、更委屈的事吧。但June的神情實在太認眞了，秀蓮也不忍心眞的縮回。

慢慢地仔細看著掌紋的June終於放下秀蓮的手，咧開嘴微笑。

「怎樣？」

「什麼怎樣？」

「看完手相，總該說些什麼才對啊。」

「我不想告訴妳。」

「別這樣，告訴我。」

「不要。」

June 以逗人的表情回答，秀蓮因好奇心作祟變得好焦急，根本不像是不相信的人。

「哪有這種說法？平白無故看完別人的手相，應該說出眞相做爲答禮啊。」

「我只說過幫妳看手相，並沒有說過會告訴妳結果，不是嗎？」

眞不像話。June 做出逗趣的表情，不理會秀蓮的好奇心。原來 June 是這麼頑皮的人啊！

「時間到了，我們走吧。」

不理會因爲覺得莫名其妙而呆望他的秀蓮，June 慢條斯理地起身，他頑皮的表情已經轉變成苦澀。

很想跟他抗議些什麼，但現在是該送他登機的時間了。一想到送別，胸口就悶了起來。或許也可以搭下一班飛機吧？不然換機票後晚一天再回去也不成問題吧？如果現在別離，也許一年，不，兩年左右的時間都不能再見面。

想告訴他、想問他的很多話在嘴裡打轉，但 June 已經轉身走向登機門。依依不捨、心疼、可惜的想法從心底深處漩渦般湧上來，但那些情緒卻都無法轉變爲語言說出來。

「我要走了。」

June到了登機門前暫停一下，轉身向秀蓮道別，然而秀蓮卻只能一直點頭。

「但願妳認眞努力，完成目標。」

聽起來好像是從此永別的口氣。秀蓮很想說什麼，但又害怕自己一開口，淚水會馬上掉下來。

「再見。」

June眞的快要進去登機門裡面。秀蓮心急了。

「等一下！」

June回頭。

「你就這樣回去，我要怎麼辦？」

「不然呢？」

「啊？」

June停住腳步等秀蓮說話。然而，秀蓮突然忘了要說什麼，引來排隊的乘客們不耐煩的眼光，心急的秀蓮卻只重複一句：

「你就這樣回去，我要怎麼辦？」

「啊，那個……秀蓮是將來會做大事的人。」

「你說什麼？」

「我說妳是將來會做大事的人。」

「……」

「手相啊，它就是這麼說的。所以，我想……至少自己不要成爲秀蓮的障礙。」

他是在解釋手相。又不是問手相如何，他卻以此來回答「你就這樣回去，我要怎麼辦？」的疑問。

「不是問那個……」

June 默不作聲地凝視著秀蓮，他的眼光似乎在等待什麼，也彷彿是放棄等待而作罷的神色。

很想說並不是那樣，好想讓他了解，現在不能結婚並不代表分手，但秀蓮意識到機場裡有很多人在看他們。

秀蓮欲言又止，June 的眼神看起來不經意地透露出濕潤的哀痛，但他勉強帶著微笑而堅強地說：

「現在眞的要走了，再見。」

他轉身，秀蓮也揮了揮手。漸漸地 June 的背影變得模糊不清。

失去初戀

聖誕假期結束後，伊利諾出現了一波前所未有的酷寒，又長又冷。伊利諾冷冽的風對成長在亞熱帶的秀蓮來說，彷彿是利刃般刺痛，但還有比那寒風更冷冽的氣息如冰錐一般刺痛了她的心。

爲什麼身爲女人就沒辦法同時擁有夢想和愛情？男人遇上愛情，並不需要放棄自己的夢想，反而在獲得女人後更容易也更快速邁向夢想。

過去 June 爲了讓秀蓮留學歐洲，而誠心誠意幫忙。但現在不是，反而說如果選擇他，就要拋棄夢想，還責難她同時擁有兩者太貪心。這麼說，難道當初的幫助，並不是純粹爲了秀蓮，只不過是要秀蓮陪伴他而已？

想到這裡，怨恨就湧了上來。像 June 這麼一位善良、深思熟慮的謙謙君子，都認爲女人的自我犧牲是理所當然的事。那麼在極度男性中心的社會裡，還有誰能夠了解她、接受她？女性的才華面對愛情，只不過是障礙物，所以如果要獲得愛情，必須把那份才華拋開。

這就是她的初戀。關於失去初戀，秀蓮如此回顧說：

「我不輕易動情，一旦動情就無論在任何狀況下都會忠貞不移。對於戀人也一樣，一旦愛上就會非常專注，只想著那個人，絕不可能再想別人，連想像都不允許。」

這就是所謂的「一片丹心」吧。到那時爲止，秀蓮仍然深信眞正的愛，無論任何人一生只有一次。而她的那個對象，無疑就是June。

所謂「任憑弱水三千，吾只取一瓢飮」。秀蓮深信與他的結緣深厚崇高，雖然她無法犧牲自己的夢想，內心卻從未對他不忠實。

但他已轉身離開。只靠心靈是不夠的，他期望對方拋棄夢想來證明愛情，然而未能如願就索然離開了，只留下一句：「秀蓮是將來會做大事的人，我不要成爲秀蓮的障礙。」

每次想到這裡，秀蓮就百感交集。如果她將來眞的能夠爲眾人做大事，那絕對不是因爲命運，而是自己的意志和努力的結果。僅僅因爲手掌上那幾條線就決定一個人的未來，是多麼荒唐啊。

讓她更難理解的是，他不想成爲她的障礙。一般來說，女人面對自己的配偶成爲大人物時，就會像完成自己的夢想一樣開心地去協助。但男人見到自己的配偶有大成就時，多半會感到意氣消沉、嫉妒。爲什麼人們會認爲理所當然呢？都怪這個社會無法平等看待兩性的不合理觀念。

秀蓮感到世間的不平等和自己的無力感而過得好痛苦。太陽升起時，她自動起床，來往於限定的區域內，但一到太陽下山、夜晚來臨時，就擋也擋不住地，被一股戛然若失感包圍。彷佛彈簧已經鬆弛的洋娃娃一樣停止一切動作，茫然無措地坐著凝視黑暗。

所幸時間依舊流逝。時間過了就會忘記吧，唯有這種想法安慰了她。春天快來時，她才想到：

「也許 June 也跟我一樣傷痛吧。」

想到這裡，她心中的痛稍微淡化了一點。直到她能正常生活，並在新學期開始的校園裡和系上同學們談笑時，接到了從法國寄來的一封信。

親愛的秀蓮：

去年的冬天格外寒冷又漫長，今天這裡的春天氣息濃厚，我猜伊利諾也吹起了春風吧？

我原本認為春天來臨時我們或許可以共度，但我們之間的距離反而比我們過去相識的任何時間還更遠離，眞叫人不捨。

我明白這都是因爲我，都怪我的執著和狹隘。

我在我們相約的那個火車站從早到晚一直等妳時，偶然認識了一對老夫妻，他們一整天並肩坐在月台候車室的椅子上。

經過一天、兩天、三天時，我開始覺得納悶起來。每次火車來時，老先生都很仔細觀察每位下車的乘客，但老太太則毫不理會，只管自己打毛線。

到了第四天，我再也耐不住好奇心而問了老太太：「我一直在注意你們，到底爲了等誰而從早到晚一直坐在這裡？」

老太太微笑地告訴我，老先生年輕時與女朋友約定在這火車站見面，但老先生因爲母親突然生病臥床，所以沒辦法準時赴約，在約定的時間過後才抵達現場，但女朋友已經不在那裡。後來知道原來女朋友也爽約了，當時女朋友早已變心而決定選擇另一個男人，所以索性不來了。

老先生也知道這個事實，但奇怪的是，幾年前得了老年癡呆症後，開始每天到火車站等女朋友，還堅持說要遵守約定。後來老太太從一年前開始，因爲擔心身體已不如已往的老先生有差錯，而陪他一起到火車站。

我問老太太，這麼說老先生從未忘記過那個女人，她難道不會心生妒嫉？

然而老太太的回答令我很意外。老太太說自己也曾經有個終生難忘的男人，但不會因而不愛現在的先生，所以她能體諒老先生。

我在那火車站等了整整一星期。我並不是因爲確信妳一定會來，才一直等下去的。當時我有一個禮拜的時間可以等待，不需急著回學校，萬一我沒有等滿那段時間而回去的話，可能將來會後悔。我不希望它成爲悔恨，變得跟那位老先生一樣。

秀蓮！

當初我很難接受，秀蓮喜歡美國的生活更勝於與我一起生活，因爲秀蓮的存在對我來說是最重要的。但後來自己產生了疑問，假如眞是這樣，爲什麼我依舊留在法國？原來我搞錯了，原來我一直覺得自己的人生比秀蓮更重要。領悟了這點之後，對秀蓮的怨氣終於釋懷。秀蓮愛自己的人生超過愛我，也是理所當然的。所以我覺得現在我們各自做自己想做的事比較好。

我們的關係還沒有劃下句點，只是現在我們都有各自要做的事，還不能在一起。這就是我想告訴妳的話。

秀蓮，但願妳永遠記得這句話。

秀蓮長嘆了一口氣，就像這封長信一樣長。雖然學長表示他們的關係還沒有劃下句點，但這封長信和離別信沒兩樣。至少當時秀蓮的想法是這樣。

兩個人都在攻讀需要長時間的課程，尤其秀蓮才剛剛踏出了第一步。歲月對熱血沸騰的年輕人絕不是短暫的，有誰能夠信誓旦旦地保證還沒有發生的未來？

她努力安慰自己，無所謂也無可奈何，因爲曾經愛過也被愛過的記憶猶存。

夢幻的歐洲旅行

所幸要專心做的事情很多，不但要克服語文障礙，課前須看長篇累牘的案例資料，課後還得振筆趕寫報告等。

另外，有空就與法學院的台灣學生聚在一起，也對她忘掉 June 發揮了相當大的功效。尤其常到台灣來的一對夫婦的公寓與台灣學生一起吃飯聊天，度過了快樂的時光。

在遠地異國認識的台灣同胞彼此感受到濃郁的情誼，是再自然不過的事了。秀蓮不需要打工賺取學費，所以比起其他人在時間上有較多的空閒。李氏獎學金給她一年三千五百元美金，扣掉學費一千多元，日常生活精打細算省下來的錢，已是一筆爲數可觀的積蓄。

但其他從香港和台灣來的留學生，大部分都需要到餐廳或速食店打工賺錢。所謂同病相憐爲人之常情，也因此更增添了同胞之間的濃郁感情。曾經有個留學生包了一家甜甜圈店所有的工時，大夥兒按課程時間排班打工。秀蓮與大家走得很近，雖然沒有這種需要，但也客串代班，體驗年輕人自食其力的滋味。

還有一次，她代替朋友到單親家庭當保母照顧小孩。在那裡目睹了幽怨哀愁的美國媽媽撫養三個小孩，那麼辛苦奔波的生活令人感到不勝唏噓。那位未婚媽媽經常對小孩大吼大叫，濫發脾氣，還時常吐出不知何時才能劃下句點的長嘆與怨言。

這種事讓秀蓮印象深刻，當轟轟烈烈的激情過後，留下來的不只是愛的虛無，也波及無辜的下一代。那時的保母經驗使得秀蓮再次領悟，成熟的愛情必須附帶忍耐及責任。

漫長的暑假快要來臨了。她曾自我設定原則，不要只在學期之中當書蟲，因此決定把省吃儉用存下來的錢用在歐洲旅行上。

伊利諾大學有很多從歐洲來的學生，因此只要抓對時間就可以利用包機的優惠。秀蓮順利花費三百美元購買了前往法國的來回機票。這次的自助旅行是與美國筆友蓋兒（Gail Homstead）和她的同事一起上路。

三個女人抵達巴黎後租了一部汽車，暢快地遊覽了法國、義大利、奧地利、德國等地的各個城市。如果沒有蓋兒，這趟十足夢幻的旅行根本很難達成。蓋兒是秀蓮從高中一年級開始通信的筆友，兩人的友誼從未間斷，直到現在仍與家住俄亥俄州的蓋兒維持著友誼。

但在全程旅途中，並不是每件事都能與活力旺盛的美國女人合得來。她們幾乎天天遇到熱情的歐洲男人搭訕，弄到最後，她們甚至爲了要拒絕眾多的約會對象而頭痛。

根據秀蓮的經驗，歐洲男性十之八九都對東方女性存有幻想。由於這種緣故，秀蓮在旅行中一直飽受幸福的煩惱。

美國人當中算是保守的蓋兒對一夜情沒有什麼興趣，倒是蓋兒的同事很喜歡異國的羅曼蒂克，讓秀蓮感到相當疲累。她只要一開口就會談到男人，有時還炫耀同時和兩、三個男人約會享樂的事。剛開始還隨便聽聽，但後來逐漸讓秀蓮產生反感。

此外她們的興趣也與秀蓮有些差距。兩個美國女人對於歐洲文明及基督教有相當的認識和興趣，因此一進去古老的教堂或博物館，就忘了時間而留連許久。

秀蓮漸漸覺得無趣乏味，跟著她們這樣耗費時間實在很不值得。另外一個問題是，她們二人的消費方式和額度都讓秀蓮吃不消。

由於這種種原因，她最後決定與美國朋友們分道揚鑣，單獨旅行。幸好，兩位美國朋友也欣然同意秀蓮的想法。

「但是秀蓮，妳打算要去哪裡？這裡雖然是歐洲，但一個女人單獨旅行，會不會危險？」

蓋兒擔心地問。

「嗯……我想去北歐看看……」

「遊覽各國固然很棒，但看看一個國家的各城市也不錯吧？譬如法國的巴黎、尼斯、馬賽、聖米榭爾山（Mont Saint-Michel）、普羅旺斯……不管如何，我覺得那種旅行也能夠留下美好的回憶，妳覺得怎麼樣？」

一聽到巴黎這地名，不由得聯想到 June 的臉。如果他知道秀蓮人在歐洲，會有怎麼樣的反應？忽然好想見見 June，但是「不可以聯絡」和「現在正是與他見面的絕佳機會」這兩個想法彼此毫不退讓地對抗著。和兩位美國朋友分道揚鑣時，秀蓮還是沒有做出決定而猶豫了好久，深陷於掙扎之中。

她打起精神來時，突然發現只剩下她一個人了。想到自己一個人今後將提著沉重的行李，在歐洲各地遊覽，忽然茫然若失，覺得好孤單。

於是在柏林的一間郵局裡打電報，告知抵達巴黎東站（Paris East）的日子和時間。然而，打完電報離開郵局時便馬上後悔。上次自己狠狠地發誓一切都結束了，難道那時的決心只不過是自我欺瞞？

直到抵達巴黎之前，秀蓮都把頭靠在車窗上一再感到後悔。然後心裡想，或許 June 不會到火車站來接她。如此想，終於覺得有點放心了。他不來接她，反而會讓她的心裡舒服些。

愛管閒事的人

但是，他已在巴黎東站月台上等候秀蓮。看起來削瘦了一點，嘴角依舊帶著善良的微笑。

「來了。」

枯乾的嗓音則不如以往。

「接到電報時嚇了一跳吧？本來和朋友們一起旅行，因爲種種原因，跟她們分開，留下我一個人。來時匆忙決定，沒有安排宿舍，如果你幫我找個地方住，以後我會自行處理。」

秀蓮爲了隱藏內心的尷尬，不等 June 發問，自己就嘰哩呱啦個不停。怎麼說呢？其實什麼都沒變，但感覺上什麼都變了。

「走吧。」

June 不多說，領先邁開腳步往前走。想問要去哪裡，但 June 的背影緊繃得像不允許任何發問。

他帶著秀蓮來到自己就讀的學校。

「這裡有爲短期旅客提供的宿舍，但不知道有沒有空房間。」

秀蓮乖乖地跟隨在 June 的後面，看他寫申請書到確認預約的一切動作，穩重的神情是旅行中遇到的歐洲男人根本無法比擬的。秀蓮突如其來有了強烈的衝動，好想留在他身邊。當初本來就計畫留學歐洲的啊，那時自己只要放棄李氏獎學金就可以了。

但是秀蓮馬上又嘆了口氣。「不可以感情用事」和「很想順著感情行動」的想法在她的心底掙扎。秀蓮自我安慰說再等一年，或許一年後獲得學位，到時候來歐洲留在 June 的身邊繼續讀書也可以。

不管如何，還好有 June 的幫忙，順利地住進了短期宿舍。

只要天光還在，秀蓮都獨自到巴黎市區各地遊覽，看看羅浮宮博物館、艾菲爾鐵塔、蒙馬特（Montmartre）等地，也搭船沿著塞納河遊覽。June 原本表示願當嚮導，但因不想妨礙他讀書而予以婉拒。不過等到 June 離開圖書館時，便陪他一起用餐或坐在露天咖啡座聊聊天。

June 還把自己的張姓學長介紹給秀蓮。三個人每天晚上會合聊天，同是台大人的他們在遠方異國眞是意氣相投。

尤其對政治興趣濃厚的張姓學長的見解，使得一向只懂讀書的秀蓮內心激烈地動搖了起來。在這裡第一次聽到批判國民黨的言論，因而產生了懷疑。但張以書本、相關資料以及邏輯的辯論一一解開秀蓮的疑問。

「眞不像話……」

慢慢明白了國民黨的蠻橫後，秀蓮忍不住嘆氣。張仔細向秀蓮說明國民黨政府欺壓式的專制統治，以及台灣人民因而所受的痛苦。秀蓮第一次感覺到，有時只爲自己個人的前途而讀書，是一種罪惡。

「沒關係，只要能成爲沙特主義的知識分子，也是有意義的。」

張不時提起沙特，讓秀蓮內心產生了疑問。

「什麼叫沙特主義的知識分子？」

「依據沙特的看法，所謂知識分子就是愛管閒事的人。」

「愛管閒事的人？」

「指關懷與自己利益無關的事，並進行批判和鬥爭的人；為了擁護諸如正義和自由等人類普遍價值的事而欣然投入的人；就算那件事威脅到自己的安危仍然為了大義勇敢挺身而出的人……也就是說，所謂眞正的知識分子，並不是指累積知識的人，而是會說出眞相的人。」

「聽起來好偉大！」

「偉大什麼，我反而認為這只是最基本的觀念……秀蓮，妳讀書的目的是什麼？」

面對突如其來的質疑，秀蓮感到慌張。「問我讀書的目的，不是很理所當然嗎？」但仔細想想，眞的是理所當然嗎？秀蓮不知該怎麼回答而猶豫，因為她也搞不清楚自己為了什麼而讀書。

「如果只是因為對讀書有興趣而讀書，就無話可說了，但我認為大部分的人是為了更好的人生而讀書。然而更好的人生又是什麼呢？難道都不管別人遭受的壓抑和痛苦，只追逐自己的榮耀就是更好的人生嗎？那種人只不過是很會讀書的笨蛋兼卑鄙小人。」

張辛辣的言論，讓秀蓮感到愧疚。想一想自己因為不想輸給別人、為了像哥哥一樣做優秀的學生而讀書，不曾思考過知識分子的眞正意義，也沒有胸懷理想將自己累積的知識為更多人做有價值的利用。

好慚愧。秀蓮也在這一刻領悟到如果不想繼續慚愧，就要變得勇敢起來。經由這樣的領悟，讓她感覺內心深處產生了從未有過的嶄新世界。

張對秀蓮的影響不只這些，秀蓮去瑞士旅行時，他還爲她安排住在洛桑（Lausanne）附近一座小鎭的台灣留學生家裡。她小住那裡期間，遇到不少台灣留學生，他們大都是對台灣獨立懷抱著強烈信心的學生。晚上時與他們熱烈討論，白天則獨自出門到處走走。瑞士特有的牧場風景牢牢地抓住了秀蓮的眼神和心靈。

在這一段日子中還讀了不少書籍。那裡的書架上滿滿都是書，尤其有很多在台灣買不到的與台灣獨立相關的書籍，香港《七十年代》雜誌和《明報》等。其中讀到外國人撰寫的《二二八——被出賣的台灣》，才了解到大屠殺的眞相，而不禁流下悲憤的眼淚。沒想到國民黨政府竟然實施如此殘暴的獨裁政治。原來很多人不信任政治的最大理由，就是因爲其中隱藏著不可勝數的恐怖和冤屈。

新學期即將到來，該與美國朋友們會合之後回美國的時候到了。秀蓮回去之前去了巴黎與June見面。

「我早就想跟你說……如果因爲我而傷了你的心，我跟你道歉，可是……」

「好了。」

June直截了當地切斷了話題。秀蓮錯愕而無奈地望著他的臉。

「已經都結束了。」

「都結束了?」

「我不想重翻過去的事，只怕對彼此造成痛苦。」

June 的一句話刺痛了秀蓮的心。原來對他來說秀蓮已經成爲回憶。

「原來如此。都結束也好啊，如此一來，我不用再因爲曾讓你受傷而覺得罪惡感。眞好。」

雖然她臉帶微笑地說著，但內心卻因嚴重的失落感而暈眩。秀蓮這時才確實感覺到與 June 別離的衝擊，然而心裡有種預感，他倆將就此分手，但永難忘記。

暴風雪中的示威

長達八十天的歐洲旅行結束後回到美國，秀蓮迫不及待搬出學校宿舍，在校外與台灣留學生羅業勤合租了一棟四周被綠葉成蔭的樹木包圍的漂亮紅磚房子。攻讀勞工學的羅業勤很會彈古箏，也很會吹笛子，偶爾秀蓮心情憂鬱時，還會過來教她彈古箏開開心。

一九七〇年九月，當時全美國爲了慶祝婦女取得參政權五十週年，展開各項活動，那股熱潮連在校園裡都可以感受到。

很多大學在校內設置婦女中心，各城市和社區裡也成立了婦女問題研究所，此外托兒中心也快速增加。其中以享譽最久的「全國婦女會」最具影響力，它不僅輔導婦女就業和婚姻問題，還以輿論造勢督促相關人士修改憲法，作爲確保兩性平等的最終保障。

就在這樣的熱潮中，伊利諾大學中華民國同學會交代秀蓮提出一篇研究報告。秀蓮立即搜集資料加以分析後，完成了〈傳統的男女角色〉的報告，在社會科學組集會中發表。從小就對演講很有自信的秀蓮，以自己確實的主見進行犀利的批判：傳統的男女角色區別觀念是多麼不符合時代潮流。她的論點引起了很大的迴響，從此她在思想進步的學生之間被稱爲女丈夫。

到了十一月，發生了一件讓台灣留學生群情激憤的事件，就是日本強索原屬台灣領土的釣魚台而引起的軒然大波。

原來國民黨政府想將釣魚台讓給日本，換取支持中華民國在聯合國岌岌可危的會籍。結果，這件事使得台灣、香港以及很早就移民美國的中國同胞團結起來。

留學生在「保衛釣魚台」的大旗下集結，秀蓮也協助伊利諾大學中華民國同學會會長趙守博，邀集留學生參加各種集會，並舉辦「中國之夜」等活動。最後決定在日本國慶日那天，到芝加哥的日本大使館前示威抗議。

「一九七一年一月十日清晨，單是伊利諾大學，就有數百名留學生爲此事動身上路，我也與室友羅業勤隨同其他同學，開了好幾個小時的車子才到達芝加哥。我們集結在日本大使館前，那天氣溫低到零下三十度。妳想像一下，零下三十度對於生長在台灣的人會是多麼難忍的折磨。」

即使如此，學生們的激憤仍然讓零下的低溫變得熱烈起來。他們冒著呼氣立即被凍結的寒風繞行市區。除了街頭示威之外，也將抗議書遞交給日本大使館。

然而，日本的反應很冷淡。

「兩國之間的談判結果，由雙方政府代表決定，而不是由示威隊伍的吶喊聲決定。」

學生們並不覺得驚訝，這是早就預料到的結果，所以並不因此而動搖，反而冷靜地再集結到鄰近的林肯公園。在那裡浩浩蕩蕩地批判日本和國民黨政府，總計全部示威活動長達三個小時才告結束。那股氣氛非常強烈，使得秀蓮回到學校後，耳際仍然迴響著群眾的吶喊聲。

學生們天眞的愛國行動使得台灣政府陷入困局。單單看政府駐外官員和教育部國際文教處主管跟同學代表聚餐，便可了解政府爲了此事有多麼緊張。官員告訴學生，應該專心讀書，國家大事交給政府負責就好。

總之，保衛釣魚台運動宣告失敗。更令人心疼的是，民族自尊受傷的一些學生，對國民黨的無能和腐敗感到厭惡，因而被拉攏認同大陸政權。

在此事件餘波蕩漾之際，第一次海外國是會議在密西根州安娜堡（Ann Arbor）舉辦。秀蓮與陳學長等一群人開了八小時的車子前往會場，與會者有學生、教授、學者、狂熱分子，然而後來會議氣氛愈來愈不對勁，參與會議的大部分人都在讚美中共，甚至還主張早日與台灣統一，這些見解讓秀蓮感到錯愕。

雖然釣魚台事件曾使美國校園內的華人留學生全部團結起來，但同時也因而更加深兩岸的分裂，因爲在這麼重大的關鍵問題上，兩個中國政權採取的態度迴異。

激進的左傾人士被大中國主義吸引過去；成長在台灣的許多學生雖然平常透過徹底的反共教育，而認爲中國大陸是人間的煉獄，但通常在踏上美國土地的那一刻起就失去了免疫能力。

大陸的對外宣傳用電影和書籍，也發揮了很大的作用，除了有撼人心魄、號召民族主義、充滿活力且感動人心的進行曲以外，還有老舍、魯迅等知名作家的精彩作品。這些中共刊物大都由香港轉進美國，總是強調雖然大陸經濟落後，但道德上卻非常清白，沒有小偷，沒有妓女，對海外吃苦受委屈的華人同胞來說是非常大的安慰。

台灣留學海外同胞們因而分爲兩類，一類是早就心向中共，另一類則認爲中共說謊。彼此不同的認知與政治立場，使得單純的同學會變得十分複雜。原本讓秀蓮感動、期待的同學會，已轉變成以路線之爭爲主的角力場合。

這是一段痛苦的日子，想到台灣的現實和未來就覺得暗淡而又憂鬱。雖然已經對台灣的眞實現況有些認知，心中也有了爲台灣做事的勇氣，但必須承受現況與理想相對的痛苦和煩惱。這兩年來的學歷和經歷，秀蓮已逐漸造就自己成爲知識分子。

第四章 回國

掀起台灣女性運動

秀蓮想要暫時脫離這種混亂的情勢，因此打聽看看有沒有讓她清靜撰寫論文的適當場所，結果美國筆友凱莉爾介紹秀蓮去住她祖父母的家。

凱莉爾的祖父母爲人很好，對待這位從東方來的嬌小女學生非常深情，使得秀蓮與他們同住的日子屢屢受到感動，每當這時，祖母便溫馨地擁抱秀蓮說：

「別介意，我這一大把年紀，說死就死，錢又帶不走，不如幫助一些值得幫助的人，讓我覺得很幸福。」

凱莉爾祖母的家位於距離香檳城兩小時的 Braceville 小村莊。住在那裡的日子好平靜，又很自由。論文寫累了，便和祖父母聊聊天，或到小路散散步。

這個小村的居民大部分是長壽老人，他們卸下人生的重擔之後，過著悠閒的退休生活，並且參加銀髮族專屬的社團，豐富而舒服地過日子，這樣的老年生活讓秀蓮心生羨慕，這裡簡直就是老人專屬的桃花源。秀蓮心裡有強烈的想法，台灣也應該像這樣。

在這段安祥的時光中順利完成了碩士論文〈中美法律有關正當防衛的比較研究〉，並且順利通過論文口試，取得比較法學碩士學位。

於此期間，她申請到西雅圖華盛頓大學獎學金，攻讀法學博士。她決定趁開始讀博士課程之前先回台灣一趟。已經兩年沒見到媽媽和家人，而且一旦開始進修博士課程，就不知道什麼時候才能回去。

回台灣的旅途中順道去美西旅行，然而人一抵達夏威夷，突然湧上對台灣的強烈思念，使得她連一刻都不願逗留，因此取消所有沿途旅行計畫，立即購買前往台灣的機票。

「我們即將抵達台灣。」

聽到機長報告，心中有無限的感動，感覺全身的血液都沸騰了起來，這是她生平第一次離開台灣又回來。她將額頭貼近窗子，看著機身下面的風景，雖然比不上阿爾卑斯山或多瑙河壯觀，但自己國家的綿延青山和蜿蜒河川看起來如此美好，令她忍不住熱淚盈眶。

家鄉雖然不大又不起眼，但無論如何這是無法和任何國家交換，完完全全屬於自己的。現在才領悟縱使自己旅行過很多國家，總是沒有如此感動之深的原因何在。

無論多美麗、多肥沃的土地，秀蓮在那裡只不過是異鄉人罷了。然而這個蕞爾島國的台灣，則是自己誕生，而且總有一天將埋葬自己屍骨的土地，世上唯一的祖國啊。秀蓮重新踏上台灣土地的那一瞬間，清清楚楚地領悟到自己對家鄉的情意有多麼濃厚。

家人見到在美國獲得碩士學位後回國的么女，分享了她的榮耀。秀蓮在許久以來再次感受家人的關愛中，盡情地享受返鄉的喜悅。不久之後，回美國的時間愈來愈近，母親開始頻頻以淚水苦勸。

「一定要再去美國嗎？」

說實在這兩年中母親明顯衰弱了許多。一向堅強勇往直前的母親，如今常泛淚光，讓秀蓮感到困惑。

「讀書已經讀得夠多了，現在留在台灣找工作，不行嗎？我來日不多，眞不忍心與還沒嫁人的女兒分開。」

「媽，妳怎麼一直這樣說！我不是告訴過妳好幾次，我是因爲獲得華盛頓大學的獎學金攻讀博士，妳怎麼還不了解我？」

「已經過了女孩子的適婚年齡，到底什麼時候結婚？妳的學歷那麼高，哪裡找得到相配的對象？」

內心雖然湧上了叛逆的怨氣，但還是不忍心讓母親難過。仔細想想，繼續讀書固然好，但做一些有價值的事貢獻社會也具有正面的意義。

秀蓮終究不能不理會母親的懇求，於是在計畫返美的前幾天，透過「留學生回國就業輔導委員會」的安排前往調查局與局長沈之岳面談，他一見到秀蓮就大大誇讚了一番，隨即表示要她先在國內受訓半年，然後以祕密外交人員身分到國外工作。

「所謂的祕密外交人員，具體上要做什麼樣的工作？」

「將會被派到駐美國領事館收集台獨情報。」

「那工作的主要目的是什麼？」

「目的在協助政府對付海外台獨分子，因爲妳是台灣人，這工作最適合了。」

秀蓮聽了霎時感覺背脊發涼，原來是叫她做臥底的諜報工作，這種嚴重的污蔑令她感到忿怒。

「我想你還是找別人比較好。」

秀蓮婉拒了這份工作，離開調查局。

幾天後，她探望昔日台大法學研究所所長韓忠謨教授。韓教授一見到秀蓮，露出喜悅的表情歡迎她。

「來得好，美國的生活過得怎樣？」

「大致上都很好。」

「好，以後妳有什麼計畫？」

「原本安排好去華盛頓大學攻讀博士，但遭到母親反對而正在煩惱。」

「這樣啊。母親反對的原因是什麼？」

「大概是不放心我吧，一再勸我不要再赴美，留在台灣找工作。」

「嗯，像妳這樣的人才留下來為國家服務也好。剛好行政院法規會在找人，怎樣？如果妳有意願，我幫妳推薦。」

沒想到，秀蓮就這樣突然找到了工作。她以碩士學歷，一進法規會便擔任諮議，一年後，升為薦任級專員兼科長。

除了擔任這份工作以外，一九七一年起在銘傳商專兼課教書，每週兩天教民法和商事法，偶爾抽空提筆撰寫海外遊記發表於《幼獅文藝》月刊。

當時的台灣以「防止大專女生過多之道」為社會的熱門話題，其主要內容是：女人的學歷只不過是一種嫁妝罷了，但卻因而妨礙許多男生進大學，甚至還主張大學應該設男生保障名額。

這樣的主張讓秀蓮感到悲痛，如鯁在喉，不吐不快，於是把以前在伊利諾大學發表的〈傳統的男女角色〉演講稿重新整理，投稿給《聯合報》副刊，文章連載七天。

因而獲邀發表兩場演講，第一場演講是在東吳大學兼課的行政院法規會同事城仲模邀她到授課的班上演講；隔年一九七二年三月八日，應昔日恩師台大法律系主任王澤鑑教授的邀請發表演講，這是生平第一次的公開對外演講，哥哥傳勝帶著家人前來助陣。

《幼獅文藝》四月時爲紀念婦女節而舉辦各種活動，秀蓮受邀參加以「婦女的時代角色」爲題的座談會，後來以此開端，一連串獲邀至各大學校園演講。

光是五月，她就跑遍士林、外雙溪、陽明山、淡水，一口氣講了七場。七月時，除了《幼獅文藝》之外，其他報紙也都登載了她的專訪文章。

這段期間，台灣的婦女界開始注意到呂秀蓮，不過秀蓮本身根本不認爲自己是在鼓吹「運動」，她反而套用三民主義的模式來提倡新女性主義。

一種思想：它順應時代潮流，也基於社會需要；

一種信仰：它主張兩性社會的繁榮與和諧，應以男女的實質平等爲基礎；

一種力量：它要消除傳統對女子的偏見，重建現代合理的價値觀念，以再造女子獨立自主的人格與尊嚴，並促進男女眞平等社會的實現。

秀蓮的信念爲：新女性主義的本質基於人權運動，而不局限於女權運動。也就是說，它與其他人權運動一樣，是以獨立、自由、平等爲基本條件的人本思想。

「簡單說明一下，何謂新女性主義？」呂秀蓮對我的提問如此回答：「社會本來就由男女兩性組成，所以新女性主義其實也是新男性主義。」

三十多年前她已經認知，新女性主義就等於新男性主義，我禁不住佩服她的慧眼。

惡言也可成良藥

回國後短短一年期間，「呂秀蓮」這個名字已經成爲新女性主義的代名詞。由於同時擔任行政院公職而時常覺得時間不夠用，但還是盡量利用公假時間參與各種座談會及電視節目。

這一段日子中，秀蓮不斷收到從全國各地寄來的信。其中思想保守頑固者的信函充滿排斥心理及極度反彈的情緒。

看到了妳的文章，實在令人生氣，不曉得妳是不是心理變態的人，才在報端上寫一些莫名其妙的謬論。

……

總括一句：妳就是想「不盡女人義務，而取相同人類權益，叫男人專爲女人服侍」的低賤敗類，無恥之徒！

有些信則以「姓呂的老小姐」爲開頭：

看了妳老小姐登在報上的〈大家一齊來做「人」！〉一文，大家火冒三千丈！

……

我打賭妳嫁不到丈夫，男人也不願「騎一騎」妳，而去「做人」！要做「人」，先去生孩子。

有些信以「呂秀蓮女士」鄭重開頭，但內容卻是：

呂秀蓮女士，家庭主婦是否都是寄生蟲？對國家沒貢獻，沒出息，沒存在的必要？妳做過人母，人妻？女性在家庭犧牲自己有報酬麼？順其自然吧！

不過也收到不少支持者的信，讓飽受羞辱、受傷又挫折的秀蓮得到很大的力量。其中有一位女性以「拓荒者」爲開頭寫信給她，在冷酷的男性社會裡畢竟還是有人肯仗義執言，拔筆相助，單憑這點，就教人不得不相信，世界還是有溫情的。

有一位男士在信中說：「透過報紙和電視認識新女性主義的拓荒者呂秀蓮。一種新運動的提倡，也就是一般人所謂開風氣之先，通常是很孤單的；我欽佩妳的勇氣；先驅者總是寂寞的，妳既願意當『拓荒者』，就必須承擔很多的誤會，甚至是謾罵。」

有人則在信中說：「您所倡導的這個新女性主義，既在發揮中華兒女的潛能，也以社會安定之基石——家庭——爲張本。」

也有男士在信中表示：「支持妳的新女性主義，擁護妳成立『婦女服務中心』。目前，我們社會的確需要類似這種組織，如果成立後需要男性服務人員的話，我很願意利用課餘時間效勞。」這位男生，後來果眞出錢出力，跟他的女朋友成了新女性運動早期的貢獻者。

無論是惡言或善言，都成爲讓秀蓮精神成長的珍貴養分。雖然有人罵她無聊、愛出風頭，有人責罵她教女人走出廚房是家庭破壞者等，但從另一方面來看，那些惡言卻成爲秀蓮人生旅程爲女性努力的註記。

他們對新女性主義的不滿和誤會與電視劇多少有些關係。例如，經常出現肥胖的女人揮著雞毛撣子吼叫等畫面，男性觀眾對這種畫面的反應十之八九都是：「這就是所謂的新女性主義？不像話！」甚至她朋友的先生也勸她們不要跟秀蓮在一起，以免「破壞家庭」。

秀蓮批評台灣社會「重男輕女」、「男尊女卑」、「男外女內」等觀念，尤其強烈批評專對女性「片面貞操」。

事實上，呂秀蓮在美國留學時對性氾濫極爲厭惡，認爲只追求享樂的行爲根本不是自由戀愛，反而是破壞眞愛，與暴力沒兩樣，甚至是毀損人性尊嚴。

但反對性氾濫並不等於守貞，何況只對女性要求純潔更是沒道理，性道德必須男女一致，雙方都應該把貞操從禮教的桎梏中提昇爲人性的修鍊。當男子要求女子守貞時，女子就有權利向男人做相同的要求。但現實卻不然，社會「笑娼不笑嫖」，拈花惹草不但不以爲恥，反而是炫耀的話題，這就是男性世界！

秀蓮深感應該再將理念加以組織系統化才能發揮功效，於是在朋友及支持人士的督促下成立了「時代女性協會」團體。

組織下設推展、服務、會務等三大委員會，其中服務委員會又分法律顧問組、疑難協助組、交誼活動組，以便教育有關婦女問題的法律常識，並分別對在學、在職女性與家庭主婦的危難或困擾，提供適當的協助。

但是台北市社會局以「其宗旨與婦女會的宗旨頗多雷同，自可加入婦女會爲會員，無單獨成立團體之必要，所請未便照准」爲由而駁回了立案申請。

眞是令人氣憤。以當時宋美齡領導的婦聯會爲例，是將所有女性公務員視爲當然會員，每月須有半天時間，到婦聯會縫一條阿兵哥的內褲。

秀蓮認爲時代女性協會怎能編入這種婦聯會？總之協會的成立因而宣告流產，同時也使該期間合開經營的「拓荒者之家」面臨收場的危機。坐落在台大附近的拓荒者之家，作爲協會籌備事務及聯誼會的場所，從覓屋、募款到裝修，都由原始會員積極參與，其中有很多是大專女生，她們以十幾個人才湊成一股的方式合作，其他資金由未婚青年提供。

拓荒者之家開設在杭州南路一棟建築物的三、四樓，裝修成青綠色調的三樓，可以讓任何人休憩閒聊，由會員親自簡單料理餐飲；四樓爲輕鬆明亮的橘色系會議廳，作爲每月舉辦活動之用。

問題是在大夥努力經營了八個月後，發現收支不平衡，加上原先合力照顧的股東紛紛離開台灣，使得資金更短缺。在協會申請案也未能獲准的情況下，自然而然很難繼續經營，於是將拓荒者之家予以結束。

雪上加霜的是，這段時日赫然發現店裡成員竟然有調查局派人臥底。此人最早是秀蓮的鄰居，而後成爲朋友，再成爲股東，之後在店裡當經理。

「原來調查局爲了方便監視而派人租在我住處的隔壁，我根本不知情就跟她成了朋友，那時我二十九歲，第一次意識到世界眞可怕，而且在國民黨特務統治的台灣任何一個角落都無法享有自由，讓我覺得好悲哀。」

由於原擬籌組「時代女性協會」未成，秀蓮便參與國際職業婦女協會台北市分會的創立。這是一個提高職業婦女素質、保障職業婦女權益，並鼓勵參與社會服務爲宗旨的國際性組織，已經擁有四十多個會員國，在聯合國享有非政府組織代表會員的權利。

秀蓮被此組織邀請成爲籌備委員之一，除了擬寫章程之外，在分會成立七個多月後，設立「職業婦女信箱」，受理透過信函求助的許多女性的苦衷及問題。

在生死邊緣

雖然在婦女運動上令她頗感吃力，但秀蓮的仕途相當順遂，二十八歲就當上法規會第一科科長，成爲當時行政院的第三位女科長。

最令她感到滿意的，就是能夠充分學以致用，著手撰寫關於優生保健法、水污染防制法、空氣污染防制法、噪音管制法以及與商標、專利、關稅有關的草案。

除此之外，她曾經辦過一件小販被國稅局催繳遺產稅不服向行政院訴願的大案子，將它圓滿解決，讓她覺得很有成就感。當她受理此一案子後，光調查堆積如山的相關文件，就花了兩個月的時間，當時那位當事人不知該向哪個單位陳情，而心急如焚。秀蓮成功地撤銷了國稅局的課稅處分，小販因而召開記者會大表感謝。

一九七四年六月，秀蓮過三十歲生日，剛出版了兩本書。在這段期間得知公務人員健康檢查的結果。

「被檢查出脖子有異狀塊結，將病歷轉診至台大醫院，最終確認是甲狀腺癌。有人是在一夕之間意外發現自己成了名人，而我則是在一夕之間意外發現自己竟然站在死亡的門檻前。」

呂秀蓮淡淡地回顧當時的經歷。才三十歲，要談死亡還太年輕吧。

「我問醫生，自己爲什麼會得癌症？醫生卻只說是意外事件。當時我想如果這是命運，那麼自己的命運可眞是殘酷。因爲那時候我好不容易找到自己該做的事，而且才剛站穩腳步。」

雖然醫生說不知道病因，但秀蓮大概知道原因。每個人體內都有癌細胞，當體力充沛、健康時，癌細胞常被壓制住；但體力透支、精神緊張時，正常細胞負荷不了，癌細胞便乘機開始旺盛活動，大量破壞正常細胞。回顧過去的日子，她從美國回來後，常爲了對抗不合理的傳統而鬥爭，自然傷害到自己的健康。

至於甲狀腺癌，在年輕女性身上發生的機率較高，尤其二、三十歲上下的女性最常見，女性的發病率約爲男性的七、八倍，這也是甲狀腺癌的特徵之一。由於女性先天上比男性易患甲狀腺腫大，如果後天持續缺碘或碘的利用不良，便很容易出現結節性甲狀腺腫瘤。

「我在想，批評我、罵我的那些男性如果知道我得癌症的消息，一定興高采烈地笑著說我受到了天譴。剛開始時很不甘心，但後來想一想，也沒什麼。反正我即將死亡，快要從這世界上消失了，他們罵我又能怎樣？誇讚我又能怎樣？令我最心疼的是母親。想到母親要送走未嫁的么女，白髮人送黑髮人而因此自責到她逝世為止，眞是心痛得快要發瘋了。」

沒錯。一想到快要死了，心裡最放心不下的就是母親，而非分手的情人或是責罵她的眾人。想到母親將承受的，遠比自己的死亡還更痛苦。

秀蓮連續幾天都不敢向任何人訴苦，獨自與可怕的癌症恐懼感鬥爭。該怎麼接受所有一切就快要結束的殘酷事實？但另一方面又要努力不讓自我失去控制。好不容易才收回感傷，打起精神，先到辦公室請病假。

法規會主委胡開誠要她好好治病，不必擔心公事，又安排她到三軍總醫院住院開刀，令秀蓮在身心脆弱時感到十分溫馨。

手術前一天晚上，秀蓮反而恢復平靜。假如未來還要為「新女性主義」面臨種種難關，這病反倒能幫她脫離痛苦吧。心裡想該寫份遺囑，卻發現沒什麼要交代的事情，也沒有什麼東西可留。沒有存款，也沒有房子，眞像剛從母親肚子裡生出來時一樣，赤身一人而已。

故意沒讓母親知道。說不定自己連告別都不說就撒手人寰，因為看到母親的淚水會讓她更害怕，所以只告訴哥哥傳勝。

「不要緊，妳還有好多大事要做，離開的時候還未到。」

進入手術室前，傳勝緊握秀蓮的手，鼓勵她要有勇氣，但哥哥的雙眼因充滿擔憂和懼怕而凹陷。

「就當成進去睡一下馬上出來。哥哥在這裡一直等妳。」

躺在病床上的秀蓮望了一下傳勝疲憊不堪的眼睛，一剎那間許多記憶如走馬燈一樣閃現在腦海中。

隨哥哥一起爬山，豎起耳朵傾聽爸爸講故事，練習演講……假如很久以前，傳勝沒有想出揹著她離家出走的鬼點子，她早被送到裁縫店當養女，過著平凡女性的日子，也就不會得癌症了，是嗎？不，就算如此，結果還是一樣吧。或許自己會一直怨恨父母把秀蓮送人，並且一直詛咒養女制度盛行的台灣社會，因而使她更早得到癌症也說不定。

如此想像，倒覺得自己現在的人生過得還不錯，在父母兄姊的呵護中成長。無論到哪裡，自己的能力都受到肯定，一個女兒身還能很難得地前往美國留學，又去過歐洲旅行，此外還曾經有一個男人深深愛過她。自己絕非蒙昧無知之人，而且始終努力保持清醒，以便將世界看得更透徹。

這樣的人生已經夠了……沒什麼不甘心的。秀蓮被推向手術室時，滿腦子都在想這樣的事情。

「醒過來了嗎？聽到我說的話嗎？」

神智還沒完全清醒，耳邊就先聽到這些聲音。

「如果聽到我說的話，就回答我。」

明明聽到有人在說話，但想回答，卻沒有力氣，口乾，舌頭無法自主。

「隨便說句話。有聽到我說的嗎？」

主治醫師解釋說，由於聲帶的迷走神經貼近甲狀腺，開刀時，只要稍微失手就可能從此失聲，醫師很擔心這點，才不斷催她說說話。

「秀蓮，我是哥哥，聽不聽得到哥哥說話？秀蓮，秀蓮！」

吃力地睜開眼睛，見到站在醫師和護士背後焦急地叫她的傳勝，那張臉在自己接受十個小時的手術後，比原來的樣子衰老了十年以上。秀蓮不禁紅了眼眶。

「哥……」

秀蓮輕輕地叫了傳勝。

「好，哥哥在這裡。醫生！她的聲音……有聲音……」

傳勝感動得無法再說下去。

「很好，看來手術很成功。」

「謝謝，謝謝。」

「雖然聲音變得又鬆又低，幸好沒有失聲，手術算是相當成功。」

「真的很感謝你。我們不會忘記你的大恩大德。」

聲音、生命都沒有失去，算是重新找回了新生命。她認爲往後的人生是幸運得來的，因此內心發誓今後將爲社會奉獻自己。雖然她的手指頭因爲末梢神經逐漸退化而握筆乏力，但是這種事以重獲新生命的代價來看，也算是佔便宜了。

住院一個月當中，秀蓮利用難得的空閒思考未來的長遠計畫。她心裡有股狂熱，自己既然投身於女性運動，就該更有系統地學習與研究。剛巧這時她獲得了亞洲協會頒予的獎學金，可以前往美國進修一年，研究那裡的女性運動，以便擴大自己的視野。

秀蓮出院後馬上遞交了辭職書。行政院願意以留職停薪方式爲她保留職位，但她不想造成任何困擾而鄭重拒絕。這次她已決心赴美，即使面對母親的萬分擔憂，也不打算屈服。

女權的拓荒者

一九七五年二月抵達美國時，那裡的氣溫還很低。在刺骨的寒風裡，加州大學柏克萊分校的台灣留學生社團會員在機場迎接秀蓮。他們是對祖國懷有熱切愛心以及對新女性主義有莫大興趣的學生團體。

由於他們的安排，秀蓮一踏上美國土地就馬上發表一場演說。這場演講在柏克萊分校的草莓谷正式舉行，沒料到演講當天大雨一直下不停，加上是週末，眞令人懷疑有誰會在這種惡劣天候中老遠從各地趕來聽演講。

結果演講會場擠滿了聽眾，更有人發動募款贊助，秀蓮於是把帶在身邊的著作《新女性主義》及《尋找另一扇窗》以每本美金五元義賣當作贊助金。

在異國應付學業已經不容易，還如此熱忱地接待她，越想越覺得好窩心、好感動。同胞們要相聚一堂已不容易，更何況是主動捐款，讓秀蓮對此番赴美考察及未來工作感到樂觀，也給了她很大的力量。

在各地同學會、同鄉會紛紛邀請下，秀蓮從嚴冬到盛暑，一天趕一、兩場演講而一路奔波，有時搭飛機飛越好幾州去演講。

東奔西跑時她都攜帶親自製作的一大捆宣傳海報、募款用的義賣書籍等。如此在八個月期間，總共在全美各州辦了三十多場的演講及募款活動。

甲狀腺癌開刀不到一年的她，身體狀況不算很好，常常輾轉難眠，神經時常緊繃，或因體力不支而常嘔吐暈眩。有時太疲累了，就不禁覺得自己像在燒盡生命，心裡經常很不安，不知道什麼時候癌症會再度來襲。

即使如此，總不能就此停止。她認爲，自己這次重獲新生，並不是爲了往後健康長壽，而是奮不顧身去做正義的事。秀蓮開刀後醒過來的那一刻，就把要爲眾人奉獻當作自己的使命。

亞洲協會是由美國國務院及企業界出資贊助以促進亞洲地區發展的組織。秀蓮在亞洲協會的大力支援下，觀摩以舊金山爲據點的美國婦女運動的推展活動，並且被推薦以私人身分參加由聯合國主辦的第一屆世界婦女大會。

然而由於中共代表團領隊鄧穎超誤以爲秀蓮是以中華民國代表資格參加，而極力抗議阻擾，主辦國墨西哥政府害怕中國的報復，結果拒發秀蓮的簽證。眞是令人痛心，但也束手無策，只好中途折返。

回台灣的途中，順路到東京拜會日本國會婦女界領袖市川房枝參議員。然後應韓國「家庭法律相談所」創辦人李兌榮博士的邀請，在漢城（首爾）訪問了三個星期。

秀蓮與李兌榮曾在台灣見過面，對她的學識及意志深表尊敬。當時已經有七個孫子的李兌榮從年輕時代就與眾不同。

因抗日運動而被捕坐牢五年的先生，爲了報答她獨力負擔家人生計的辛勞，而自願照顧自己的母親和四名子女，她因先生積極鼓勵而成爲第一位進入漢城大學法學院的女學生，畢業後以優異的成績通過司法考試。

李兌榮陸續取得碩士、博士學位後，從無間斷地致力於韓國婦女的地位提升及權利保障。二十年來在人力及財力方面不斷遇到困難，但面對許多女性的泣訴求助，益發堅定她的意志。在此過程中，由李博士解決的棘手訴訟案子多達五萬多件。

「我在相談所駐留觀摩的二十天裡，看到面露哀戚之情的求助婦女總是川流不息，李博士眞的在做很了不起的工作，一個人怎麼能夠對那麼多人產生那麼大的力量？令我佩服不已，也讓我一年前在台灣傳播新女性主義時，處處遭受挫折鄙視的傷痛一掃而空。在漢城的家庭法律相談所裡，我看到了希望。」

得知台灣的女兒呂秀蓮對李兌榮博士深表敬意，並受到韓國的影響，令我這身爲韓國的女性也引以爲傲。

回到台灣，秀蓮獲得施叔青、王中平、曹又方、羅國瑛、羅珞珈、藍妙齡、張小鳳、鄧佩瑜等舊交新知的通力合作，在台灣爲婦運展開另一波嶄新的行動。也不忘向亞洲協會報告她們的計畫，以及申請資金的援助。

大家共識到從此不能再單打獨鬥，而應設定更長遠的計畫，以及依各階段而能夠具體實踐的策略，以便展開系統化的婦女運動。

動員一群「左手拿鍋鏟，右手握筆桿」的新女性也是此運動的一環，於是成立「拓荒者出版社」，藉由出版來傳播思想，一年不到的時間裡，就出版了將近二十本的書籍，例如《從女人到人》、《性＋暴力＝？》、《男性的解放》、《男人背後的女人》、《她們的血汗、她們的眼淚》、《創造性離婚》、《幫她爭取陽光》、《她們爲什麼成名》等，不獨對女性問題有深層的探討，同時對兩性關係也有深入的剖析。

爲顚覆傳統男女家事分工形態而努力，也是秀蓮的系列工作之一。一九七六年三月八日，爲了紀念婦女節而舉辦的兩項活動，彷彿是盛大慶祝會一樣在歡樂的氣氛中進行。

其中第一項活動是「男士烹飪大賽」，約有六十多名選手參加，三百多人購票入場品嚐男人做好的菜餚；第二項活動是以「廚房外的茶話會」之名進行，邀請十三位活躍於各行各業的女性暢談各自在廚房以外的天地，以迂迴的方式批判「女子無才便是德」的封建思想。

出版社做過的事情不止這些，還特別成立婦女資料中心，蒐集國內外婦女相關書籍及期刊，提供有興趣的婦女隨時閱覽。

此外，還由政大統計學者柴松林教授及十位女大專生組成的義工團體，在台北市訪問了大約一千名的主婦，針對經濟地位、夫妻情感、子女關係、生活起居、婆媳之間、婚姻觀、自我認同、知識來源等，進行問卷調查，完成了一份「家庭主婦現況調查」，問卷資料由交通大學顧燕翎教授整理分析，引起了很大的迴響。

後來此一活動逐漸擴張領域到南台灣第一大城高雄地區。《台灣時報》總主筆許世兆鼎力相助，積極刊載秀蓮的文章，以便讓更多讀者了解。秀蓮也與「基督教福澤社會服務中心」合作設置「保護妳」專線電話，專爲不幸被遺棄或強暴的婦女，提供必要的法律、醫療、安全服務等，造成極大的轟動。

第一個由婦女協助婦女解決問題的專門機構，經過兩個月的籌備之後，首先召募了六十名義工並爲她們上課，義工中有職業婦女、家庭主婦、超過六十歲的退休教師等，再結合女醫師、女律師、女警察、女心理學家，成立諮詢委員會。

由於高雄「保護妳專線」的成功，第二年秀蓮又在台北與國際獅子會合辦另一個「保護妳專線」，先是由婦運前輩朱明女士當主任，再來由文化大學一位社會系教授接任，其爲國民黨人，後來因此國民黨勢力介入「保護妳專線」而引內部紛爭。

她們的活動愈來愈獲得許多婦女的好評，卻也開始引起情治單位的注意。調查局人員便在「拓荒者之家」臥底。

赫然警覺到調查局對她的一舉一動都非常清楚，除了讓秀蓮深感錯愕恐怖之外，更感受到強烈的敵意。其中有一個警總人員以攝影爲藉口，積極追求秀蓮的夥伴，目的在刻意製造緋聞，讓民眾對新女性主義產生不好的印象。

情治單位只要一抓到機會，便立刻利用輿論來攻擊秀蓮，著名的「何秀子事件」就是其中一例。

原本採訪當時知名的娼妓界老鴇何秀子，是想以她自己經歷的故事揭發台灣國內淫穢風氣的眞相，沒想到出版後卻被扭曲爲「鼓勵婦女從娼」而受到各種冤屈。不管它的內容如何，只因爲被採訪者是娼妓出身，而飽受卑鄙的污蔑與攻擊。

回顧過去爲婦女運動賣力的六年期間，固然有成就感，但也經歷了許多苦難及挫折，尤其國民黨政府以或明或暗的方式展開的各種阻擾動作，給她留下了致命的傷痕。雖然有些計畫盡力堅守到底，但也有很多事情來不及著手就提早宣告失敗。而在這過程當中，有些人放棄，有些人背離，有些人則被造就成更堅強的女戰士。

「我們都認爲自己要變成戰士。但難道一定要提槍上場才是戰士嗎?在女性比男性劣等觀念充斥的社會裡，受到父母、丈夫、職場、鄰居、婆家、子女甚至女性同胞的差別待遇，要找回女性地位確實如戰爭一樣激烈。但我們選擇柔性力量當作武器，也就是說，以柔性態度不斷說服來獲得勝利。」

婦女運動的敵人絕不是男性，更無意造成兩性不和。其目的在於造就沒有性別差異的社會，找出使兩性都幸福的路線。要讓更多人們了解一個眞理:女性的幸福等於男性的幸福。在佔一半人口的女性受差別待遇的社會裡，如何能夠完成眞正的改革及民主化?

秀蓮推動新女性運動，雖然曾在國民黨的故意破壞下，有些方案無法成功，有些失去方向，但她從未因此退縮，反而在經歷卑鄙的阻礙之中大開眼界，把眼光轉向更積極、更有效率、更快速實現自己夢想的路線。

第五章 鬥爭的日子

中美建交的恥辱

一九七七年，很多活動在國民黨政府的惡意阻擾下，面臨停辦的危機。這時感觸最深的無非是保障婦女地位所需的制度明顯不足。要讓新女性主義扎根，必須先從保障女性應該享有的法律地位上著手。

秀蓮決定第三次赴美進修，打算在哈佛大學正式研究關於婦女問題的法律。

「難道妳完全放棄結婚了嗎？」

聽秀蓮還要去美國，母親的第一個反應就是如此。

「眞不知道我上輩子犯了什麼錯，生出這個么女讓我這麼心煩。」

母親連上輩子都說了出來，邊說邊嘆氣，彷彿地面都快塌了。這次秀蓮不放心再讓年邁的母親擔憂，於是先安撫她的心。

「我什麼時候說過要放棄結婚？」

「不是還要去留學嗎？那還不是一樣的意思！」

「讀書的時候遇到好對象就可以結婚啊。」

「不會和美國男人結婚吧？」

「怎麼，妳不喜歡美國女婿？」

母親不回應，只瞪了秀蓮一眼。

秀蓮在哈佛大學攻讀法學碩士期間，除了研究美國憲法之外，還選修了「婦女與法律」課程，後來參考先進國家的立法案例，研擬了台灣民法和刑法修正草案：將「夫妻財產制修訂芻議」、「墮胎如何合法化」的英文稿寄給法務部李元簇部長做爲修訂參考，對於後來修訂的民刑法草案有相當程度的影響。

台灣原有的夫妻聯合財產制有太多漏洞，很難期待已婚婦女的經濟權益可以獲得保障，例如無論妻子如何相夫教子，除非自己有工作收入，否則她的財產都以結婚當時所擁有的、因繼承及其他無償取得者爲限，妻子無權要求分配結婚後家庭增加的財產。

另外「夫債妻償，妻債夫不償」更是惡法。秀蓮堅持主張應該廢除這些沿用數十年的惡法，另行修訂良法。

至於墮胎問題，在刑法中嚴格規定爲違法。胎兒也是珍貴的生命，不可以任意處理固然沒錯，前提必須是這世上沒有非自願的懷孕，但顯然有各種因素引起非自願的懷孕，例如婚前懷孕、婚外懷孕、因遭強暴懷孕等。女性不幸遇到這種情形，除了肉體上、精神上的痛苦以外，還得在因墮胎而產生的罪惡感中過日子。無論如何，秀蓮堅信最重要的一點就是婦女應當有權自由決定何時懷孕生育。

但因爲規定墮胎爲違法，逼使許多女性冒著危險去找密醫進行墮胎手術。與其這樣，不如制定合理的限制和規範，以保護母體的健康。

秀蓮就是依據此種觀念把兩篇稿子寄給李元簇部長。

另外，她在學業方面的進展也非常順利，才八個月就完成所有的課程，到了一九七八年夏季，拿到第二個法學碩士學位，同時獲得特別研究員獎學金，繼續留在法學院東亞法律中心做研究工作。

在這段期間，台灣發生了縣長選舉投票日，警察和民眾重大衝突的「中壢事件」，轟動國內外，也引起了國際的注意。

原籍桃園中壢的國民黨籍省議員許信良，有意競選桃園縣長，而爲此在一九七七年出版了一本書，其內容爲對過去四年省政的各種批評和嘲諷，結果激怒了部分國民黨黨員。在黨員的激烈反彈之下，國民黨秘書長李煥最後放棄提名他，許信良乃憤而宣布脫黨參選。

十一月十九日投票當天，中壢市名牙醫邱奕彬發現設在中壢國小的投票所有舞弊情形，立即向選務單位檢舉，卻遭置之不理，因而激起群眾公憤，動手揪打選務人員，燒毀警車。

這是台灣因選舉舞弊而引起的首宗民間暴動，很多人因而受傷，一名大學生被瓦斯催淚彈擊中死亡，以及九名地方民眾被起訴判刑。

然而這次的暴動對許信良和蘇南成反而有利，他們皆以黨外身分分別當選爲桃園縣長和台南市長，打破過去一向由國民黨包辦地方首長的局面，同時還有其他二十一名非國民黨人士當選爲省議員，六名進入台北市議會，使得地方政治生態掀起一陣旋風。

那天秀蓮正在哈佛大學宿舍裡熬夜寫論文，二十號清晨仍在睡夢中的秀蓮被一通美國朋友打來的電話聲嚇醒。

「聽到了沒？聽說妳的家鄉發生了暴動！」

「暴動，妳說發生暴動？」

「對呀，在桃園。妳的家鄉不就是桃園嗎？」

「是啊，不過桃園不可能發生暴動吧，妳是不是聽錯了？」

「不，我聽得很清楚，確定是桃園。」

睡意早就一掃而空，秀蓮只覺得不可思議，向來平靜、居民個性溫和的桃園竟然發生暴動，怎麼也沒辦法相信。

後來讀《紐約時報》刊載的消息後，才了解事件的來龍去脈。除了聯絡家人確認大家都平安無事外，同時也對此一事件的後續發展甚感興奮。這是民眾長久以來壓抑的憤怒情緒終於表露出來的契機。民眾對於長期被視為禁忌而感到畏懼的政治，終於開始勇敢地表達出自己的不滿。

然而眞正可怕的事件還在後頭。這時居然傳出一向被台灣視爲老大哥的美國醞釀與台灣斷交的消息，而且與它相關的各種徵候也陸續出現。

一九七八年五月二十日，中華民國第六任總統蔣經國就職典禮時，美國不但未派遣較具分量的代表官員到台灣祝賀，相反地，卡特總統卻派遣國家安全顧問布里辛斯基（Zbigniew Brzezinski）出使北京，一個星期後，他在日本東京發表令人錯愕的消息：美國政府將在翌年二月之前與中共建交。這是繼一九七一年十月中華民國政府被迫退出聯合國後，對台灣人民最沉痛的打擊。

美國承認中共政權，勢必對台灣的未來造成嚴重的不良影響，然而台灣政府爲了不讓這個消息在國內傳播，而徹底加以封鎖，眞可說是隻手遮天啊。

秀蓮則在美國急忙走訪許多學者和專家。

「我還到華府會見國務院官員和國會議員，為的是想進一步了解美國和中共的關係，以及對台政策未來的變化等，越聽越了解情勢對台灣非常不利。」

後來才明白，原來美國很早就開始和中共祕密建立親密關係。美國和台灣的實際關係始於一九四七年底，透過「中美海軍協定」，取得基隆、高雄、澎湖等軍港使用權。可是兩年後國民黨政府撤退到台灣時，美國總統杜魯門一方面表示無意以武力干涉中國政局，另一方面國務院已有「放棄國民黨、承認共產黨」的準備。

就在這時，韓戰爆發，中共乘機藉「抗美援朝」之名，掀起反美帝國主義運動，使得美國不得不大幅修正外交政策。

美國為了維護國民黨在台灣的政權，而以軍援、經援、文化交流等方式支援台灣，藉此自阿拉斯加、日本、南韓、台灣到菲律賓，築起一道太平洋防線，防堵蘇聯和中共擴張國際共產主義。

一向注重實利的美國這次運用兩面手法，繼續透過第三國與中共進行對話，等待雙方關係解凍。但是中共強烈要求美國自台灣撤軍，並接受和平共存五原則，這在現實上有其困難。尼克森上台後，不想再為越戰增加新條約的負擔，因此派遣季辛吉為先鋒，到北京舉辦中美會談。之後藉著中美乒乓球友誼賽與尼克森親訪大陸為起點，兩國之間的外交關係迅速進展。但由於發生水門事件使得尼克森下台，導致中美建交再度難產。

一九七七年，卡特就任美國總統，他一向對中共有好感，一上台立即派遣國務卿范錫（Cyrus Vance）到北京，翌年五月，再度派遣布里辛斯基訪問中國，以便實踐競選諾言。

自從了解美國和中共的友好氣氛早已醞釀多時，秀蓮打從內心有深深的感受，要提升台灣婦女的權益，先要有堂堂正正的台灣才能夠做到。現在是離開象牙塔、離開理念，爲祖國付出的時候了。

秀蓮在考慮自己的理想之前，先找她的哈佛法學院指導教授、中國問題專家孔傑榮（Jerome A.Cohen）商量，因爲他適才同意給她下一年的獎學金。孔傑榮教授聽完秀蓮的煩惱後毫無猶豫地說：

「Why not? You are nobody here, but you may be somebody at home!」

孔教授的這句話使秀蓮更堅定了她的決心，也覺得如果祖國需要她，沒有比這更快樂的事！

秀蓮便開始打聽家鄉是否有黨外人士出馬參加年底大選，如果這人需要幫忙，秀蓮就挺身爲他助選演講，告知美共建交的消息以及應變的態度等。

可惜，初步打聽的結果，桃園選區出馬的候選人全都是國民黨籍人士。好不容易在「中壢事件」中抗議選舉舞弊，憤怒的桃園民眾燃燒起來的正義，絕不可以再度被國民黨政權踐踏，因此秀蓮最後決定親自披掛上陣。

因為美麗，所以更悲哀的祖國

決定自己以黨外人士身分出馬，等於自願投身於危險。當時處於恐怖的戒嚴統治時代，由於她長期被情治單位點名爲要注意的人物，因此以黨外人士身分與國民黨候選人對打本身就需要很大的勇氣。即使如此，台灣的命運已如風中燈火般危殆，總不能只爲自己個人的安危著想。

秀蓮在這段時期遍讀與台灣有關的史料和文獻，較深入了解台灣歷史。十六世紀，台灣是馬來西亞土著波里尼西亞人（Polynesian）的天下，到了十七世紀，荷蘭人和西班牙人分別佔據台灣南北，後來十七世紀末，鄭成功逐退荷蘭人，漢人從此開始大規模移民到台灣，但明鄭的統治時間並不長，因爲二十多年後便向滿清投降，台灣統治者也跟著易手。

一八八五年，滿清將台灣獨立爲一省，開始積極經營。在劉銘傳擔任巡撫期間，台灣呈現欣欣向榮的好景，但沒想到因爲朝鮮發生東學黨之亂而再度陷入悲慘的命運。

「韓國在台灣的近代史上曾造成巨大的影響。朝鮮因發生東學黨之亂而向清廷求援，清廷派兵到朝鮮時，與當時明治維新後亟欲施展海上霸權的日本發生衝突，這就是知名的甲午戰爭。腐敗的滿清敗給了日本，與日本簽訂馬關條約，將台灣和澎湖群島永久割讓給日本，由此開啓二百八十萬無辜人民被日本殖民統治的歷史悲劇。」

第二次世界大戰結束後，中國最高統帥蔣介石代表盟軍，派員到台灣接受日本投降。

「然而沒過多久，韓戰爆發，已取得中國政權的共產黨藉機掀起反美帝國主義運動，美國因而改變政策，認爲不可以把台灣和澎湖交給中共，於是杜魯門總統發表聲明：『台灣的未來地位，應等太平洋區域安全恢復後，與日本訂立和約時，再予討論，或由聯合國予以考慮。』國民黨因韓戰爆發而獲得美國政權強力支持，眞是歷史上的一大諷刺。一九五一年於舊金山召開的國際和平會議中，通過舊金山和平條約，在和約第二條上只寫明：『日本放棄對台灣及澎湖列島的一切權利、權利根據，以及要求。』條文中不明示主權歸屬，這是與會各國故意不讓台灣和澎湖列島落入中國手中。」

事實上，台灣在接受美國保護的名分下提供根據地給美軍第七艦隊。在這地球上沒有一個國家像台灣這樣一下子就失去這麼多友邦，台灣成了任何國家都不願援助的國際孤兒。唯有台灣才能拯救台灣，因此台灣人民必須團結才行。

這期間，一向與台灣維持親密關係的沙烏地阿拉伯正與中共不尋常地眉來眼去，連同甘共苦、兄弟之邦的韓國也傳聞說，某位人士正向朴正熙總統建議與中共建交，實在是令人感到絕望。回顧起來，作爲一名生長在台灣的女性，她常感到來自政治現實和文化傳統的雙重壓迫。台灣總人口中本省籍住民佔百分之八十五，至於女性人口則佔總人口的百分之五十，然而上述兩種人卻長期受到壓迫和歧視，秀蓮頓悟此事後，更讓她的意志火熱地燃燒起來。

秀蓮在一九七八年九月底回到台灣，到了十月中宣布參選桃園縣立委，所以說她一回國立即投身於選戰。然而她要參選的消息傳出後，黨外陣營批評她故意攪亂政局，因爲黨外陣營早就安排律師張德銘出馬參選。

有人散布謠言說秀蓮是國民黨派來的臥底。經過一番澄清，最後他們轉而勸秀蓮參選國民大會代表。

當時台灣人民對國大代表的印象大多爲負面，他們平均年齡約七十歲，甚至有人已經九十二歲了，在那個時代，台灣一千七百萬人口中百分之七十是三十五歲以下。換句話說，國大代表應該是代表活力十足的國民才對，但他們卻都是早已過了退休年齡的老人。

即使如此，秀蓮最後還是決定參選國大代表。反正競選的目的不在謀求官職，而是希望利用競選活動來鼓勵民眾探討台灣問題。

距離十二月二十三日的投票日僅剩下短短兩個月時間，如何加深選民對她的印象，獲得鄉親全力支持，成了最主要的重點。

她的競選總部設在傳勝的律師事務所隔壁，門前三民路和市內主要幹道中正路的交叉口就在附近，交通暢達，這樣的條件對辦活動相當有利。

秀蓮以「我愛台灣」爲競選主題，來凸顯自己回台參選的動機，向選民強調說，如果自己留在美國，可以順利發展，但還是回到處於危機的祖國，純粹是因爲對家鄉的愛。以「民主、團結、愛台灣」爲訴求的秀蓮在政見發表會的確很有吸引力，至於她的口才就更不用說了，畢竟五歲時獲得的「講古仙」封號絕非浪得虛名。

想不到，活動氣氛愈來愈奇怪，陸續發生不明怪客入侵競選總部、助選員受到國民黨威脅的情況，不少人甚至受到警察局長、里長或「長官」的警告，如果支持呂秀蓮，後果會不堪設想。最後連競選標語布條一掛在宣傳車上，很快就不見蹤影。

和其他早就準備競選的候選人相比，秀蓮似乎連一項有利的條件都沒有，既缺乏基層組織，又沒有什麼有力的後援團體，連起跑點都晚了一步。因此無論國民黨或黨外人士，都沒有人把秀蓮當成強力的對手，這也是理所當然的。

秀蓮並不在意這些，她在乎的是無論如何要把台灣面臨的問題講給更多人聽。

秀蓮利用每一場的政見發表，順便拋出幾個問題，讓聽眾回家後好好思考，然後等下次演講時再加以分析的方式來誘導聽眾。果然一旦聽過她演講的人大多會再來繼續聽，而且還帶朋友或家人一起來。

公辦政見發表會在十二月十日正式開鑼，秀蓮積極提到台灣所面臨的問題，經過長時間的苦心研究，分析的論點當然具有強烈的說服力。在其他黨外人士不約而同地忙著大罵國民黨的情形下，秀蓮的演說更凸顯其與眾不同之處。

來聽秀蓮演講的聽眾愈來愈多，連其他縣市的民眾都風聞而來，還不到一星期，秀蓮已成爲台灣的名人。

在民主運動的街頭

「體力不怎麼好，聲音也不太大的我，連續幾天演講，最後嘴巴都開始痠痛，但還是使出渾身解數一直講下去，我的內心強烈要求自己，要讓聚集而來的聽眾多認識一點台灣的歷史、外交以及未來……我眞的有很多事情要做。我大聲演講時，遠遠地看到站在聽眾後面的母親，雖然她離我很遠，但仍感覺到母親滿意的神情。平常爲我只管讀書誤了婚姻而擔憂的母親，此刻看到我站在許多觀眾面前熱心講述台灣未來的方向，而以我爲榮。」

在政見會場通常會有情治單位派來的人員，想到槍彈不知什麼時候會射擊過來，難免覺得脊骨都涼了，但腳步已經踏出去，如果台灣的命運不能由台灣人自己決定，那麼槍彈射到她的心臟只是小問題，到時候飛彈射到台灣來呢？想到這裡，更不可能就此膽怯而退縮。

與其他候選人動員龐大的選舉支援組織相比，秀蓮的武器只有條理分明的邏輯和誠懇眞心的演說。

在這段期間，美國和中共間的密會仍持續進行，然而台灣正處於選戰熱潮中，連蔣經國總統也搞不清楚美國和中共之間的最終決定會是如何。

投票日前一個星期，也就是一九七八年十二月十六日上午九時，「中美建交、台美斷交」的消息透過廣播電台散播到全台灣地區，使得全國頓時陷入極度慌恐、悲憤、緊張的氣氛。國民黨在當日正午宣布一切競選活動暫停。二十二日，警備總部宣布：對非法集會、遊行、請願等活動，政府一定依法採取必要措施，凡違背憲法、國策、爲匪宣傳、煽動犯罪的書刊，必依有關法令處理。

秀蓮早就預測美共遲早建交，卻沒想到這麼快，不禁感到錯愕。十六日上午，她交代助選人員不要任意被動搖，並且暫停車輛街頭宣傳活動，然後接到黨外團體通知立刻趕到台北康寧祥家中參加開會。

才一進門，康寧祥驚訝地大聲問她：

「剛剛聽到妳被捉了，妳怎麼會來這裡？」

秀蓮覺得大事不妙，立即打電話回桃園問個究竟，才知道她一離開競選總部，身分不明的怪客就進來搗亂，助選人員把他們趕出去後，慌張地拉下了鐵門，一群人在門外揚言高喊要殺死美國中情局（CIA）的探員呂秀蓮。秀蓮再打電話給哥哥，哥哥要她暫時不要回家，原來那一群人也到秀蓮家叫囂。

秀蓮的家人從那天之後，不分晝夜一直飽受放火燒屋的威脅。荒謬的理由竟是，因中壢居民稱呼秀蓮為「仙女下凡，未卜先知」的荒唐傳言，讓她成了禍首。國民黨惡意利用該傳言，誣陷她是CIA的工作人員。所謂「仙女下凡，未卜先知」，就是她在政見發表會中發表關於美共關係的預測和分析，竟然一一成眞。

另一方面，全神貫注於選舉的黨外人士，為促請早日恢復選舉而簽署共同聲明，又在行憲紀念日召開黨外國是會議，先由余登發、黃信介、許信良等已經擔任公職的議員致詞，再共同簽署發表聲明。

然而蔣經國在一個月後又以「國家所面臨的非常情況仍在繼續狀態」為由，宣布短期內不會恢復選舉，這項宣布讓黨外候選人憤憤不平。

在這期間，被推選為黨外農曆春節餐會召集人的前高雄縣長暨國大代表余登發，以「涉嫌參與匪諜吳泰安案」的罪名，與他的兒子一同被捕。桃園縣長許信良立刻率領黨外部隊去高雄街頭遊行，然而當時戒嚴時期下的街頭遊行是非法的。後來許信良被監察院彈劾，遭到停職二年處分。這種判決加深了黨外人士的危機感和抗爭意識。

「當時的政局非常混亂，美共建交使得台灣的命運不知何去何從，國民黨無能，黨外人士又只會激動抗議，忽略了民意，沒有人出面安撫不安的國民或積極關心台灣前途。我雖然一直對抗國民黨，但對於沒有對策而專以街頭抗議為能事的黨外人士也愈來愈沒有信心。」

一九七九年六月初，秀蓮與立委候選人張春男共同發起「中央民意代表選舉候選人聯誼會」，以參加一九七八年中央民代增額選舉的黨外候選人爲成員，秀蓮被公推爲此一團體的主席，大會決議以中央民意代表全面改選、督促政府從速辦理選舉、研擬選舉法規爲工作目標。

另一方面，自從公懲會議決許信良的停職處分以來，全台灣地區的氣氛處於一觸即發的緊張狀態。秀蓮建議利用慶祝七月一日高雄改制爲院轄市的大日子，到高雄舉辦演講會以便聲援許信良。

慶祝會當天，在高雄扶輪公園入口掛上大布條「高雄市改制，黨外慶祝晚會」以及「免費招待各界，今晚八時大統見」，果然許多民眾陸陸續續聚集過來。

雖然政府出動了全副武裝的憲兵隊，但沒有發生大摩擦。不過，竟然在公共場所大膽地標出「黨外」這兩個字，並且設置大型擴音器公然廣播，此一舉動已經大大激怒了情治單位。

在台中舉辦第二次聯誼會活動時，氣氛非常可怕。七月二十八日，秀蓮租了一輛中型冷氣巴士，計畫與三十多人一起舉行街頭遊行，晚上則在黃順興的別莊開會。

然而車子駛入台中時，發現整條街都是憲兵，會合處敬華飯店附近的台中公園廣場也停著一長排消防車。雖然有不祥的預感，秀蓮與其他會員還是下了車，果然一下車立即被台中市警察局長指揮的警察攔阻。當然，車身外的大布條「黨外中央民意代表候選人聯誼會」也被強制拿下。

秀蓮及其他會員強烈抗議，與警察對峙，這時不知從何處湧來了一群人，邊向會員揮舞拳頭邊大聲叫罵。

「打死共產黨！」

「台中市民不歡迎你們！」

「滾蛋吧，共產黨！」

對峙的情勢持續升溫，來看熱鬧的群眾也愈來愈多。就在這時，消防車開始噴射出強力水柱，人群在慘叫聲中驚慌逃竄。

變成落湯雞模樣的秀蓮呆望著這一片混亂的場面，接著看見手握電擊棒和盾牌快速奔跑過來的鎮暴憲警，他們的氣勢凶猛，令人恐懼。

「來，大家不要害怕，他們就是希望我們害怕而逃跑。」

成員中一個人一邊安撫會員一邊帶頭唱「反攻大陸歌」，然而就在這一剎那，電擊棒已用力地敲向他的頭頂。眾人擠過去試圖阻止警察，但根本不可能，他已被打得滿臉是血，暈眩得嘔吐不停，痛苦得全身扭曲。現場一時之間亂成一團。

第二天，他們計畫在敬華飯店召開記者會控訴警察蠻橫的行徑，卻發現飯店已被特務人員佔據。秀蓮匆匆宣讀了聲明書後，打算上街去向民眾公開此事。但是他們走到哪裡，憲兵就跟到哪裡，想盡辦法阻止他們集會和遊行。

現在連在街頭自由走動都不允許了嗎？難道這樣一直被自己國家的憲兵和警察追逐，受到嫌犯般的待遇，就是我的祖國台灣嗎？秀蓮忿忿不平，只能掄起拳頭不斷猛打自己的手心。

加入《美麗島》政團

以「余登發案」爲契機，張俊宏、林義雄、姚嘉文、許信良、施明德等五人開始籌備創刊《美麗島》雜誌，有人提議請秀蓮擔任總編輯，但是因爲部分保守的男性反對，最後給了她沒什麼實權的副社長頭銜。

《美麗島》還沒有發刊之前，黨外刊物已經頻頻遭查禁停刊處分。社長許信良決定舉辦創刊慶祝酒會，請秀蓮負責規劃所有活動。秀蓮爲了讓酒會氣派又高雅而細心籌備，原本打算以希爾頓飯店爲場地，但飯店因受到壓力而婉拒，最後只好改在中泰賓館。

九月八日，酒會即將開始，然而以反共義士勞政武爲首的《疾風》雜誌社成員，早已開始佔據中泰賓館門前周圍，展開示威抗議，還有大批警察也前來駐守。

酒會開始前已經瀰漫著緊張的氣氛，使得受邀參加的大多數貴賓掉頭離去。加上警察封鎖了往中泰賓館的主要交通路線，導致參與人數明顯減少。總之，創刊酒會還沒開始就被徹底破壞了，令秀蓮失望和忿怒，但還是依照程序順利進行了兩小時的節目，首先由發行人黃信介上台致詞歡迎，接著是來賓的發言和詩歌朗誦。

《疾風》成員還衝進會場裡面，額頭上綁著印有「莫道書生空議論，頭顱擲處血斑斑」的白布條，有的身披寫著「愛國有罪嗎？」大字的紅布，情緒高昂地大叫「消滅黑拳幫」、「活捉陳婉眞」、「打倒許信良！」

酒會快要結束時，交通、保安、消防警力陸續集結。到了下午六點，全副武裝的鎮暴部隊與消防車都調了過來。在這種緊急狀況下，台北市警察局派來了兩輛巴士，情商參加酒會的人士從中泰賓館側門偷偷搭乘巴士離開。

然而，秀蓮向會場裡的人士宣布：

「各位！今天酒會合法舉行，非法的是外面的人，警方應將他們強制驅離。而我們，怎麼進來，就怎麼堂堂正正地出去！」

場外的人也不服輸，更囂張大叫：「這幫叛國分子，絕不能從正門出來，否則連警察也無法保護你們的安全，趕快結束叛國會議，從側門溜走吧！」

這種情勢持續了將近三個小時，施明德終於按捺不住，衝到舞台上告訴大家：「趕緊到後面建築工地找些棍棒或磚塊類的東西。」會場的人邊護衛老弱婦孺邊試圖往正門衝出去。

情治人員急忙跑過來，鎮暴隊伍和消防車則包圍了群眾，警察以人牆隔離不讓雙方靠近。

參加酒會的人士乘機慌張地離開現場。一時間石塊紛飛，傳出玻璃門窗被擊破的聲音，在這過程中有不少人受傷。

現場來了好多記者。第二天，報紙上大幅報導這個消息，「中泰賓館」事件因而成爲全國性的大新聞，這次的事件反而給《美麗島》雜誌帶來了很大的宣傳效果。

原本發行六萬三千冊的《美麗島》創刊號，到第三期時就超過了十萬本，僅次於《電視週刊》，發行量是所有雜誌類中的第二名，營業收入自然相當可觀。

沒過多久，《美麗島》便將國內及海外的有志之士都集結了起來。在國內，超越縣市建構起緊密連結的全國性聯絡網，同時由於營業收入日益增加，累積了不少基金，這代表他們終於脫離了籌措政治資金的困窘。

《美麗島》雜誌在短短幾個月內就於全省各地成立了分支機構，總社人員開始爲頻繁的活動到處奔走，最早舉辦活動的是高雄市服務處，表面上是慶祝服務處開幕的酒會，但其內容實際上幾乎是政治集會，這種方式的活動擴張到南投、中壢、台中地區。

就在這段期間，他們的活動開始遭到一連串暴力騷擾。例如在高雄服務處活動途中，五名理平頭的青年闖入任意打破玻璃窗和桌椅等，而這只是施展暴力的序曲。

到了十一月底，八名惡漢拿著日本武士刀和甘蔗枝闖入，一瞬間破壞裡面的各種器物後揚長而去。台北的黃信介辦公室也出現類似打扮的青年，威脅黃信介，揮舞斧頭破壞門窗、玻璃、電話、桌子等。

十二月上旬，除了雜誌社總部接到恐嚇信之外，屏東服務處也遭到數名青年持斧毀損器物、用手槍威脅，更在台中舉辦的「美麗島之夜」現場周圍建築物樓頂上架設機關槍。

從此之後，秀蓮發現自己常被人跟蹤，三男一女開著一輛車號「四三」字頭的黑色轎車，對她整天緊迫盯人。

十二月八日是母親七十一歲生日，秀蓮和兄姊計畫在桃園家中邀請親友聚餐慶祝，然而跟蹤的人從台北一直跟到桃園，把車子公然停在家門口，使得應該熱鬧的慶生會氣氛因而變爲沉重。秀蓮也因此覺得對不起母親和客人。

點燃人權的火花

爲了迎接十二月十日的「世界人權日」，施明德與陳菊等人共同主導發起「台灣人權委員會」，早在二個月前就細心構想於南部舉辦紀念大會，並計畫大會當天由八名黨外人士負責演講。

標語也已經製作完備：立即大赦政治犯、恢復全面改選、人人經濟平等、廢除戒嚴令、還我言論自由、停止壓榨勞農。

九日下午，高雄的工作人員貼上海報正準備出動宣傳車輛時，突然遭到一群警察包圍，警察告訴他，未經核准的集會活動是非法的。

雙方拉扯爭執之間，使得圍觀的民眾愈來愈多，工作人員乘機發動宣傳車突圍而出，開始沿街廣播，並在晚上八點多和另一輛宣傳車會合，開到鼓山區，這時候三輛警車出現立即包圍了後面那輛宣傳車。開前一輛宣傳車的義工姚國建和邱阿舍見狀馬上趕過去，與正在扯下海報和音響設備的警察對抗。姚國建看見便衣人員任意拍照，前去索取底片不成，反遭對方一記猛拳，又見便衣人員搜查旁觀民眾，遂追問其身分，引起民眾警覺，這時警察將便衣人員帶進車裡，表示大家都到警察局去談。

站在警車前的姚國建和邱阿舍兩人，沒料到警車已經發動引擎往前衝，因背後擠滿民眾無路可退，只好趕快趴在引擎蓋上，又在警車快速倒車時，為免摔下來而緊緊抓住擋風玻璃鐵框，在驚嚇中任由警車風馳電掣一路「帶到」鼓山分局。

這消息激起《美麗島》相關人士的忿怒，立即聚集到警察局激烈抗議，並要求釋放兩人。愈來愈多民眾陸續聚集過來，使得警察局前人山人海，他們不斷喊口號、靜坐示威。

最後，姚國建和邱阿舍兩人在凌晨一點多時被釋放。原本很健壯的兩個青年，已經不成人形，簡直慘不忍睹，不但牙齒被打落，全身瘀腫，而且看起來已經精神恍惚。他們住院第一天，醫藥費就花了一萬五千元，足見他們的傷勢有多麼嚴重。

人權日那天，「鼓山事件」在台灣全省傳開。高雄服務處貼上一排長長的「告全國同胞書」大字報，並在二樓用擴音器整天不斷播放語調悲痛的控訴。

秀蓮抵達現場時，扶輪公園已被鎮暴部隊完全包圍，大統百貨公司四周以及街頭巷尾，早被拒馬和鐵絲網徹底封鎖。

秀蓮好不容易穿過包圍網，成功潛入活動現場，主持人黃信介仍未抵達，施明德見狀不能再等，便跳上一輛小型貨車，用麥克風大聲宣布：

「今晚活動由我負責總指揮，姚嘉文擔任副指揮，大家都要聽從我倆的命令行事。」

他一宣布完，足足超過二、三百支火把同時點燃，群眾也隨即一齊歡呼，數百支火把同時燃燒起來的場面眞是壯觀，目睹此一光景的群眾眼裡，也燃燒著熱紅紅的火花。

遊行開始了，秀蓮也隨著隊伍前行，一直走到中山路和中正路交會處的大圓環。鎮暴部隊包圍在四周，數萬名遊行示威民眾被他們重重包圍得幾乎滴水不漏，可見鎮暴部隊數量之多。氣氛愈來愈險惡，黃信介、姚嘉文、施明德三人試著與警方交涉，說服他們只要讓出一條路，就依照計畫演講結束後自動解散，但遭到拒絕。

這時，秀蓮發現群眾中到處參雜著理平頭的藍衣青年，立刻有了不祥的預感，於是趕緊上台告訴大家這件事，就在這時，左臉頰突然閃了一道光，伸手一摸就摸到黏黏的東西，原來有人向她丟了生雞蛋，被激怒的群眾之間傳出了如雷聲般的吶喊。

圍觀的民眾開始往前衝，洶湧的人潮一波波湧進，這股波浪如海嘯般沖擊著武裝憲兵人牆，被數萬名群眾的吶喊聲嚇到的鎮暴部隊一步步往後退，終於鬆開了一條路。

衝出公園外的抗議群眾宛如怒濤般，一直衝到《美麗島》高雄服務處前的馬路。群眾愈來愈多，擠滿了街頭，據估計至少有數萬人。情緒高昂到了極點，台上陸續有人發表自己的意見，個個熱血沸騰地對著麥克風提高了嗓門，有些民眾更捐款表示聲援政治犯。

「在我一生中，沒有比那次更熱血沸騰的時候了，高舉民主火把而來的感動、我們正在實現正義而來的自傲、抗議群眾的吶喊喚起的同志愛等，使我的內心猛烈跳動。吵雜的人群中有人一再要我上台去講，於是我以國語和台語雙聲帶演講了二十多分鐘，在這之前，我從未像那場演講一樣如此慷慨激昂過。」

昔日的情景似乎歷歷在目，呂秀蓮重新喚回當時的高昂情緒，臉龐泛起紅潮。

我可以想像那種景況，因為一九七〇、八〇年代的韓國大學生都很明白抗議示威是怎麼回事。被催淚彈擊中死亡的李韓烈烈士葬禮當天，首爾市政府前雲集了一百萬市民。他們以肉身組成民主化的主力部隊，終於逼迫軍事獨裁政權發表了「六二九宣言」①。

台灣的民主化大概也是在這時候開始萌芽。不同於由大學生主導民主運動的韓國，台灣則在長久以來受壓制的全體民眾的抗議聲中，鞏固了台灣民主化的根基，由像秀蓮這樣的一群知識分子所帶領，其意義更為深長。

晚上九點多，警察決定強制解散，於是出動三、四百名鎮暴警察，二十多輛鎮暴車緊跟在後，運兵大卡車和消防車也尾隨著進到集會場所。

負責大會總指揮的施明德呼籲群眾不要動搖時，忽然聞到刺鼻的催淚瓦斯氣味，辛辣得似乎眼睛、鼻子、內臟都快爛掉一樣，而且鎮暴車輛愈靠近，催淚瓦斯的氣味也愈讓人受不了。示威群眾驚嚇大喊，但絕不退讓。

鎮暴部隊的前頭是理平頭穿藍上衣的青年，然而他們在快靠近示威群眾時，卻突然轉身，開始猛烈攻打鎮暴警察。

從遠處目睹此一場面的秀蓮再次升起不祥的預感，這明明是在演戲嘛，只要看鎮暴警察並未抵抗而任意讓青年們施暴，乖乖地挨揍就知道了。

群眾中有人拿東西向鎮暴警察擲去，其他人也有樣學樣，大家跑到大同路建築工地上撿拾鋼筋及磚塊，連公共電話亭的門也被拆下來當武器，示威群眾的怒氣終於如火山般爆發了出來。

鎮暴車輛開到最前面來，鎮暴部隊則不斷射出催淚彈，然而群眾的抵抗也不弱。濛濛的煙火中，棍棒、石頭和催淚彈亂飛，雙方逐漸陷入彷彿是戰爭般的肉搏戰。

隨著時間流逝，許多群眾一個接一個因爲呼吸困難而倒地，有的四肢無力，有的已經昏迷不醒，有的則受不了催淚彈的強烈刺激，而眼淚鼻涕直流，喉嚨乾澀，痛苦不堪，也有很多人因爲看不見前方而亂撞或倒地。示威群眾愈來愈喪失防禦的能力。

幸好，鄰近的居民好心地搭救了很多人，附近的住家和飯店成了臨時避難所，他們提供乾淨的水，幫忙昏迷不醒的傷者緊急送醫等，積極幫助了示威的群眾。「美麗島人權之夜」就這樣在悲劇中落幕。

譯注：

①一九八七年韓國大學生發起了一系列民主化抗爭運動，六月九日，李韓烈在大學校園內遊行時，被警方射出的催淚彈擊中頭部身亡。盧泰愚總統被迫於一九八七年發表「六二九宣言」，提出了全民直選總統等政治民主化的一系列方案。

第六章　比死還痛苦

陷阱

第二天，各報社都報導了《美麗島》高雄事件，台灣省各縣市長、議長爭先恐後地發表談話和聯合聲明，警備總部則由總司令親自主持記者會，表示將對事件依法偵辦，絕不寬貸。

無論媒體或政府團體都片面強調示威群眾的違法和暴力行爲，他們一致認定美麗島人士企圖以鼓山事件製造烈士來煽動群眾，高雄事件是預謀的暴力行爲，頓時美麗島人士淪落爲恐怖分子，國民也紛紛論斷這些暴力分子應早日繩之以法。

但是秀蓮總認爲，是鎮暴部隊以有計畫的陰謀讓美麗島人士落入陷阱，各報紙都刊登穿著藍色上衣的青年對著警察猛掄拳頭的大幅照片，以讀者的立場來看，這是示威群眾在毆打警察的場面。但是秀蓮知道那些平頭青年根本就是國民黨當局事先安排的滋事分子，他們鬧事卻栽贓給美麗島人士。

回到台北之後，跟監的特務連一刻都不離地緊緊跟蹤著秀蓮，無論她到哪裡，「四三」字頭的轎車便尾隨到哪裡。本想先離開《美麗島》雜誌社，回到自己的出版社休息，但陳菊認為秀蓮單獨行動會有危險，要她先住在信義路三段二樓的編輯部，因為那裡平常有施明德和艾琳達夫妻，樓下則是林義雄的住家，可以方便聯絡及應付萬一的狀況。

從姚嘉文的家出來回到雜誌社編輯部的時刻，是十二月十三日凌晨二點。秀蓮由於連續幾天極度緊張，疲憊得連眨眼的力氣都沒有了。剛剛上床就寢，突然聽到施明德急促的聲音而嚇醒，原來是情治人員闖進來了。

「我雖然早有心理準備，只是沒想到這麼快就來捉人，我告訴自己要鎮靜，總不能以還沒睡醒的邋遢模樣被拖到全國民眾眼前，因此我先到浴室簡單梳洗後換好衣服，最後穿上鞋子，安靜地等待即將撲面而來的狀況。」

屋裡的其他人也靈機應變，正在感冒的陳菊以為林義雄在事件當晚因為遲到，而沒有上台演講，所以應該不會被捕，於是想先交代他事情而急忙從後陽台跳到樓下，卻未踏穩而扭傷了腳，剛好搜捕人員趕過來像對付逃犯似地銬住了她的雙手。

接著他們一群人破門撞進客廳，什麼都沒說，就直接銬住林義雄的手，在他太太和三個女兒面前公然將他拖了出去，他連鞋子都沒穿好，赤腳踩過滿地的玻璃碎片上了車。

這時秀蓮待在樓上，她心裡已準備好，鎮靜地走到客廳時，忽然從背後傳來又恐怖又低沉的聲音：「呂秀蓮！」幾個漢子從廚房的外陽台跳進客廳走了過來。

「呂秀蓮！」

喊她的就是十二月七日以來一直跟蹤監視秀蓮的男人，其他三名也都是同夥。

到這時刻爲止，秀蓮仍然保持冷靜，但是一看到逮捕狀上「涉嫌叛亂」四個字，不禁倒抽了一口冷氣，不能自已。主修刑法的她不可能不懂其中的含意，只好用力深呼吸，努力保持鎮靜，這時突然傳來慘叫聲，艾琳達被拖了出來。

艾琳達被大漢拖出來時，無奈地與秀蓮四目相交，她們的眼神似在互相安慰說：不會有事，不需害怕。

那時是十三日凌晨五點左右，屋外正在下毛毛雨，又冷又濕的天氣。中午，電視新聞頭條播出呂秀蓮等十多人以「涉嫌叛亂」罪名被逮捕的消息。

秀蓮家人正圍在桌邊吃午餐時聽到這個消息，傳勝驚嚇過度，從此得了胃潰瘍，母親由於年紀大，加上患有糖尿病，受驚嚇倒地時骨折中風，從此臥床再也無法起身。

秀蓮的朋友盧孝治一聽到秀蓮被捕的消息，馬上趕到出版社，開始打包書籍和資料，想要守護秀蓮苦心經營的出版社。慌張忙碌於打包東西的盧孝治不經意聽到職員間的耳語，感到心驚不已，原來內部的某職員就是情治單位派來的臥底。想到連出版社內部都有監視者，眞是令人痛恨得咬牙切齒，既然已經知道眞相，就不能在那裡逗留太久。

最後盧孝治只好順手拿些最近製作的民謠錄音帶，匆忙離開了出版社。不過他的車子到了桃園交流道入口時被警察攔阻，搜刮了所有的錄音帶，秀蓮在出版社全心投入的精力與財產，就這樣全部被沒收了。

或許有人認爲，如果一個人失去了全部財產，就沒有東西可再失去了。但是，一個人還有比財產更珍貴的東西，那就是人的尊嚴。如果尊嚴受到毀損時，就可以說是喪失了所有的一切。秀蓮認爲自己曾抵達過生命的盡頭，然而強制沒收出版社財產只不過是不幸的前奏而已。

沒完沒了的偵訊

《美麗島》事件由台北和高雄兩地的情治單位負責偵辦，被捕的《美麗島》相關人士多達一百五十名，秀蓮則被關在軍法處看守所，開始接受調查局幹員逼問口供。

看守所徹底與世隔絕，被捕的相關人士在隔離的情形下分別接受訊問，以防互相串供，偵訊以外的時間都是被關在狹窄的囚牢裡。在與世隔絕、孤立無助的狀態中，最難受的並不是孤單，而是無奈。什麼都不能做的無力感，導致了自我的喪失。

由於接受偵訊時對外界完全無知，因此偵訊者任意操弄或扭曲事實也無法判斷其眞僞，加上受不了威脅和逼迫，便常落入陷阱，不知不覺中自白認罪，或因偵訊者假裝親切和體諒而受到感動，一下子瓦解了心防。如此一來，常不小心說出了原本要隱藏的事實或祕密，而這種結果往往導致囚犯的自我及人格解體，信心和尊嚴在不分晝夜持續的精神與肉體折磨中，被悽慘地毀滅殆盡。

收押的第一天，秀蓮的眼鏡、手錶、現金等身上的一切物品全都給他們沒收了，然後換上囚衣，這時自己除了囚犯的身分以外，什麼都不是。無論學問、經歷、能力、社會上的名聲，在維護自己的尊嚴時毫無幫助。對秀蓮來說，那些東西反而成了不利的因素。

偵訊人員一再嘲諷秀蓮的不幸，極盡能事地貶低她到如今的一切作爲，秀蓮剛開始心中會加以反抗，但意志力隨著時間流逝而愈來愈薄弱，最後也開始覺得自己毫不起眼，甚至覺得自己一無是處。

各有兩男兩女共四人輪流偵訊秀蓮，其中兩個就是以前一直跟蹤她的男人，臉型圓長的那個似乎經驗很豐富，偵訊手法非常老練，秀蓮每次接觸他的眼光就會不寒而慄。另一個看起來比較年輕，一開始就炫耀自己是研究所畢業，無意中便顯露出他的毛躁，而且偵訊過程中動不動就從口袋裡拿出鏡子照照自己，表現出非常自戀的行爲，讓秀蓮更難受的是從桌子對面撲鼻而來的髮油味，令她作嘔。

每次偵訊都是用嘲諷的口氣開始：

「哈佛大學畢業又怎樣？穿上囚服的感覺如何？」

接著便進入馬拉松式偵訊，每次的偵訊過程既漫長又痛苦，尤其是他們的問法，實在令人不耐煩，總是拿同樣的問題一直重複問到他們想要的答案爲止，一般來說，被偵訊的人常因爲聽得不耐煩而隨便點頭。

偵訊員早就設計好藍圖：美麗島相關人士與中國共產黨攜手，與海外台獨勢力掛鉤。企圖將很單純的黨外運動轉變成陰謀叛亂，他們一口咬定秀蓮是「台獨聯盟」的成員，威脅她乖乖地承認在海外的叛國行爲和策劃叛變陰謀。

事實上，秀蓮從回國後到參加國大選舉爲止，從未參與海外的台獨組織連絡，更不可能與中共有來往，或者和中共掛鉤。

秀蓮極力否認，他們卻猛力拍打桌子，狂怒亂罵，喝令秀蓮繼續罰站，不僅連飯都不給，還不准上廁所。有的時候早上六點給她吃一碗像湯一樣稀的粥以外，直到晚上九點都不給她一滴水喝，而且只要她未說出偵訊員要的答案，就讓她罰站五個小時。

有時故意拿一大碗又黃又粗的軍用米摻著已乾硬的鍋巴給她吃，一粒米都不許留要全部吃光。它的味道難吃不說，飯量多得可怕，秀蓮忍著痛苦，一口接一口連同自己被蹂躪的尊嚴一起往肚裡吞。

如此每天十個小時以上接受偵訊的日子，似乎沒有盡頭般一再重複。由於她被捕當天穿了高跟鞋，所以長時間罰站下來，雙腿又痠又麻，非常難受。

他們以軟硬兼施的手段，有時一再強調說，依偵訊原則，對政治事件應該用政治方式解決；有時候向秀蓮炫耀說她的生死都握在他們手裡，只要乖乖地說出實話，就能夠平安回家。

又有一次，他們對秀蓮說，美國CIA和台獨聯盟有關係，並強迫她寫自白書，然而秀蓮根本不知道誰是CIA特派員，至於他們所謂的「五人小組」、「長短程奪權計畫」等內容，以及某男人和某女人有不尋常關係等等，根本聽都沒聽過，叫她怎麼回答呢？

曾炫耀自己研究所畢業的偵訊員，以非常噁心的神情逼她供出CIA特派員。

「接受偵訊就像脫光衣服一樣，沒有可以隱藏的，再說不知道，看我饒不饒妳……要不要試試看？」

秀蓮深感恐懼而直搖頭。

「不知道，是嗎？那麼在這裡寫『我不知道』。」

他把一大張十行紙丟給秀蓮。秀蓮用顫抖的手寫了「我不知道」。

「撕掉！」

「啊？」

「耳聾啦，沒聽到我叫妳撕掉嗎？」

被他的咆哮聲嚇壞的秀蓮把紙張撕成一半，並察看對方的臉色。

「再撕！」

秀蓮照他的命令乖乖地再撕一次，他扭曲著嘴唇繼續說：

「再撕！」

這樣持續下去，直到紙張已經被撕成不能再撕的碎片時，那人忽然說：

「吃掉！」

秀蓮懷疑自己是不是聽錯了，難不成她的耳朵真的像那人說的一樣聾了？

「沒聽到嗎？快把它吃掉！」

秀蓮抗拒，那人便用手強迫秀蓮張開嘴巴，並把撕成碎片的紙塞進去。然後他邊將嘴角往下彎，邊喃喃自語：

「吞下去！」

那時吞嚥的不只是紙張，而是一場噩夢！秀蓮仍堅稱不知道，偵訊員這次命令她用簽字筆將「我不知道」寫在美奶滋餅乾上，然後強迫她吞下餅乾，而且一再重複相同的動作……不知吃下多少塊寫了字的餅乾，最後嘴唇一碰到餅乾就想嘔吐。

這時偵訊員拿出一張相片遞到她的面前，秀蓮看到那張相片的一剎那，全身的血液彷彿倒流。

「我不需說明，妳也能明白吧！」

相片裡是一年前因匪諜罪被槍斃的吳泰安，看起來是被槍斃那一瞬間的場面，胸膛上血淋淋，臉孔因痛苦而扭曲。

「如果妳不自白，將會變成吳泰安，其實呂傳勝很快就會收到領屍通知函，聽說他已經預定好妳的墓穴。」

眞是令人氣絕，難道生前再也不能見他們的面了嗎？

另一個男特務一直靜觀審問過程，看到秀蓮激動的神情，便故意低聲羞辱道：

「槍斃時要脫掉上衣，這樣……會很不好意思吧！不過一槍就解決了，所以不用太擔心，只要一槍斃命就行了。」

秀蓮使出全身力氣支撐因發軟而快要倒下的身體，罰站已經四個小時，痠痛發麻的雙腿猛烈地抖個不停，恐懼、怨恨、絕望、哀痛的情緒充塞著。

「只要在自白書上簽名，就讓妳回家過年。」

過年！與家人圍爐吃團圓飯，是多麼溫馨啊！只要能夠回家見見母親，那種簽名有什麼了不起！俗話說：「欲加之罪，何患無辭？」無論她承不承認，情治人員一定會將罪名套在她頭上。假如註定有罪，那麼乾脆早點脫離這令人髮指的審問。

「我本來不敢告訴妳這件事，其實就在隔壁房間，妳哥哥也被捉進來了。我可不想讓優秀的律師因妹妹的事而被無辜牽連，所以妳還是乖乖地合作，這樣對大家都有好處。」

聽到哥哥也被捕，使得秀蓮最後的理性一瞬間瓦解。

「好，我簽吧。」

好神奇，如此回答的那一刻，秀蓮平靜了下來。秀蓮內心發誓從此不會再難過。

軍法處的審判

簽了名，審問結束。秀蓮從此在四張榻榻米大小的囚房裡與蟑螂、蜈蚣共度日子。

那裡沒有時鐘，必須靠感覺訓練時間概念。只要聽到阿兵哥唱「我有一根槍，扛在肩膀上」，就知道是清晨五點半；附近小學升旗時，時間應該是八點；晚餐時刻爲下午五點；聽到阿兵哥「領袖，領袖，偉大的領袖！」的歌聲，就知道是晚上九點。

深夜十一點，躺下來便擔心家人而久久無法入眠，尤其想到衰老虛弱的母親，就因自責而心痛。秀蓮在如此痛苦的情形下迎接了新年。

一九八〇年二月十九日，警備總部軍事檢察官將黃信介、施明德、姚嘉文、張俊宏、林義雄、林弘宣、呂秀蓮、陳菊等八人，以涉嫌叛亂起訴，有關秀蓮則記載她涉及宣誓、持火把、帶頭唱〈咱要出頭天〉。

這八名叛亂分子因受共匪思想感染，企圖以爭取「人權」、「民主」爲口號，主張台獨及顚覆政府而陰謀奪取政權。檢察官宣稱：他們利用慶祝人權紀念日爲藉口，在市區遊行示威，以暴力毆傷警察和百姓，建議對暴力分子從重處罰。

八人全部依軍法起訴。二十一日下午，警總逐一提訊八名主犯，在軍法處看守所的法庭上，僅有審判官、檢察官、公設辯護人參與，進行三天的非公開祕密調查。但後來因爲受到被告家屬和辯護律師的強烈抗議後，不得不修改原定計畫。

「審判後來公開進行。萬一當時沒有家人和辯護律師團的抗議，而依照原定計畫強制進行非公開性的軍事審判，我們大家一定會被判處死刑。如果這樣，現在我也不會在這裡。」

呂秀蓮帶著淡淡的微笑說。這是她繼宣告癌症之後第二次跳過死亡的危機。

看來，她確實擁有堅韌的生命線吧，因爲平常好端端的人莫名其妙死亡的情形也不少，而她卻逃過了兩次死亡的威脅。

宣布公開審判日之後，軍法公開審理的前一天允許與家人會面。秀蓮隔著玻璃牆見到了哥哥和姊姊，這是九十天來難得的會面。

秀蓮發現母親沒來，便問：

「媽呢？」

「喔，本來媽要來……但我叫她留在家裡。」

「也好，讓媽看到我這副模樣沒什麼好處。」

秀蓮努力裝作沒事。

「媽的身體好點了沒？」

「喔……還好，媽有我們照顧，妳先好好保重自己。」

「還有……哥哥，你收到領屍通知了嗎？」

秀蓮暫時忘卻見面時的激動而忍不住問道。

「什麼意思？」

傳勝雙唇顫慄著問。

這時才知道傳勝根本沒聽過也不知道有這種事，原來都是偵訊員捏造的謊言，拿人的性命開玩笑就是他們的專長。

家人的對話從頭到尾都被錄音。傳勝意識到這種措施，先側眼瞄一下監視者之後，小聲問有沒有被刑求。身爲律師的傳勝比任何人都明白在監獄裡發生的殘酷行爲。傳勝把額頭貼緊玻璃牆，低聲說：

「到時候我和妳大嫂的哥哥鄭冠禮會擔任辯護，無論妳在審問期間做過什麼樣的陳述，但在法庭上務必說出事實。妳聽懂我說的意思吧？」

秀蓮默默地凝視哥哥的雙眼邊點頭，姊姊因為一直哭，簡直沒辦法說話。

三月十八日，軍法大審在軍法處第一法庭舉行，約一百二十個旁聽席全都坐滿，其中一半是中外主要媒體的記者，其餘則是家屬和各政黨人士，以及國際特赦組織派遣的兩位代表。

審判開始之前，女警先帶秀蓮到醫務室打了一針補劑。因為她是得過癌症的人，拘留期間無論精神或身體方面都受到極大的痛苦，變得明顯虛弱。

秀蓮進入法庭，一時之間覺得彷彿重新回到世上而感到興奮。尤其看到法庭兩旁穿著黑色法袍的辯護律師團時，莊嚴震懾之餘，也重新點燃再生的希望。

正式審訊開始了，傳勝針對被告自白書的合法性加以挑戰，要求調查。二十六日，大姊呂秀絨以被告輔佐人的資格陳述，她在法庭上表示：

「呂秀蓮因為罹患甲狀腺癌，曾在三總開過刀，但身體一直未復原，必須每天服藥；而七十二歲的母親原本體弱多病，遽聞愛女被捕而昏厥摔倒，大腿骨折已成殘廢，如今臥病在床又哀傷過度，隨時會有生命危險。」

坐在被告席聽姊姊陳述的秀蓮頓時恐慌不已，現在才明白母親沒來探監的眞正原因，令她肝腸寸斷。

最後，當姚嘉文的太太周清玉以輔佐人身分陳述時，秀蓮才知道林義雄的母親和一對雙胞胎女兒遭到殘酷殺害，想像林義雄的心情，一定是滿腹哀慟。他本人在不知道什麼時候會被處死的情況下，連家人都失去了，要到哪裡去訴說這等哀慟和怨氣呢？

主修法律的秀蓮注意到，審判長依據刑事訴訟法規定，宣告辯論終結前，會問被告有無最後陳述。因此當晚向管理員借紙和筆，趴在榻榻米上以吐血的心情寫下了最後陳述，趴累了，就把塑膠臉盆翻扣在膝蓋上繼續寫。

三月二十八日下午，軍法審判即將落幕時，所有被告有最後一次陳述的機會，秀蓮以悲痛的心情朗讀了最後的陳述，控訴自己的信念和愛國心被徹底踐踏及扭曲，並呼籲應該饒恕一切不公和不義，貢獻於國家發展，使生者安寧，死者安息。

秀蓮唸陳辭的時候，庭內飲泣聲四起，有些家屬激動得大聲痛哭，有的昏厥。九天的公開審理就這樣結束。四月十八日，警總高等審判庭依「意圖以非法之方法顛覆政府而著手實行」爲根據，判處黃信介有期徒刑十四年，施明德無期徒刑，其餘六人爲有期徒刑十二年；所有被告皆被褫奪公權十年，除了家屬必需的生活費以外的一切財產均被沒收；另外他們因屬叛亂犯，將永遠不得擔任公職。

十二年！十二年的歲月有多長呢？那是孩子從小學讀到高中畢業的日子；也是二十歲青年成長到三十多歲的黃金歲月；如果這幾位被告可以活到七十歲，等於說人生的六分之一將在監獄中度過。

秀蓮當時三十五歲，服完刑期就將近五十歲，眞不知道已經七十二歲的母親能不能活到那時，想像到這裡，不禁悲從中來。

種花刺繡

國防部軍法局覆判庭駁回覆判聲請，所有被告維持原判定讞。

政治犯原應移送到綠島服刑，然而秀蓮和其他難友們卻仍然被關在警總的軍法處看守所裡。

秀蓮和陳菊可以打開相鄰牢房的門互相交談，互相扶持，對她們倆而言是很大的安慰。此外，雖然是限定時間，但可以到牢房外放風散步，因此趁經過走道時可以看看其他幾位同伴的情形，和之前完全被隔離接受偵訊的那段日子相比，至少是舒暢多了。

尤其最令人開心的是，洗澡時不用再躲躲藏藏，因爲偵訊期間，牢房內部裝閉路監視器，連洗個澡都非常緊張，儘管目前的這間浴室是破舊儲藏室改建的，但畢竟是獨立空間，對秀蓮而言宛如豪華飯店裡的浴室。

「所幸，我的個性天生樂觀，既然判決已定，就坦然接受吧。十二年歲月在我個人一生中雖不是短暫的時間，但想一想台灣長久以來受壓迫的歷史，這只不過一刹那而已。我如此安慰自己。並且覺得如果那天的吶喊、那天的火把，使台灣的民主化前進了一點，那麼爲此奉獻我人生中的十二年，一點也不覺得可惜。」

秀蓮在單調的生活中嘗試尋找能讓自己專心的事，正如尼采所說的：「痛苦的人沒有悲觀的權利。」她不斷努力克服憂鬱的心情，擺脫恐怖的陰影，然後讓自己回到最初的原點，心裡反而覺得舒服多了，不用再擔心會往下掉，如今只等待著振翅飛翔。

秀蓮申請紙筆開始寫作，由於沒有桌椅，只好趴在棉被上寫，趴累了，拱起雙膝繼續寫。管理員看到這種情形，便拿給她一塊紙板當成寫字板，如此一來，寫起字來就方便多了，讓秀蓮能夠更專心寫作。不過依照獄方的規定，所有受刑人每天晚上必須將當天寫的東西交給管理員。

秀蓮爲了逃避這種規定，便以衛生紙代替十行紙，利用監視器或管理員較不易察覺的半夜，藉著室外微光以螞蟻般的小字寫作。

寫好後將衛生紙揉成一團並標上編號，拆開棉被藏在棉絮裡頭，或把紙條縫在衣服的褶邊或蝴蝶結裡，讓一個禮拜探監一次的家人利用換洗衣物的機會帶出去，這些文章都由大姊重新抄寫後妥善保管。

秀蓮和大姊手足情深，只要看彼此的眼神就能了解對方心意，會客時因爲管理員在旁監視，她只能用表情或眨眨眼來暗示，而大姊馬上懂她的意思。

趁著到了夏天，她向獄方表示捨不得丟棄自己在獄中陪伴度過冬天的棉被，想把它當做紀念讓家人帶回去，此一請求獲准後，等大姊來探監時，提醒她務必把棉被拆開來洗乾淨。

秀蓮靠這種方式不讓辛苦寫好的文章被沒收，搜查囚房及隨身物品時也都順利逃過。

到了十月，國防部將秀蓮和陳菊移監到土城仁愛教育實驗所，新建的牢房周圍，有高高的圍牆鐵柵，以便與其他政治犯隔離。那裡有個十坪不到的小庭院。

秀蓮和陳菊各用一間裝有監視、錄音設備，以及附設浴室的房間，小小的客廳裡除了長桌子以外，還有電視和冰箱。她們入獄以來第一次使用筷子吃飯，與過去拿塑膠湯匙就著一小盆飯菜進食的窘況有天壤之別。

但是仁愛教育實驗所嚴格管制，只准看《中央日報》、三台電視新聞以及極右派雜誌《龍旗》。收看以反駁黨外人士爲目的製作的國軍莒光日教學節目時，秀蓮以逆向思考方式來猜測黨外運動的狀況，因此很認眞收看。

有一次，秀蓮的家人送來食物，因爲管理員檢查疏忽，不小心讓包裹東西的《中國時報》通過檢查。秀蓮和陳菊因爲這個意外收穫，興奮得兩人輪流進入浴室閱讀。想不到只是一張油膩膩的髒報紙，居然能給人這麼大的喜悅，令人感觸良深。

她們根本沒有機會和其他政治犯見面，因爲依據監所管理辦法，政治犯不得參與共同活動。因此她們的行動範圍限制在監舍的高牆內，不得出入大禮堂、籃球場、圖書館，也無從得知整個所到底有多大。

在教育所內除了規定晚上十點熄燈，以及每星期有半天的聽課時間之外，其餘時間都可以自由安排。秀蓮和陳菊大部分時間用來讀書，陳菊以歷史、文學方面爲主，秀蓮則選擇中西哲學爲研究領域，也讀家人送來的天文科學和佛教書籍，將思考格局擴大，藉此建立起生命觀及宇宙觀的雛型。

如果要健康地度過漫長的監獄生活，自我控制很重要。秀蓮除了練習瑜伽之外，還與陳菊到院子裡打羽毛球或種花。還有慈祥的姊姊送來手工藝材料和教材，邊看書摸索邊學會編織和刺繡，她的手藝天生不錯，心思又細密，因此很快學會要領，不久後就使用鉤針和棒針鉤出了不錯的毛衣。有時也鉤製拖鞋等，陸續完成了許多漂亮的手工藝作品，數量多得最後竟裝了滿滿三個手提箱。

她把親手編織的毛襪和圍巾送給因《美麗島》事件被關的男同志，又把毛衣和繡著台灣地圖及「自由」字樣的拖鞋，捐給一九八一年恢復選舉時參選的黨外友人，作爲募款義賣品。眞沒料到在中學家事課時沒有認眞做過的編織和刺繡，此刻竟變成生活中的樂趣，種花也是如此。

「秋天時取下種子後保管在陰暗處，到了春天時再拿到院子裡播種。瞧那些種子如此細小，眞令人懷疑會不會發芽，想不到眞的長出了嫩芽，莖幹愈來愈長，進而開花結果。每粒種子裡隱含著生命的事實，每次都讓我感到驚喜，如果不是監獄生活，我可能不會體會到這種喜悅吧。」

回憶至此，秀蓮接著又說：「無論多大的痛苦，也不至於喪失所有一切，痛苦中也會有收穫。所謂天公地道指的就是這一點吧，否則在痛苦中過日子的許多人，將因無法承受而死亡或淪落成廢人。」

世上最大的不孝

一九八二年春天，秀蓮聽到母親病情惡化的消息，獄方不准她去探視母親，她便開始絕食。由於甲狀腺早已失去功能，假若不吃飯、不服藥，很快就會有生命危險，但獄方仍不允許她出外探望母親。

絕食固然痛苦，但爲了見母親一面而努力撐下去，因爲如果這個重要時刻無法前去探望，很可能就再也見不到母親的最後一面了。

秀蓮堅決繼續絕食，原本態度猶豫的警總擔心鬧出人命，竟脅迫長庚醫院院長開立一張住院證明，說明母親的病情已經大幅好轉，秀蓮看了住院證明後才恢復進食和服藥。

但二週後，卻接獲母親過世的厄耗，原來警總給她的住院證明是假的。家人怕秀蓮受不了打擊，直到一週後才告訴她這個消息，起初秀蓮因錯愕而說不出話來，但隨即因悲痛悔恨而久久不能自已。

兩年半前母親七十一歲大壽宴席，竟成爲她與母親的最後一面。當時因爲情治人員的干擾，而破壞了和樂的氣氛，連好好的道別都沒說完，便在驚慌中匆匆離開。生前一直爲么女未嫁的事而擔憂，最後臨終時么女竟然身陷囹圄。未嫁之事本是自己預料的，但連母親臨終時刻都無法守孝，成爲她終生的遺憾，世上沒有比這更大的不孝吧。

依據規定，受刑人在直系血親葬禮當天准許奔喪二十四小時，但警總只准許她在午夜十二點至兩點之間回去拜祭，理由是「有情報顯示許信良在美國授意別人利用奔喪時準備暗殺她」，因此只准外出兩小時，並由大隊人馬押解來回。

聽了實在快要發瘋。關於許信良的事根本是大謊言，眞正的理由是怕秀蓮見到記者時會批評政府。

秀蓮想像自己倉皇狼狽地被人押著回去奔喪，連母親的告別式都因這不肖么女而遭到冒瀆，因此下定決心不接受這種不人道的安排。

秀蓮表明，她寧願向天上的母親請求饒恕，也不願接受獄方的安排。警總人員聽了馬上露出慌張的神色，他們擔心秀蓮會自殺，便透過桃園警察局打電話給秀蓮的家人。

那時，家人正在準備第二天的出殯而守靈，半夜一點多，傳勝接到警察局打來的電話。

「後來我聽家人說，警察告訴哥哥，你妹妹出事了。正在守喪的家人都以爲我自殺了，因此互相抱頭痛哭，一路哀嚎著準備到土城仁愛教育所收屍。他們一踏入監所便痛哭失聲，一直叫著我的名字，等到我出現時，彷彿見到鬼一樣驚訝不已。」

秀蓮說連回顧當時的情形都覺得痛恨。我能了解她的心情。現在我的年齡與秀蓮當時的年齡差不多，可以想像母親過世時的悲慟。無論年紀多大或擁有再多的富貴榮華，母親的位子是用什麼都無法替代的。我很感謝自己沒有遭遇失去母親時連出殯都無法參加的悲劇。

由於傳言秀蓮應該會在母親出殯日出現，因此大批中外媒體記者以及秀蓮的親友和支持者都從各地趕到。依獄方的規定，只准三等親以內的人前往探監，因此好一段日子沒見到秀蓮的許多朋友都藉此機會前來。

以不知情的外人眼光來看，有數千名哀悼者的喪禮看起來很盛大吧。在眾多懸掛於靈堂周圍的弔辭中，有一副是盧孝治以假名親自書寫的：

「北堂鶴歸，慈音永訣，淒風苦雨土城牢；西竺蓮開，懿範長存，千古流芳美麗島。」

秀蓮在上午九時出殯儀式開始那一刻，便長跪在牢房外的院子裡哀慟流淚，淚水一滴滴掉落到仁愛教育所院子裡的土壤中，滋潤著秀蓮親手播種照顧的花朵。

之後的一年期間，秀蓮的淚水不曾乾過，看到任何聯想起母親的東西，都會讓她淚流不止，終至雙眼浮腫，必須天天點眼藥水才行。

全世界的朋友營救他們

那年秀蓮三十八歲。爲了忘掉痛苦，她重新提筆寫作。

由於敏感的主題很容易被獄方查禁，所以乾脆撰寫以男女關係爲題材的小說，例如《貞節牌坊》、《小鎭餘暉》、《這三個女人》、《情》等，都是呈現台灣女性的現實處境，藉此表達「新女性主義」思想。

到了夏天，密不通風的牢房簡直就像煉獄，靜坐著不動，都會汗流浹背、頭昏腦脹，但是秀蓮除了構思下一章節內容時短暫靠在磚牆上納涼消暑之外，都埋頭專心寫小說。

另一方面，「美麗島高雄事件」成了關心黨外運動的人士祕密串聯的契機，他們認爲此一事件是預先設計的整肅行動。由於考慮在國內戒嚴的情況下很難活動，因此改以海外民主團體爲對象，展開積極的救援行動。尤其施明德的妻子艾琳達被驅逐出境後，在美國到處奔走，揭露高雄事件發生的過程與眞相。

海外各地的同胞擔心高雄事件會不會引發第二次「二二八」悲劇，於是在各大都市舉行示威抗議予台灣政府壓力，知名旅美作家陳若曦應邀返台，帶著一封由二十七位海外學者和作家聯名簽署的信函，面交給蔣經國總統，藉以表達對此一事件的遺憾與疑慮。而國際特赦組織

（AI）則派遣代表到台灣進行調查。

在這段期間，秀蓮的友人盧孝治積極投入調查高雄事件眞相及受刑人的救援活動，甚至放下生意，以人權工作者的身分與香港和日本國際特赦組織成員祕密接觸。

身爲人道主義者對於他人的痛苦及不合理的社會制度，都不會置之不理。經由盧孝治的積極奔走，促使各國人權工作者爲秀蓮展開進一步的救援活動。

他們透過AI外圍組織「拯救台灣政治犯國際委員會」的運作，藉著美國參眾議員的關心，向台灣國民黨政府施壓，也在日本製作了一個呼籲釋放呂秀蓮的節目，美國方面則發動哈佛、伊利諾大學校友及律師界、婦女團體予以聲援。

然而台灣政府對此的反應卻是希望國外人士不要干涉內政。盧孝治原本就不期待他們會輕易放人，仍然鍥而不捨地帶著秀蓮在獄中編織的毛線衣和拖鞋交給在日本的AI人員等，前後共花費一年多的時間爲此事四處奔波。

他還請秀蓮的大姊找出當年秀蓮在行政院法規會擔任科長時，慶生會上與蔣經國合切蛋糕的相片，連同一段解說及聲援文字交給AI人員印成一萬五千張明信片，分別寄給各國政府與人權團體。這一次，終於引起廣大迴響，各地的抗議信函紛紛寄到總統府。

傳勝與當時任職於美國聯邦政府的陳唐山，透過美國律師界人士的協助，會見了愛德華・甘乃迪（Edward M. Kennedy）和另兩位眾議員。他們除了表達受難者家屬的心聲，並希望各界能給予聲援。

到土城探監的家人看到秀蓮消瘦很多，擔心她的甲狀腺癌會復發。「後來聽家人說，他們請求管理員趕緊找醫生檢查我的身體，然而獄方只派了一位老軍醫，他告訴我的家人我只是小感冒，不需擔心，大姊聽了很氣憤。之後大姊每週來探監時便幫我量脈搏及血壓，來掌握病情的變化。我實在很有福氣，尤其家人給予的福氣特別多。」

不久，一直熱切關心救援秀蓮的美國新墨西哥州ＡＩ人員根據她的血壓和脈搏紀錄，研判秀蓮可能有生命危險，立即透過國際網路，批評台灣政府漠視獄中病患的健康惡化。美國名專欄作家傑克．安德森（Jack Anderson）也以人道主義立場寫了一篇文章指責台灣的政治。

台灣政府因為虐待政治犯而遭到國際譴責，最後不得不將秀蓮安排到三軍總醫院，讓醫師來治療，病情好轉後再移回教育實驗所。秀蓮家人申請保外就醫，但遭到拒絕。

在這段時日，秀蓮預感自己也許會在服完刑之前死亡，雖然很不甘心，但也無可奈何。幸好母親已經不在，不需目睹她這副模樣，而且自己沒有子女，也少了後顧之憂。

只是好希望死前能回家，就算只有一天也行，在心愛的家人身旁及熟悉的環境中睡個舒服溫暖的覺。但這一切都是虛幻的願望，完成不了的夢想。

死亡也是一種解脫

歲月在獄中依然流逝。時間對於幸福的人或不幸的人都一樣公平，眞是欣慰。一九八五年初春，秀蓮四十一歲，不知不覺中已過了不惑之年。母親過世三年來，自己卻一次都沒有守過母親的祭日。

秀蓮正準備到院子裡運動，卻見兩位穿著白色制服的人走進來，自稱是三總醫師，並交代陳菊今後與秀蓮保持三公尺以上的距離，接著拿出一瓶藥遞給秀蓮說：

「吃下這藥。」

「這是……什麼？」

秀蓮努力保持鎭靜，但嗓音卻抖了起來。

「是原子碘 I-131 。」

「那不是放射性物質嗎？我爲什麼要吃這種東西？」

「我們只是奉命行事，不知道原因，妳不用多問，趕快吃下吧。」

秀蓮直覺自己已經到了甲狀腺癌的末期，才需要採取這種可怕的治療方式。

秀蓮抬頭望了望天空，被鐵絲網劃破的天空，藍藍的亮光好刺眼啊。四十一歲，自己已經過了不惑之年，面對死亡應該超然才對，反正都要死一次，無論因癌症而死或因輻射而死，都即將離開人世。

陳菊不知所措地忐忑不安，秀蓮卻提醒她離遠一點，然後一口吞下原子碘 I-131 這個來路不明的藥。這時秀蓮認爲死亡也是一種解脫吧。

第二天家人來探監，傳勝看到秀蓮臉色慘白，叫她仔細說明發生了什麼事。聽她解釋之後傳勝轉頭久久說不出話來，秀蓮看著哥哥極力忍住哭泣的側臉，心都碎了。

大姊秀絨探監回家後，立刻將此事轉告AI人員，並且積極要求迅速批准讓秀蓮保外就醫。剛好這時獲知一項好消息，秀蓮昔日哈佛大學的指導教授孔傑榮爲了「江南案」專程來台。

這位中國問題專家，曾在高雄事件軍法大審時要求來台，卻被拒絕。僑居美國的江南（原名劉宜良）是《蔣經國傳》的作家，遭政府當局派人暗殺身亡，家屬委任一名哈佛畢業的刑事律師，控告台灣方面政治謀殺，由於這名律師不懂中文，就找孔傑榮教授接手此案。

孔傑榮此番來台是爲了調查，台灣政府對他相當禮遇，特別派他的學生、當時擔任國民黨中央黨部副秘書長的馬英九接待作陪。孔傑榮表達想到獄中探視自己學生的意願，礙於政治監獄不能對外開放的規定，而安排師生在醫院會面。

獄方通知秀蓮，既然申請保外就醫，得先到醫院再做檢查。後來秀蓮被帶到三軍總醫院的貴賓室時，見到了孔傑榮教授，一時之間淚水直流。對於這位望重一時、桃李滿天下的學者，如此關懷一個僅僅受業一年的學生，讓秀蓮無限感動，而孔傑榮面對著形銷骨立的弟子，也忍不住拿出手帕擦拭淚水。

孔傑榮教授約略詢問秀蓮獄中的狀況後離去。沒過多久，獄方核准秀蓮的假釋申請，結束了一千九百三十三天的獄中生活，終於回到家人的懷抱。

欣喜是短暫的，秀蓮因爲將陳菊單獨留在獄中而難過。遭遇太多不幸的人面對好消息，依然有很多悲傷的事而沒辦法盡情地開心。

「別難過，這幾年來妳在我身邊，給了我很大的力量，我開始希望能跟妳一樣很快出獄，這個希望給我很大的力量。」

陳菊反過來安慰秀蓮，秀蓮不知該說什麼才好，只能和陳菊靜默相對。

出獄後，她先到廟裡拜拜，並在心中發誓，自己好不容易穿過又暗又長的隧道，絕不空手返回社會！

第七章　滿腔熱血

重獲生命般的喜樂

清明節那天，有著明亮的陽光，秀蓮到母親墳上祭拜。永別六年，母親如今只能以墓碑上的名字迎接秀蓮。

「媽……」

叫了母親，卻再也聽不到母親的回應。生前一向以聰明的么女爲榮，想不到反而在么女最悲慘的期間逝世，秀蓮覺得實在虧欠母親太多。

假如自己沒去坐牢，也許母親不會這麼匆匆離世。就算因偷竊或詐欺坐牢也不會這麼擔憂，偏偏么女揹著政治犯的叛亂罪名而坐牢。對一個經歷日本殖民統治和二二八事件等台灣悲慘歷史的母親來說，所謂的政治犯等於天塌下來般的打擊。

秀蓮心裡祈求母親在天之靈饒恕自己的輕率，原諒她一直深信只有犧牲自己的青春才能促使台灣的民主化。母親依然默默無言，放眼白雲藍天，亮麗的陽光刺痛著她哭腫的雙眼。

悲痛中也有喜樂的消息，當初盧孝治從出版社帶出來時被沒收的錄音帶竟然早已傳播全台灣了。

「高雄事件的那天晚上，我帶了一百捲錄音帶去賣給示威群眾，而留在出版社的錄音帶後來全都被情治人員沒收了。沒料到，賣出去的錄音帶被非法拷貝流通，帶來很大的迴響，眞是不可思議。愚蠢的獨裁者不了解，有些東西無論用什麼方式都阻擋不了。」

在假釋出獄的這段期間，有好幾次受邀公開演講的機會，但情治單位的警告也隨之而來。即使如此，秀蓮認爲無論如何都要揭開《美麗島》事件的眞相，心裡爲此非常焦急。由於演講機會總是被阻撓，因此決定先出書來說明眞相，於是開始著手尋找當時的資料。

「出獄後的秀蓮在台北市郊區租房子，每次我去找她，她都誠心準備飯菜招待，讓我享用樸素而溫馨的一餐。

「人家都說呂秀蓮是女中丈夫，但以我的眼光來看，她比任何一位女人更溫柔細心。她之所沒有展現出來，不是因爲不懂烹飪、家事、育兒、內助等，而是爲了做比那些更有價値的工作。」

立法委員許榮淑認為呂秀蓮是一位「過於直言的人」，有時候說了不一定要說的話而吃虧，或者因而產生不必要的誤會。

「是非過於分明，只要見到不對的，就絕對無法容忍。」

許榮淑在秀蓮坐牢期間，負責召集其他女性同志，扮演大姊的角色。當時她常親自開車載著如妹妹般的女性同志，為了尋找能夠幫助秀蓮出獄的人士而全國奔波。她的先生張俊宏也被捕坐牢，因此她的雙眼也常常哭濕。

「以前常常哭，但如今在五、六萬群眾聚集的集會上演講，也都不會流淚。除了由於長時間的磨練之外，我們也都被呂副總統洗腦，認為萬一哭了就糟糕了。她常說，女人的淚水在男人眼裡等同於軟弱。」

許榮淑大笑了幾聲，隨即像在洩露什麼祕密似地低聲說：

「我先生不太喜歡我和呂副總統親近。他還是大男人主義者。每當他聽到呂副總統說要提高台灣女性的地位，就抱怨說，已經夠高了，還要再高多少才滿意？」

一直享有權勢的男性無法體會，如今只是一一歸還原屬於女性的權利，他們觀念上卻總認為那是被搶奪的，因此沒辦法以平等的觀點來看待這種事。雖然女性追求兩性平等，但是實際情況仍舊不平等。

一九八五年，台灣隨著年底縣市長及省市議員選舉的到來而沸沸揚揚。選舉結果，女性候選人有兩位當選縣長，十三位當選省議員，九位當選台北市議員，六位當選高雄市議員，其中許多非國民黨籍勝選者裡頭，有七位是黨外陣營婦女，如果加上三位在任的立法委員和國民大會代表，共有十位黨外女性擔任公職。

這些人大多爲黨外人士的妻子，如今代夫出征參選，長久以來經歷了許多苦頭，被鍛鍊出堅強的體魄，秀蓮於是邀集這些人和其他參與黨外活動的女性舉辦了一場「黨外婦女聯誼會」。

隨後，秀蓮針對十年來台灣婦女在人口、婚姻、教育、經濟、政治、法律各方面的變革，寫了一篇近萬字的論述，爲她十多年前的新女性主義再添一章，同時也爲舊作進行第三版的出書工作。

但總認爲做得不夠，在自己一舉一動都被監視的情況下寫作，受到了一定的限制。秀蓮渴望離開與軟禁沒兩樣的台灣前往美國，於是她努力爭取出國的許可，終於在出獄後第十三個月時獲准出境，這次由大姊陪同前往美國，她們倆已超越姊妹關係而發展爲同志。

到了美國波士頓的秀蓮針對女性問題進行研究，並繼續寫作，此外也參加了國際特赦組織成立二十五週年的各種紀念活動。

ＡＩ在美國華府的喬治城大學舉辦二十五週年紀念會，秀蓮在活動中發表演講，那天剛巧是她的生日，令她更加倍思念母親。演講中秀蓮簡單述說自己在服刑期間失去了母親且無法參加出殯的心情，並對AI的援救表示感激。

「那時讓我深深感受到什麼是人權的眞諦，AI成員將關懷人權作爲終身的志業，自然對我所經歷的種種，如親身經歷般有一番共鳴。活動結束後的晚餐會，大會主席突然捧著蛋糕，宣布爲我慶生，全場來賓大家起立唱生日快樂歌，令我感動不已。」

秀蓮忙碌了起來，不久，她應邀到紐澤西州的大型音樂演唱會，這是全美著名歌手爲籌募AI基金所舉辦的活動，音樂會開始之前，秀蓮接受NBC、CBS、ABC等電視台訪問，歷時十二小時的音樂會總共募得五百萬美元。秀蓮還與來自各國的十七位獲釋的政治犯登台亮相，接受群眾熱情瘋狂的歡呼。

另外，秀蓮也前往新墨西哥州，親自向負責救援她的一〇一組人員致謝。當年擔任一〇一組召集人、後來在華府一家律師事務所任職的梅莉・凱（Mary Kay）在救援秀蓮時扮演了很重要的角色，她在新墨西哥大學念書時加入了AI。

「她聽到我被捕關進牢裡的消息，便想出一個方法。當時她正在大學修『解放哲學』，需要實習，因此她想爲我寫五千封信，把人救出來，同時也把學分修好，於是動員一〇一組人員印了五千份明信片，後來又加印兩批，總共一萬五千份，分別印有英、法、德三種文字，交給各國愛好自由人士簽名後寄給台灣當局。」

另外，他們又到新墨西哥州第一大城阿布奎基（Albuquerque）展開聲援活動，很快便獲得數百人簽名支持，然後將這份聯署名單影印數份，寄往美國國會和國務院，此外也展開了很多類似活動。

尤其他們對秀蓮的健康特別關心，當獲知她因母親過世無法奔喪而使病情惡化，然而獄方卻未採取任何措施時，就每週定時自阿布奎基打電話給探監回來的呂秀絨，詢問病情，然後透過各種管道作緊急呼籲，如美國參議員葛倫和裴西等人，當紅的專欄作家傑克．安德森也拔筆相助，他的文章在全美二千家以上報紙刊載，這股強大的力量使秀蓮終於獲保至三軍總醫院治療。

爲了感謝一〇一組多年來的人道救援，秀蓮和大姊秀絨一起到新墨西哥州的阿布奎基。她們在那裡看到爲了救援秀蓮而印製的一大疊文件，也見到曾經爲了救她盡力但從未與她謀面的很多朋友。秀蓮向過去五年裡爲她出錢出力的朋友表達深深的感恩。

「進監獄之前，賜我力量的是對不義的憤怒；出獄後的現在，賜我力量的是各位的關懷及同志愛。」

想一想，大概沒有人像她這樣有這麼多朋友吧，這也是經歷痛苦的昂貴代價。雖然失去了母親，但得到數不清的朋友，使秀蓮產生了很大的勇氣和意志力。

一九八七年二月二十八日，秀蓮獲得美國麻薩諸塞州教師聯盟頒贈人權獎，該組織共有六萬多名會員，每年從數位對於人權及民權有貢獻者中，甄選出三名加以表揚。秀蓮是當年唯一非美國籍、非教師身分的得獎人。

重獲生命的每一天、每一瞬間都是感動、喜樂。或許，過去的痛苦就是爲了現在的喜樂而生。秀蓮認爲當初自己決定赴美是對的，她在獄中長期生活而感到疲憊的身心，來到這裡終於逐漸恢復。

在阿姆斯特丹火車站

隨後一年裡，秀蓮應邀前往歐洲，在國際特赦組織德國分會和荷蘭分會的全國年會中演講，並且參加討論。到了荷蘭，秀蓮的腳步不知不覺中走向曾經與June相約的火車站。

也許是因爲火車站的景致有古典風味的緣故吧，感覺自己好像回到與June相約的年輕時代。如今經歷了種種，不知不覺已是中年，回顧當年的記憶有恍如隔世之感。

秀蓮久久凝視著當年June等她時也許一天望了數十次的火車站和鐵路。兩條鐵軌不即不離，一直往前延伸。秀蓮頓時領悟，原來自己與June的心也是如此，不曾完全合而爲一，也沒有超越那一定的距離。

火車站的氣息很古典，彷彿是停留於十九世紀。當年的心情、記憶猶存，唯一變化的似乎只有秀蓮的外表。當年 June 在這裡等了她一個星期，這種命運作弄的玄機，必須經歷人生很長的際遇，才能揭曉其謎題。

假如再回到當年，自己會不會不選擇獎學金而選擇 June？然後兩人一起讀書、結婚、生育，過著平凡幸福的日子？如此一來，不需坐牢，更不會在痛惜中送走母親，而能舒舒服服過著平穩的日子？

無法斷定不曾走過的路會如何。即使如此，秀蓮仍搖了搖頭，或許走了那條路反而會更加後悔、煩惱與怨恨。

假如當年自己放棄獎學金而選擇 June，也許會度過相當平凡的留學生活，但依靠一個男人的人生必然無法使秀蓮覺得幸福。或許在這樣的婚姻生活中偶爾會生氣、吵嘴，然後愛情逐漸褪色，最後以分手收場，如此一來，也許愛情早就消失無蹤了也說不定。

秀蓮在國際特赦組織荷蘭分會的全國年會中演講時，敘述了台灣的人權演變狀況。會中眾人似乎忘了荷蘭是一六二四年到一六六二年間統治台灣的最早侵略者，而且那段期間是台灣歷史上蠻荒未開的時日。

「歷史對小孩來說沒什麼，但對老人來說就是一切。」人們該好好思考這句意味深長的話，因爲「過去」很有可能在「未來」重複。

訪問德國時，秀蓮會晤了女性國會議員，並且拜會當時最大反對黨——社會民主黨的國會副主席史密德女士（Renate Schmidt），深入討論關於台灣的問題。

結束訪歐行程後，秀蓮再次重返哈佛大學成爲訪問學者，除了撰寫與美麗島事件有關的論文之外，也開始著手寫作《重審美麗島》一書。而「北美洲台灣人教授協會」，和北加州李華林「川流基金會」各提供美金一萬元的研究獎金，讓她在適時的經濟支援下，安心寫作。

這部長達五十萬字的著作，前後總共花了五年半才完成出書，其間由於許信良偷渡回台被捕，在社會上掀起一股「美麗島」的翻案風，秀蓮就把完成的稿件交給《民眾日報》連載，讓自己以客觀角度爲這樁事件做記錄與評論的心願有了初步的實現。

我就愛台灣

一九八六年，台灣民間開始出現主張個人權利和街頭訴願，也就是說，台灣終於進入了開放覺醒的時代。黨外人士受到鼓舞，開始積極組織新政黨，他們將這個標榜屬於台灣人的反對黨取名爲民主進步黨。民進黨正式成立一年後，李登輝總統宣布解除在台灣實施長達三十八年的戒嚴令，人民在集會、遊行、請願、言論等方面恢復了自由，接著又開放組黨、解除報禁、釋放政治犯、准許赴大陸探親等，吹起了眞正民主化的春風。

三年的海外生活對秀蓮的思維產生了相當大的影響。過去的她滿腔理想熱情，如今經過人生轉折以及靜思休養，政治思維也愈加成熟周密。

一九八九年三月間，《首都早報》創辦人康寧祥邀請秀蓮擔任總主筆，於是比預定時間提早返國定居。

回台的途中經過韓國，會見金泳三和金大中，他們皆表示對台灣的處境充分了解，並支持台灣獨立，只可惜，他們當上總統後都改變了立場。

不管怎樣，當時在韓國西南部地區擁有穩定支持勢力的前總統金大中，在秀蓮的印象裡，是一位很溫和又誠實的人。

那時秀蓮在首爾待了四天，剛巧目睹旅館周圍發生的學生示威抗議。一九八九年的韓國，幾乎天天有抗議活動，這樣的場面對當時遊韓的外國人而言並不陌生。秀蓮也去過總統選舉政見發表會的現場。

金大中前總統特別指派他的的英文秘書也是哈佛大學校友柳在權博士接待她，他向秀蓮說明韓國的示威文化：

「對韓國學生來說，具有爭論性議題向政府展開示威抗議，是理所當然的事。」

「你年輕時也參與過示威抗議嗎？」

「當然！通常年輕人對大人所推行的政策多少都有不滿，不過成長後，他們的觀念就會改變了。」

「如今身爲大人，你對參與示威的學生有什麼看法？」

「他們只不過是鬧著好玩的小孩罷了！」

可能這段談話讓秀蓮留下深刻的印象吧，因爲她把當時談話的內容記得一清二楚。當然也可能是秀蓮的記性很好，一旦聽過的都不會忘記。

回到台灣才得知，即將擔任《首都早報》總編輯的，是一位國民黨籍且具保守色彩的資深報人，秀蓮判斷日後必然因立場不同而難以合作，所以果斷辭謝總主筆一職，因而反倒可以專心致力於淨化選舉運動的籌劃和推展，秀蓮深信淨化選舉運動才是爲台灣民主化踏出第一步。

「我認爲，繼婦女運動、黨外運動之後，應將自身獻給台灣的第三大運動，就是淨化選舉運動。在此之前，台灣選舉就是國民黨靠金錢及作票手段贏得選舉。我的構想是把淨化選舉運動超越任何黨派、地域、意識形態而推動爲全民運動，因此我邀請各界人士參加，經過努力奔走後，終於獲得來自學術、法律、宗教、人權、藝文、環保、消費者、婦女、農工、教師、學生等各團體代表的響應。」

但是秀蓮的朋友們都不約而同地勸阻她、替她擔憂，甚至有人還說：

「妳瘋了嗎，可不可以到此爲止？」

秀蓮卻不以爲然。

「買賣選票的行爲就像癌細胞，阻礙台灣成長爲健康的民主國家，我們有責任要掃除癌細胞！」

對於掃除癌細胞，秀蓮可是很有辦法的啊！

秀蓮認爲「惡質選舉劣象」是源自國民黨政府的惡習，至少到日本殖民統治時候爲止，台灣人都相信本國的政府官僚是正直的，但是自從國民黨統治以來一切都變了。

「我到如今一直記得很清楚，父親嚴厲批評國民黨領導階層貪污和腐敗的情形。父親常說，他們以軍事力量接收台灣後，留下一群貪戀權位之輩，爲了維持獨裁政權，舞弊的情況愈來愈嚴重，一再以買票、賄賂、作票等來操控選舉結果。參選的候選人因爲投下了很多金錢，所以當選後便急於撈回更多的利益，尤其立法委員這種情形更爲嚴重。由於他們的任期爲三年，所以要在短時間內撈回本錢，而不惜做出各種骯髒的勾當。」

由秀蓮帶動的淨化選舉運動，基於大家對促進乾淨、公正、和平之選舉的共識，在五月二十七日宣布成立「淨化選舉聯盟」，秀蓮被推選爲理事長，理事會由各加盟團體推選一人代表組成，另有顧問團共二十五人，律師團五十二人。

淨化選舉聯盟立即針對年底的立法委員、縣市長、省議員選舉，展開一系列對抗非法的自覺運動，並且印製《選民權益須知》、《選舉舞弊大全》、《婦女與選舉》、《沉默大眾與選舉》、《監票手冊》等實用手冊，廣爲散發。

這些手冊在三個月內於全國各地舉辦相關的專題演講、座談會、研討會時，有效地利用。

聯盟為了鼓勵媒體記者秉持公正態度報導選舉新聞，特別提撥五十萬元設置「淨化選舉」新聞獎。

淨化選舉聯盟受到注目，國民黨也及時組成「中央選風督導會報」，分派各單位各項工作進度，並且責成各縣市黨部，要求參選者在登記提名時，必須簽署「不賄選、不暴力、不惡意攻訐本黨及他人」的公約。

無論如何，國民黨也跟著轉到了正確的方向，不分黨派地擴大實踐掃除選舉歪風的運動，讓民主選擇展現了新的契機。

在這段期間，秀蓮對中共的霸氣深感不安，因此打算恢復十二年前的個人競選主題「我愛台灣」運動。

如果要把它擴展為全民運動，表達方式也應該與以往不同才對，因此除了原有的演講、座談、宣傳等傳統形式，更透過文學、藝術、攝影、戲劇等多元的手法，甚至製作包括民主憲政、本土文物、道德倫理、環保意識等主題的公益廣告，供各鄉鎮電影院播映。

推行這種理想必須要有錢、有人才，身為運動發起人與「民主人同盟」理事長的秀蓮，隨後向全國各主要財團法人與民間團體函寄運動的綱領，同時邀請這些團體加入。

半個月後，陸續有了回音，最後總共獲得五位縣市長、六家報章雜誌和二十個民間社團響應，以共同發起人的名義，對外宣布「我愛台灣年」的運動訊息，比起戒嚴時期眞有天壤之別。

「以前連使用『台灣』這兩個字都是一種禁忌，但如今已不必再擔心情治單位會亂扣帽子，然而令我感到悲哀的是，很多老百姓依舊對『台灣』患有高度的猜忌和恐懼。我認爲與其向他們強調正當性，還不如用感性訴求會比較好，因此便以『我愛台灣』爲口號。」

身爲台灣人爲什麼那麼害怕用「台灣」二字？起初身爲韓國人的我實在很難理解，但聯想起北韓，便心有戚戚焉。

韓國分裂爲南韓和北韓，根本不是韓國人本身願意的。如今，南北韓有限度地開放家人相逢，北韓舞蹈家和南韓歌手共同拍攝廣告，前總統金大中到北韓與金正日熱情相擁，逐漸營造出和諧的氣氛。即使如此，如果我在公開場合說「我愛北韓」，一定會招來責備與攻擊。所謂政治上的意識形態，其變化速度總是如此的緩慢。

我認爲在變化多端的二十一世紀，一切都以光速變化的環境中，唯有兩項事情仍然不動如山，那就是政治意識與婚姻制度。

如果有愛就行動

一九九一年六月上旬，新聞報導南北韓即將獲得中共同意，可望於九月中雙雙加入聯合國的消息，秀蓮讀到這消息立刻提出疑問：

「韓國能成爲聯合國一員，台灣爲何不能？」

過去二十年來，台灣在忍辱負重中不斷發展，但在外交方面卻始終突破不了困局。

第一個提議台灣申請再度加入聯合國的人是來自桃園縣的國民黨籍立委黃主文。他描述台灣政府等待中國同意台灣進入聯合國的政策，是「拿台灣的熱臉去貼中國的冷屁股。」一九九一年六月，八十二位立委簽名連署了「立即申請重新加入聯合國」的決議案。當時秀蓮觀察這場辯論，但國民黨的領導階層對此意見分歧。這個內部分歧的結果是，未採取任何行動。

朝野立委表決通過「重返聯合國」的提案，然而此項提案僅屬「建議案」，對政府並沒有強制拘束力，由於立委不再聞問，政府也無相關回應，此案很快消失於無形。

但是秀蓮絕不能如此就算了。她有強烈的信念：「在需要你的時候，到最需要你的地方，做最需要你的事情。」

秀蓮決定根據自己的信念採取行動，爲「推動台灣加入聯合國」再度踏上世界舞台。

七月初，秀蓮出席在美國賓州大學召開的「台灣與中國的民主化」國際學術會議，發表有關台灣民主化的演講，其間公開提到將全心全力推動台灣加入聯合國。然而大家認爲在中共的霸權主義下，台灣加入聯合國是很困難的。

這種反應在國內也差不多，身爲民進黨員，她拜訪了黨主席和其他黨內重要人士尋求支援，但被斥爲「忙選舉都來不及，哪有時間管外交」。

但秀蓮不願放棄，相信靠自己的毅力與動員能力一定可以上路。她首先成立「台灣加入聯合國推動委員會」，結合國內十二個團體開始積極展開活動，又邀請張旭成和費浩偉等國內外知名專家學者參加「邁向聯合國之路」座談會。由於第四十六屆聯合國大會訂於九月十七日揭幕，爲了表達台灣人民重返聯合國、重建國際人格的意願，她登報公開徵求各界人士響應，隨即組成宣達團前往紐約。

九月十三日，由秀蓮擔任團長，李宗藩和謝長廷分別擔任副團長及領隊，率領各界人士五十人抵達紐約，第二天就在法拉盛（Flushing）鬧區舉行百人遊行演說活動，以爭取國際聲援。他們費盡心思進入聯合國總部，親自讓聯合國會員國代表和國際媒體了解台灣加入聯合國的正當性。

爲了準備示威活動，秀蓮離開台北，在代表團抵達之前到達紐約。她在台北籌措到的經費，根本無法支付飯店的住宿費用。所以秀蓮住在朋友狹窄的公寓裡，她與紐約媒體和當地台灣社團的主要聯絡方法，是朋友廚房裡的一台傳眞機，因此，秀蓮整天都站在廚房裡。

秀蓮計畫在《紐約時報》上刊登一則廣告「聯合國應爲台灣開大門」，明確有力地表達出他們的要求，並且帶領上千名海外台灣人的遊行隊伍穿過曼哈頓市中心，親率代表至安全理事會五個永久會員國的駐聯合國大使館。她知道沒有足夠的錢來完成這些計畫，必須尋求幫助，紐澤西的朋友建議她尋求立委蔡同榮的支持，蔡在台灣辦了一系列大型的示威活動，極力主張以公民投票決定台灣是否應重新申請加入聯合國。他同意捐出五千美金，相當於《紐約時報》廣告一半的費用。另一半的費用則由秀蓮向幾位住在美國的台灣人募集而來。

遊行當天出現了近一千名台灣人以及支持台灣的美國人。秀蓮與其他支持者從聯合國大廈前開始示威活動，大聲地喊出口號，標語和旗幟在秋天的和風中飄曳。隊伍代表獲得來自俄羅斯代表親切的對待，也遭到有些國家代表團的冷漠以對。當他們的示威隊伍接近中國駐聯合國代表處時，紐約市警局介入干預，抗議行動只能在大使館一個街區外的距離進行。在那裡，可以看到中國人蜂擁至屋頂並驚恐地向下看。果不其然，示威活動激怒了中國人，他們將台灣的要求與「分裂祖國」的陰謀聯想在一起。在大使館的入口，秀蓮與激動不安的中國官僚僵持著，她要求向代表呈遞一份台灣加入聯合國說明書，但中國官僚關閉了代表處的大門。

秀蓮等人的示威活動廣告刊載在《紐約時報》的第二天，「台灣加入聯合國」活動成爲一個轟動的媒體事件。來自美國各地的雜誌及報紙都搶著訪問秀蓮。台灣敲聯合國的大門一事，震驚了北京當局。

秀蓮於一九九一年在聯合國外帶領示威活動的成功，鼓舞她大力推動台灣國際化。

秀蓮在海外的活動，讓所有台灣人都驕傲地認爲，台灣議題獲得國際間的關注。能夠在《紐約時報》刊登以「聯合國應爲台灣開大門」爲題的台灣人民宣言，是此趟最大的成果。這份宣言將台灣人民不滿國際社會懾於中共霸權，而長期將台灣摒棄於聯合國大門之外的心聲，以及強烈希望加入聯合國的意願，昭告世人。

那份長長的宣言中有一段文章特別吸引我的注意：

……雖然台灣的面積在世界排行第一百二十位，人口第四十一，但它卻是世界第十三大貿易國，國民所得高居第二十五位，擁有的外匯存底更高居世界第二。這一切是台灣人民胼手胝足，堅忍勤奮所締造的奇蹟，對於世界的繁榮、亞太地區的安定，均有長足的幫助。從任何角度來說，台灣絕對夠資格成為聯合國的一員。

不，我認為「台灣絕對夠資格成為聯合國的一員」的表達方式並不很適合。應該說「台灣早就夠資格成為聯合國的一員，卻依然被摒棄於國際社會之外」更加妥當。

九月二十七日，秀蓮在洛杉磯召開記者會，接著又為了各項活動而一直奔波到年底。在十月二十五日台灣退出聯合國二十週年當天，發表「為籲請立即申請加入聯合國致李登輝總統公開信」、「致美國布希總統公開信」；另外又在十二月國代選舉期間，邀請十多位學者組成「聯合國助講團」，巡迴台灣各地解說加入聯合國問題。

在國際遊說工作方面的成果也令人欣慰。秀蓮爭取到美國參眾兩院議員的連署，使得密西根州眾議員丹尼斯・哈德爾（Dennis Hertel）向眾議院外交委員會正式提出議案：「美國國會認爲台灣二千萬人民有權經由台灣政府指派之人士，代表參加聯合國或其他國際組織。」

另外一個成果，則是旅居美國東岸的台灣同胞約一百人所組成的「人民大使團」，展開第二次遊說行動，並分別拜訪了七十七個聯合國會員國代表。

翌年，一九九二年二月二十八日，尼克森簽署「上海公報」的廿年後，秀蓮將台灣的聯合國運動二度帶回美國，這次他們得到更多的資金和人力，而秀蓮的目標觀眾則從紐約的國際社會擴展到華盛頓特區的政策制定團體。呂秀蓮在《華盛頓郵報》刊出巨幅廣告：「二十年前的今天，美國出賣了台灣！」引起華府重視。七月間，她應邀於愛爾蘭召開的第二屆世界婦女高峰會議提出報告，成爲大會中唯一的亞洲地區報告人。

在一九九〇年代，美國大多數的政治家都忘了一九七二年一月與台灣斷絕邦交時，在某種程度上間接地讓那個島失去了聯合國中的代表權。

這一段日子秀蓮總是忙於四處奔波，因爲「我愛台灣」是以實踐愛爲前提，因此一刻都不能停留。如果有愛就要行動，沒有行動，什麼都沒辦法獲得，沒有人會白白送給你，尤其台灣加入聯合國的問題更是如此。

吃便當的委員

一九九一年李登輝總統特赦美麗島事件被判刑的受難者，並恢復他們的公民權。十四年來，秀蓮等待著參加選舉；一九九二年十二月秀蓮終於有機會了。民主進步黨提名她參選桃園縣立委，那裡的居民分享了她被監禁以及她從事社會運動長期被監視的悲哀。

「呂小姐，」一位桃園民眾告訴秀蓮，「我從一九七八年就把這一票保留著要投給妳。」秀蓮知道她的機會很棒，而且她讓選民知道自己計畫透過立法院外交事務委員會，爲台灣加入聯合國而努力。

「讓我進入立法院，我會讓台灣進入聯合國。」秀蓮說。

基於秀蓮及其支持者推行台灣進入聯合國運動的成功，她提出「一個中國，一個台灣」的主張，說明台灣在世界的位置。換句話說，必須說服世界各國，台灣有別於中國，並且憑著本身的條件就是個有價值的外交夥伴。儘管演講可以說服或激勵大眾，採取具體的行動才能促使政治目標獲得媒體和公眾的重視。

一九九二年八月，韓國宣布與台灣斷交。

「這問題也不能片面責怪韓國政府，反正能夠掙脫弱肉強食法則的國家並不多。這段日子，民進黨發起『一中一台』運動，但引不起國際重視。我總認爲應該善加運用國際輿論，因此儘管未來的選戰繁忙，還是賣力推展台灣加入聯合國運動。」

秀蓮最後的結論認爲，不可以把自己的當選立委優先於台灣的未來，於是趁中日建交二十週年，以及中共國慶日時，到東京與北京宣揚「台灣是台灣，中國是中國」的理念。

爲了避免在前往中國之前的任何干預，秀蓮一行人出發到東京，並在那裡舉行一場記者會，說明他們拜訪中國的動機。那天是九月二十八日，也是日本和中國建立正式外交關係的廿週年紀念。秀蓮向日本媒體指出，就日本對外貿易來說，日本與台灣比日本與中國有更重要的經濟關係；但儘管如此，日本於一九七二年宣布與台北斷交。對於一個曾統治台灣達五十一年的國家，日本應該加強與台灣的關係，同情台灣的處境。在記者會中，秀蓮公布他們團隊十八名成員中五個姓名給國際媒體。這個策略是要隱瞞其他代表團員的身分，這樣他們才能不被察覺地進入中國。

許多出席的記者都同情台灣的處境，並且表明對秀蓮等人安全的友好顧慮。三年前在天安門廣場上的血腥鎮壓，在他們心中對中國人的壓制和冷酷留下了具影響力的印象，他們關心秀蓮此行的安危。

「那不會如妳所想的那樣容易！」一名記者脫口而出。

「太危險了！」另一名低聲說道。

「我們的代表團將會是個非常和平的代表團，」秀蓮說。「我們要去慶祝中華人民共和國的國慶日，我們是爲了提升台灣在國際上的地位而去。」

一名日本記者緊張地站了起來對她說：「我是翁山蘇姬（緬甸的諾貝爾和平獎得主）的好朋友，」他說，「當她開始帶領人們參加緬甸的民主運動時，我就在她身邊報導她的奮鬥。」他用手指了指身邊的一台老舊 **Nikon** 相機，繼續說：「我曾用這部相機，多次拍下她被軍事委員會迫害的危機中獲救的場面。對我來說，這部相機就是護身符。我想把這部相機送給妳，但願這部相機也能在危險中保護妳。」多麼令人感動！

秀蓮欣然接受那部相機，直到現在仍然妥善保管。

九月二十九日早上，秀蓮等人搭上九點的班機，並於中午時分抵達北京。當他們的團隊走向海關時，秀蓮察覺不到任何異狀，她甚至開始擔心他們的抵達會不會太不引人注意了。「好奇怪！」秀蓮說，「他們似乎對我們不是很有印象，對不對？」安全人員間沒有異狀，也聽不到無線電對講機中的聲音。什麼都沒有。

在東京，秀蓮與友人討論很多細節。如果中國海關拒絕讓她入境，秀蓮告訴她的支持者們要繼續前進。他們開玩笑說如果沒有秀蓮就不好玩了，並且說如果她被送回海關，他們希望和秀蓮一起回去。倘若秀蓮被逮捕，一名身分未曝光的代表會負責與媒體聯絡。

當他們排隊入關時，一名中國官員靠近秀蓮。「妳是來自台灣的呂秀蓮小姐嗎？」他問道。

「請出示妳的護照。呂小姐，我受命在下一班飛機將妳送回日本。請跟我來。」

那個人領秀蓮到另一處，她看到海關人員帶走了另外三名昨天在東京記者會上暴露出身分的代表團員，但其他姓名保密的十三人已經通過海關。在東京記者會上公布出姓名的四個人中，有一人不見了。他是一名和尚，被媒體公布的法號與護照上所列姓名不同。一名高階官員坐到秀蓮身邊：

「呂小姐，妳今天確實帶了多少人來？」

「一團十八人。」她坦白地回答。

「十八個！他們已經通過海關了嗎？」

「應該是吧。」

秀蓮看到那官員重新檢查他的名單，不知如何是好，台灣人和中國人的外型幾乎完全一樣，他們眞的沒有辦法分辨已經通關的人。一名已經通關的朋友，在那頭大聲向秀蓮問道：

「妳要我們通知媒體嗎？」

「依計畫進行。」秀蓮笑笑地回答。

那名中國官員瘋狂地點數人數，核對名單，因爲其中一名（和尚）不知到哪裡去了？最後，他沒有辦法只得問秀蓮是否可以幫他指認全團團員。

「當然！」秀蓮說，「我會幫你找到他們。」

秀蓮緩步走到機場大廳，一大堆記者站在出境大廳處向她招手。

「我來到北京了！」秀蓮立刻大聲叫道。「但是他們不讓我入境！」

已經出關的團員知道秀蓮不可能出來，全體便都從大廳退回來，跟秀蓮站在一起，一名官員拿出一張公文唸出預備好的講詞：「根據我們的情報資料顯示，你們來此從事破壞性活動。這裡不歡迎你們，你們必須搭乘下一班飛機立即返回日本。」

「多奇怪啊！」秀蓮大聲叫道：「中華人民共和國的人們不是說台灣人是骨肉同胞嗎？明天是中華人民共和國的國慶日，而我們到此是要傳達台灣對此歡樂時刻的最佳祝福。把我們送回去只是證明了台灣人不是你們的同胞，我們是外國人，台灣不是中國。」那個中國官員臉色僵住了，好像他的脊椎變成了一根冰柱，不發一語。日本航空公司的代表快速地過來，將他們帶到報到櫃檯，立即安排他們的機位。

日航在回成田機場的飛機上將秀蓮升等到頭等艙。坐在她身邊的是幾位剛參加中華人民共和國國慶慶典的資深國會成員和高階政府官員。當秀蓮等人到達旅客入境區，一堆日本記者快速地扛起相機奔向他們。秀蓮以爲他們要採訪國會議員，但她看到日本記者拿著寫「Ms. Annette Lu」或「呂秀蓮樣」的牌子。原來他們要採訪的是她。

秀蓮原本想在東京停留一天以便到中國大使館前抗議，但中華人民共和國卻早她一步，北京要求日本政府不准讓秀蓮離開機場，也不准轉機到香港，當晚全團被迫住進過境旅館。秀蓮搭早上的第一班飛機回台北，抵達台灣時接受了溫暖的歡迎，許多國際媒體紛紛打電話來採訪。

回到台灣，秀蓮利用僅有的兩個月時間，全力投入選戰。桃園地區歷來的選舉生態深受宗親票與閩客票的影響，原本期待呂氏宗親的支持，但由於國民黨推出另外一位呂姓候選人，秀蓮還得遭受宗親與派系的夾殺。

競選幕僚以「政壇君子、台灣良心」詮釋秀蓮的人品和操守，爲此特別請知名畫家張杰畫了一朵蓮花，旁邊以毛筆書寫「呂秀蓮」的名字，此一競選旗幟，在眾多候選人中獨樹一格。

二屆立委選舉在十二月十九日舉行，桃園地區須在十三位候選人中選出七席立委，開票結果，秀蓮以七萬多票的第二高票當選立委。根據往例，北區候選人在客家人密集的南區僅能爭取到二、三千票的紀錄，秀蓮卻一舉拿下二萬四千票，令人欣慰。

一九九三年二月一日，嶄新的國會開議。秀蓮當選立法委員後加入了立法院外交事務委員會，她在那裡服務了六個會期。在此期間，她三度擔任立法院外交事務委員會的召集人。因爲她把自己完全奉獻於台灣外交事務上。

她爲了爭取發言，每天一大早就到立法院，是位認眞負責的立委。由於每天經常要趕好幾場會議，午餐總以便當解決。她在院會提案與書面質詢方面，總共就外交、大陸事務、內政、法制、婦女等方面提出十多項議題，並為恢復婦女節、增設「性犯罪專業法庭」處理強暴案件等議題拜會政府相關部門，每天睡眠幾乎不到六小時。

在行政院施政總質詢中，要求行政院長連戰正式向聯合國提出入會申請。而為地方的服務也不曾疏忽，秀蓮設於桃園的辦公室主要提供法律諮詢，除了聘有法律專才擔任助理，另在桃園市與中壢市還有多位特約律師受託代理訴訟。辦公室提供的所有服務一律免費，使得毫無背景的平民在遇到糾紛或問題時，便找「呂委員的服務處」求助。民眾的反應熱烈，在此每個月承辦的案件如民事、刑事、行政訴訟等皆超過數十件。

秀蓮很少參加選民的婚喪喜慶。立法委員為求連任，必須經常回到選區用心耕耘，建立良好的人脈，吸收更多的支持者，但秀蓮卻不太喜歡參加選民的婚喪喜慶，因為她認為身為公職人員為了私事而接觸選民，不利於淨化選風，應該將時間與心力用來做對大眾更有益的事。有些人不諒解秀蓮的這種作法，甚至揚言下回選立委時不再投票給她，但秀蓮從不因此妥協。

她將大部分時間花在台北的立法院或到世界各地奔波。因為對她來說，提高台灣的國際地位遠比自己下回當選立委更重要。

世界女性領袖群聚於台北

秀蓮認爲要讓台灣問題國際化，必須在一九九七年之前就鞏固基礎。她很清楚聯合國大門不容易爲台灣打開，但透過持續推動的過程，可以提高台灣在國際間的能見度，而獲得關心與支持。如果保持沉默不表示意見，只會給中共好處。

秀蓮不斷宣揚「台灣是台灣，中國是中國」的理念，中共因而把她列入「分裂祖國，民族罪人」的黑名單。

自一九九一年起，秀蓮在台北成立「台灣國際聯盟」以尋求爭取台灣進入聯合國。她希望透過公共團體的管道推動台灣入會，例如參加與聯合國有密切連繫的國際性組織，也許有機會接觸聯合國內的主要人物。因爲機緣，在一場演講後，一名台灣商人提供秀蓮免費使用其在紐約第三十八街一棟名爲科林沁（Corithian）大廈中的一間公寓作爲推動聯合國工作的辦公室。那間辦公室距離聯合國總部兩個街區，隨後成爲台灣國際聯盟的美國分部。

台灣國際聯盟在美國登記爲非政府組織，讓秀蓮得以比任何台灣人獲得國際更大的曝光率。台灣國際聯盟的主要功能是突破台灣孤立的外交。紐約台灣國際聯盟的超級員工，給了秀蓮勇氣以嘗試那些不可能的挑戰。

她在一九九三年二月連同美籍 Magie Walden 、范瓊丹、范晴雯姊妹和葉惠玲幾位傑出女性，在立法院院會中提議政府「於聯大開幕前適當時機，向聯合國秘書長提出正式入會申請，以符全民厚望」，獲院會通過，並在民進黨立院黨團成立的「加入聯合國促成小組」擔任召集人。

秀蓮了解，台灣加入聯合國不是法律問題，而是政治問題。因此要讓國際人士願意對台灣「say yes」，需要長期不斷的遊說，而她的外交立委身分，正好增加拜會各國人士的籌碼。

她趁著立法院第二會期開議之前，再度率領以在野黨立委爲主的宣達團赴美國紐約，發表《台灣、中國與世界》藍皮書；加上她在紐約的辦公室，走路只需十分鐘即可到達聯合國大廈，從此台北與紐約兩處可以直接聯繫，而更能積極展開活動。

她發現在聯合國依據二七五八決議案，僅決定了中國代表權，卻未表示如何處理台灣人民代表權的問題。

「在聯大會議中，包括沙烏地阿拉伯與突尼西亞等二十多國代表支持台灣，甚至主張聯合國應舉行公民投票，由台灣人民決定應由誰來代表。由此而得到鼓舞的我很用心地蒐集資料，發現世界上只有極少數國家正式『承認』台灣是中國的一部分，絕大多數均含糊其詞。眞是令人欣慰。」

從一九七〇年至九〇年間，與中共建交的九十二個建交公報中，對於中共對台灣主權的主張，十個國家用「承認」（recognize），八國用「認知」（acknowledge），十六國用「注意」（take note of），兩國用「理解和尊重」（understand and respect），一國用「尊重」（respect），其他則採取「知曉」（is aware of）。換句話說，並非所有承認中共的國家都接受台灣是中國的主張。

秀蓮曾將這份報告在立法院的行政院長施政總質詢時提出，引起高度重視。

一九九四年起，她為了提高台灣的地位而加倍努力。因為她預見，一九九五年將在台灣歷史上成為非常重要的一年。一九九四年初，秀蓮接到一封愛蓮・涅提法（Irene Nativad）女士寄來的信，她是「世界婦女高峰會」（Global Summit of Women）的企劃人。

「她主動問我，台北能否接辦世界婦女高峰會？我早在一九九二年參加過愛爾蘭第一位女總統瑪麗・羅賓遜（Mary Robinson）舉辦的世界婦女高峰會，因此當我接到此一消息，覺得非常驚訝。聽說最早舉辦世界婦女高峰會的加拿大，前後經歷三年的準備時間，愛爾蘭也準備了兩年以上，然而如今離會議召開只剩八個月的時間，因此當時大家認為負擔不起而不贊成接辦，也是可以理解的。」

但秀蓮不想失去這次能在國際上宣揚台灣和台北的絕佳機會，因此向對方表示，先評估台北接辦世界婦女高峰會的可能性後再回應，便立即著手準備工作。

最要緊的是先爭取足夠的經費。秀蓮積極說服外交部次長章孝嚴，強調翌年聯合國將在北京召開第四屆世界婦女大會（UN's Conference on Women），而今年來台參加世界婦女高峰會者也將會參加北京的婦女大會，因此如果能在台北順利舉辦婦女高峰會，就能扭轉台灣在國際上被孤立的形象。

章次長答應支援一半經費，秀蓮實在好開心，立即傳眞給愛蓮・涅提法表示：以能夠在台北舉辦世界婦女高峰會爲榮，欣然接受。

然而才不過幾小時後，國民黨政府內閣改組，章孝嚴被任命爲僑委會委員長，而辭去外交部次長一職。才剛答應接辦婦女高峰會不到二十四小時，就面臨此一巨變。後來繼任者只答應補助三百萬元而已。

雪上加霜的是，由於中共對各國政府施壓，使得原本計畫在會議中發表演說的菲律賓下議院議長表明撤回參加意願，而奈及利亞國會議長、英格蘭總理、哥斯大黎加總統兼諾貝爾和平獎得主阿里雅斯夫人（Oscar Arias Sanchez）也因害怕中共施壓而猶豫不決。

即使如此，總不能就此放棄，秀蓮一方面爲了爭取經費而到處奔波，向私人企業募款。另一方面又爲了說服猶豫不決的獲邀對象，而忙得不可開交。

寄邀請函給全世界女性領袖的工作，由駐紐約的台灣國際同盟擔任，台灣的工作人員則處理簽證、旅遊、食宿等問題。秀蓮之所以能夠專心於爭取經費事宜，全都是因爲他們如此努力奉獻之故。

會議當天，來自七十多國二百多位婦女領袖菁英蒞臨台灣，最令人難以相信的是，與會者包括法國前總理柯瑞松夫人（Edith Cresson）、立陶宛總理普羅斯吉娜女士（Kazimiera Prunskiene）、烏干達國務部長 Betty Bigombe、韓國政務長官金榮禎等。這些國家並非台灣的邦交國，但他們的現任總理和部長卻能抗拒中共壓力堅持來台灣參加盛會！秀蓮幾乎不敢相信自己親眼所見到的場面。

「雖然我們非常盡力，但由於中共的百般威脅而不敢期待會有那麼多的女性參加。台灣是什麼樣的國家？曾經被趕出聯合國，又被長期友邦一一斷交。但全世界的女性領袖竟然聚集在這樣的台灣，我當時實在太感動了，恨不得放聲大哭，也恨不得一一與每位與會者擁抱親吻來表示感謝。」

她們確實比男性有勇氣，因爲女性無論地位高低，都多多少少經歷過差別待遇，使得她們面對威脅時常能不爲所動。

差別待遇和強權觀念激起女性反抗，而且對受到差別待遇者產生同病相憐之情。如果這次的會議是世界男士高峰會，可能會因爲懼怕中共的威脅而不會有這麼多人應邀前來。

本屆世界婦女高峰會是在台北舉辦的國際活動中規模最大的一次。秀蓮滿懷感激，以「家事國事天下事，事事關心；女人男人現代人，人人平等」爲主題發表開幕演講。

立陶宛總理普羅斯吉娜女士表示：

「像台灣這麼美麗的國家在國際社會上無法受到肯定，原因在於男性，男性執政者必須反省。此行雖然曾受到中共的施壓，但我仍堅持前來，而且已經來了。」她甚至表示，「所有男人造成的錯誤，應讓我們女性來矯正！」她的話獲得滿堂掌聲。

然而台灣的政府官員卻都未參加高峰會議。當時的政治環境朝野政黨仍然涇渭分明，只能在國民黨或民進黨間選邊站。也就是說，就算與政治無關的國際會議，如果是由民進黨主辦的話，幾乎沒有國民黨人士會來參加。

起初李登輝總統說會參加，但遭到身邊人士的反對，最後沒辦法參加，而由李元簇副總統在總統府接見十四位高峰會的代表。

以招待客人的立場來說，這絕不是妥善的禮遇，秀蓮深感痛心。國人在面對涉及台灣未來的問題時，應該不分黨派，攜手同心才對。

睽違二十年的聯合國會議

參加會議的人士親自經歷了中共企圖阻止她們參加的蠻橫行徑，親眼目睹了台灣在多麼艱苦的狀態下孤軍奮鬥。她們各自回國後，對台灣展現的好意，給秀蓮留下了永難忘懷的恩典。

尤其聯合國婦女環境和發展組織（Women's Environment and Development Organization）發

起人兼主席貝拉・艾伯珠格（Bella Abzug），安排秀蓮擔任翌年在北京舉行的世界婦女大會籌備組織委員，無懼於中國外交官的責難及聯合國總部的施壓，展現出果斷的勇氣。

一九九五年三月，秀蓮在聯合國總部正門出示出入證，堂堂正正地進入了籌備會議場，這是自一九七一年以來，第一位現任台灣國會議員進入聯合國總部參加聯合國會議。

二十多年前，自從中華民國駐聯合國大使周書楷踏出聯合國大門之後，便被全面禁止台灣人民參加聯合國活動，中共甚至禁止旅美台灣留學生以實習資格踏進聯合國總部。

開幕演說由中華婦女聯合會副主席黃啓璪擔任，她就是五年前秀蓮訪問中國時招待秀蓮的人。

她在開幕演說時表示：

「我代表中華人民共和國，不分國籍及政治傾向，歡迎全世界所有姊妹參加在北京舉行的第四屆世界婦女大會。」

這時一位與會者質問：

「西藏女性也可以參加嗎？」

「那是，中國國內問題。依據中國憲法，台灣及西藏是中華人民共和國的一部分，因此對於這兩個地區的女性，應該遵照中國國內法的規定。」

與會者不認同黃的回答，因爲她的發言表示台灣及西藏女性將被排除在世界婦女大會之外。

到了下午區域會議時，秀蓮參加亞太區域組。

「若要使這次世界婦女大會圓滿成功，就應該讓所有女性都有參加的資格。」

這位發言者是菲律賓女性，香港代表也隨即表示同意。

「尤其應該讓台灣女性參加，中國政府不應阻擾台灣女性與會。」

另一位與會者也加入聲援行列。

「外蒙古的代表團也像台灣或西藏的代表團一樣，中國政府長久以來就對她們進行政治打壓。」

一直靜觀其變的秀蓮終於冷靜地起立：

「我提議通過禁止中華人民共和國拒絕任何一國女性參加會議的決議案。」

令人驚訝又驚喜，幾乎全體與會者都同意，主持人隨即立刻宣布表決。

「這是正式的決議案，大家必須明確舉手表示贊成、反對或棄權。」

主持人以英語宣布後，除了因為聽不懂英語而在等翻譯的黃啓操以外，全體與會者都一致舉手贊成，無人反對或棄權。對秀蓮來說，這眞是一件太高興又痛快的事。

會議結束後，中國代表黃啓操才了解狀況。在會議場外等呂秀蓮出來：

「呂女士，我們要不要喝杯咖啡？」

秀蓮訪問中國時，曾拜會中華婦女聯合會，當時黃啓璪曾認眞傾聽秀蓮對婦女運動的意見，想不到幾年後在聯合國不期而遇。

秀蓮回答：

「可以啊。」

她們坐好位子，黃啓璪露出遺憾的神情說：

「台灣和中國是一國，妳何必在外國人面前提我們自己的問題，與我單獨討論也可以啊。」

秀蓮直截了當地回答：

「妳可能忘了，這個會議是國際會議，因此台灣的參不參加也是國際性問題。」

言之有理，使得黃啓璪無法反駁。兩人接著走進聯合國大會場，稍早各區域會議的結論正逐一籌備作報告。當亞太區域小組報告中國政府不得拒絕包括台灣與西藏婦女出席大會時，全場報以熱烈掌聲。秀蓮爲「台灣」之名能夠在聯合國大會議獲得掌聲和支持內心備感欣慰。

但中共絕不會就這樣輕易鬆手。籌備會議的第二天，秀蓮走到聯合國總部的大門口時，準備進場的中國代表黃啓璪正好在那兒。

「妳好！」

秀蓮趨前打招呼，想不到黃啓璪臉色黯沉地說：

「呂女士，我國政府要我今天立刻回北京，眞遺憾，我先道別了。」

「是嗎？我也感到遺憾，再見。」

兩人彼此道別後，秀蓮也開始遭遇困境。那天聯合國的官員查詢秀蓮有沒有帶聯合國的合法出入證，秀蓮大方地出示證明，聯合國官員的臉變得慘白說：

「看起來不像假的。」

官員立即去找幫助安排秀蓮的貝拉・艾伯珠格女士，雖然貝拉始終力挺秀蓮，但此後秀蓮的活動被全面阻撓，秀蓮覺得任務已完成便返台。

那年春天，台灣國際聯盟以在美國成立的非政府組織申請出席聯合國在北京舉辦的第四屆世界婦女會議，獲得聯合國同意出席在維也納的區域預備會議。這個預備會議是聯合國在全球各區域中心爲北京會議所舉辦的數個預備會議之一。

秀蓮因自己太忙而無法出席，她請紐約辦公室的兩名同事出席，其中一位是台灣國際聯盟執行長 Margie Joy Walden，她是一位罕見的迷人又能幹的女性。

在預備會議上，與會的非政府組織可以分發經主辦單位核准的文件給所有來自歐洲和北美的出席代表團。Margie Joy Walden 得到正式的核准，可以分發前一年冬季在台北舉辦的世界婦女高峰會議的資料。這份資料先送信到聯合國郵局，再由聯合國職員送達每個代表團。然而當 Margie 和她的助理 Jo Ann Fan 查問美國官方代表團時，才發現他們並沒有收到世界婦女高峰會的文宣。當 Margie 向聯合國郵局查詢時，她被告知聯合國高層下令將台灣國際聯盟的文件從所有信箱中抽掉，並要求郵務人員提供所有領取台灣國際聯盟文件的代表團的名單。顯然，中國代表團的主席先前已看過那份文件，並施壓將它從信箱中拿走。

Margie 很快地與美國代表團的代表會面，並說服她向聯合國以及預備會議的負責人要求作出解釋。同時，Jo Ann 逐一將文宣品送至每個代表團，並控訴中國阻止散發這份文件的惡行。

隔天聯合國預備會議公布非政府組織名單，台灣國際聯盟和瑞士的西藏婦女協會都被從名單中移除。經美國與瑞士代表團查詢後，聯合國官方辯稱電腦名單曾遭篡改，但無法知道是誰以及如何將名字刪除。Margie 告訴美國和瑞士代表，如果聯合國不立刻處理此事，她將向全世界揭發中國破壞聯合國電子郵件這件事。下午三點，聯合國官員告訴 Margie 將會送出一份新名單。下午五點時，他們說名單很快會提出。晚上八點，當清潔人員進來完成打掃並開始關閉大樓內的電燈時，Margie 和 Jo Ann 仍在等待。一位聯合國官員出現道歉，「抱歉延誤了，」他說，「電腦印表機夾紙。」終於，在晚上十點，聯合國正式發給各代表團一份改正的名單，包括台灣國際聯盟和西藏婦女協會的名字在內。

由台灣國際聯盟所主辦的國際活動並未停止。一九九五年四月，秀蓮在日本主持馬關條約百年紀念的活動，這個活動將日本和台灣的一百位政治人物，以及在台灣長大的日本人和在日本受教育的台灣人聚集在一起。這個紀念會在一百年前中國將台灣「永遠」割讓給日本的四月十七日相同地點春帆樓（Shunpanro）舉行。這個構想是要藉由台日一百年歷史來檢討日本和台灣的雙邊關係，並指出中國早在一八九五年就已永久放棄所有對台灣的主權。當然，對日本在台灣進行的殖民統治加以「紀念」，自然引起親近中國的人士爭議。由於害怕國際社會對歷史眞相的認識，可能會威脅到其主張對台灣主權的可信度，中國對此事件的反應是連串的批評。一些贊成統一的台灣記者還因此指控秀蓮「崇拜日本帝國」。

一九九五年的夏天，國民黨對於申請聯合國會員資格的立場出現大逆轉。四年前，外交部次長章孝嚴才說過「自取其辱」的話。但是民眾支持台灣加入聯合國運動的觀念轉變，造成國民黨政策的改變。一九九三年，台灣外交部送了一份申請到聯合國，要求大會成立一個特別委員會討論台灣的重新入會案。通常提案必須在秋季會期前六個月送到聯合國，以確保列入會員大會的議程中。外交部那年很晚才完成提案，當提案到達聯合國總務委員會時就失敗了。隔年，外交部提早幾個月提出相同的提案，同樣也是停留在總務委員會。秀蓮反而喜歡直接透過會員大會申請，因爲在會員大會或安全理事會中進行辯論，即使決議失敗，也會刺激國際的注意並提高台灣的國際能見度。

秀蓮對外交部的笨拙已失去耐性。她成功地使立法院通過一項決議，要求政府於六月二十六日聯合國憲章簽署的五十週年紀念日，正式申請加入聯合國會員大會。如果外交部長錢復沒有及時提出正式申請，外交事務委員會要求外交部長辭職負責。

一九九五年是聯合國憲章五十年紀念。出自台灣國際聯盟紐約辦公室努力的奇蹟，Margie Joy Walden 安排秀蓮出席在舊金山舉行的聯合國憲章簽署慶祝活動。秀蓮希望能指出聯合國否決中華民國會員資格的謬誤；即中華民國，而非中華人民共和國，才是首先簽署聯合國憲章的國家之一。在宴會的前晚，台灣媒體報導了秀蓮出席慶祝活動的計畫。國民黨不情願地看她贏得另一個外交上的成功，爲了不讓她專美於前，特別安排立法院長劉松藩以及一堆記者到舊金山去，但劉松藩只在慶祝活動的舊金山大飯店前面接受媒體採訪，並未認眞參加聯合國活動，隔天就匆匆飛回台北。

聯合國憲章簽署五十週年紀念中的重大發展是，外交部發出一封正式的信函給聯合國秘書長 Buotros Gali，要求以中華民國的名義加入聯合國。外交部也在《華盛頓郵報》和《紐約時報》上刊登一系列的廣告，強調台灣具有合格的會員資格。秘書長 Guotros Gali 回覆說，聯合國承認台灣是中國的一部分，所以就某種意義來說，台灣在聯合國是由北京來代表。他鼓勵台灣透過與北京的協商來解決聯合國代表權的問題，他說台灣的會員資格是國家問題，而不是國際事務。國民黨的申請沒有成功。但藉由尋求國際途徑加入聯合國也沒有失敗，在某種意義上，那是衷心、正式且代表台灣人民的普遍意見。

第八章　為了更高的飛翔

在國內，台灣有史以來第一次直選總統和副總統的選舉成爲社會最關心的大事。過去的總統選舉，六年任期的總統由國大代表選出，再由總統任命副總統。自一九九六年三月起改爲總統候選人與副總統候選人共同參選的方式，當選後任期四年，可以連任一次。

秀蓮決定爭取副總統職位，是基於她對民進黨內總統候選人彭明敏博士的輩分倫理的考量；彭在東京帝國大學受教育並且曾爲國立台灣大學政治學教授，彭寫了一篇主張台灣獨立的長篇聲明後，被判刑、被軟禁，後來偷渡出境到國外。另一位在民進黨初選中領先的民進黨主席許信良，是一位自一九七〇年代就一起打拚的同僚。因爲秀蓮和許都來自桃園，她知道選民不太可能把他們放在同一張選票上。民進黨的公職候選人提名條例要求所有候選人，包括正副總統候選人皆需透過黨內初選選出，評估實力，秀蓮決定參加黨內副總統的初選，藉以評估台灣選民是否已準備好讓女性位居領導位置。

秀蓮的副總統競選一開始即困難重重，當她將參選聲明刊登在各報頭版廣告宣布參選當天，報紙的頭條新聞剛巧爲台中衛爾康餐廳大火燒死六十七人的大災難，是根本不適合討論政治的一天。不過民進黨領導階層對於她的宣布相當震驚並且擔心。男人控制了黨內所有高層的職位，他們忘了民進黨的公職人員候選人提名條例中，原來規定總統及副總統候選人都需要透過初選產生，男人只對總統有興趣，但一聽秀蓮宣布參選副總統，立即慌亂不已。於是透過派系運作，硬在黨代表大會上，將原訂的提名辦法修改成副總統候選人不需經過黨內初選，而是由總統候選人自行決定。這是剝奪呂秀蓮參選的赤裸裸專制！此外，激進的婦女團體也不明就裡地展開對她的攻擊，「如果妳是個眞正的女性主義者，爲什麼妳不競選總統？」她們問道。

在民進黨召開中央常務委員會議時，秀蓮帶領「百人支持呂秀蓮」的隊伍，到黨部去抗議。她的支持者包括李登輝的總統國策顧問、立法委員、藝術家以及專業人士。秀蓮公布二十封由各國政要簽署支持秀蓮參選的信函，這些人中有她在全球婦女高峰會的貴賓，如立陶宛的首相 **Kazimiera Prunskiene** 、前法國首相 **Edith Cresson** 以及瓜地馬拉的外交部長。

一九九六年夏天，聯合國發給秀蓮參加第四屆世界婦女大會的正式邀請函，不久，又收到一位加州柏克萊大學女教授的邀請，要她擔任婦女大會研討會的主講人。於是秀蓮委託旅行社，前往香港辦理「台灣居民來往大陸通行證」。然而，扮演領事館角色的香港中國旅行社卻沒收了秀蓮的文件，沒收的理由如下：

「呂秀蓮不受歡迎，她不可以參加會議。」

旅行社職員說既然如此，應退回申請書和相關文件，卻遭到中國旅行社承辦人員的拒絕。

「由於不退還聯合國給我的正式邀請函和台灣身分證，我便通報國際通訊社。各國際記者打電話給中國旅行社確認此事時，他們卻謊稱根本不知道我要申請台胞證去大陸。後來又得知，中國政府通令所有入境中國的航空公司，如果讓呂秀蓮搭乘飛往北京的飛機，其後果將不堪設想。」

秀蓮不得不接受自己無法前往北京參加會議的事實，其實這也是她預料中之事。因此老早決定藉由台灣國際聯盟的安排，在台北舉辦「世界和平婦女高峰論壇」（Feminist Summit for Global Peace）。她要搶先就婦女大會之前一步，先在台北讓婦女發聲。

此次活動比上次的世界婦女高峰會規模小。不過，願意為世界和平貢獻的女性與會者，其熱忱和努力絕不渺小。與會者包括賴比瑞亞外交部長以及三十多位各國女性政治家，她們提出女性對世界和平的觀點，認為女性缺乏決策權，縱容男性發動戰爭。只有強化女性決策權力，參與國防事務，才能有效制止戰爭。閉幕典禮的當晚，全體與會者聚在一起舉行祈禱世界和平的活動時，賴比瑞亞外交部長接到一封傳眞信，告訴她賴比瑞亞交戰雙方已經締結和平協約，終止長達六年的內戰。消息傳來，所有與會者無不爲這樣訊息歡欣不已。

與會者中的幾位婦女代表會後離開台灣飛往北京，她們將台北舉辦「世界和平婦女高峰論壇」的決議案，帶到聯合國世界婦女大會去宣傳。後來秀蓮從她們傳回的消息得知，研討會主持人一直保留著原本爲她安排的座位，並且公開譴責中國不讓秀蓮出席的不是。

十月二十四日，適逢聯合國創立五十週年，各國領袖參加在紐約聯合國總部舉行的盛大紀念活動，柯林頓總統和江澤民國家主席也在其中。

秀蓮早在數週前就安排好極具規模的海陸空示威活動。眾人隨秀蓮的指示，在陸上及河上同時包圍了聯合國大廈。由台北來的一百名各界代表及從紐約來聲援的數百名示威隊伍聯合起來，他們在曼哈頓邊遊行邊喊口號及大聲歌唱。從紐約開來的遊覽車圍著「歡迎台灣加入聯合國」布條，威風凜凜地來回行駛。聯合國總部前的河面上停泊了一艘船，船身上張掛著「歡迎台灣加入聯合國」的巨幅布幕。此外，呂秀蓮還租了一具飛船，同樣噴上「歡迎台灣加入聯合國」的標記，在曼哈頓上空緩緩飛行。日後，尼加拉瓜駐聯合國大使告訴秀蓮當時的情形。

「我聽他說，聯合國大會演說結束後，江澤民主席請他到聯合國總部的餐廳喝咖啡，江主席看著窗外停泊的那艘船，皺著眉頭說：『那些人（指台灣）在浪費錢啊！』但我問尼加拉瓜大使，以你的眼光來看，我們的行爲眞的在浪費錢嗎？他回答說：『不！妳做得太棒了，所有進出聯合國大廈的人，全都看到那艘船了。』」

除了陸海空戰術外，秀蓮更利用那艘船在 East River 上舉辦宴席，邀請眾多聯合國人士參加。

當天原本傾盆大雨，秀蓮擔心雨勢太大，恐怕沒有人會來參加，沒料到遊艇啓動後，算一算居然有兩百多人參與，秀蓮在晚宴中發表談話說明台灣加入聯合國的意願，令與會的聯合國各國人士感動不已。直到如今，秀蓮的腦海裡仍清晰記得那艘掛著「歡迎台灣加入聯合國」布幕的遊艇，在河上搖曳的倩影。

之後每當秀蓮去美國時，聯合國的友人都會不約而同問道：「妳的船在哪裡？大家都很懷念那艘船。」

八顆子彈

相反地，國內的政治卻使秀蓮覺得很失望，逐漸失去興趣。到了一九九五年底，秀蓮對政治馬戲團似的立法院已感到非常厭惡。

依秀蓮的個性，一旦下定決心就很徹底地實踐到底，而對於自認爲沒有價値者，則毫無迷戀地捨棄。那年元月十八日，立法院最後一次會期結束那天，她以「再見，立法院！」爲題，公開宣布自己不再參選連任，並對立法院大肆批評。眞奇妙，她竟然獲得超越黨派的認同，不分國民黨、民進黨、新黨，全體委員起立以熱烈掌聲對她的演說表示敬意。

翌年三月，舉辦台灣首次總統直接民選，李登輝獲得選民絕對性支持當選爲總統。原本虎視眈眈進行挑撥的中國只好接受既定的事實，台灣海峽進入了政治上的安定期，國民黨和民進黨之間也難得形成了和諧氣氛。兩黨之間政治觀點的差距比起台灣和中共間的敵對關係，相對的簡單許多。李登輝盡量營造努力停止政爭的氣氛。

一九九六年五月二十日就職典禮前夕，李登輝總統邀請三位民進黨元老擔任國策顧問，民進黨也搭上了政治和諧的便車，開始之前難以想像的國、民兩黨合作。

五月十九日中午左右，總統就職典禮前一天，秀蓮在台北住處接到李登輝的親近友人打來的電話。

「李登輝總統自從妳在立法院擔任外交委員會召集委員起，就一直注意到妳。他擔任行政院長時，妳的婦女運動也讓他留下了深刻的印象。李總統對於妳的入獄深感遺憾，對於妳的外交功勞非常讚賞。」

秀蓮心裡納悶對方的用意，但仍然客氣地回應：

「謝謝誇獎。」

「呂秀蓮小姐，李總統希望妳能擔任總統府的國策顧問。」

眞是意想不到。秀蓮以「我有那麼老嗎？」爲由半推半就，過去台灣的國策顧問大多是由年紀很大的元老擔任，僅有威望，卻沒有實權。

「哪兒的話……一般的國策顧問是象徵性的，但是妳是有給職的國策顧問，而且也有任務。」

聽他懇切的語氣，好像是眞誠的，但秀蓮還是認爲愼重考慮後再做決定。

「給我一點時間，我需要和民進黨以及正義連線的成員商討一下再說。」

總統的友人希望她盡快決定後便掛了電話。

後來得知民進黨已經同意黃信介、邱連輝和余陳月瑛擔任資政，因此民進黨也不能反對秀蓮接下李總統的任命。

秀蓮認爲李總統雖是國民黨出身，但他是代表台灣的總統，總統做得好，就是老百姓的福氣。因此總統做對的，她會積極支持；總統做錯了，她就會誠心誠意地規勸。

西方媒體稱呼李登輝總統爲「民主先生」（Mr. Democracy）、「台灣民主之父」（Father of Taiwanese Democracy），不過秀蓮認爲那有點言過其實。

台灣人民心目中眞正的民主英雄，應該是像爲了政治改革而在獄中度過黃金般青春歲月的施明德，或是爲了言論自由而捨命的鄭南榕，以及爲爭民主而犧牲心愛家人的林義雄等人。他們都是爲了爭取自由民主而勇往直前，使得台灣確立了獨特的國家形象，因此可以名正言順地稱呼他們爲民主之光。至於李總統並沒有直接獻身民主運動，反而在國民黨政權一路升官，只不過他並未像某些國民黨高官參與迫害台灣人而已。但是他當上總統之後，倒很認眞想要幫助反對派人士，以善盡台灣良心使命。

秀蓮對於李總統延聘她擔任國策顧問，覺得很榮耀。不過，她擔心彼此理念的差距，未必適合長期留在李總統身邊。因此決定如不能有所作爲，隨時準備掛冠而去。

一九九六年十一月二十九日，發生了一件很恐怖的事件。

那天早上，秀蓮在來來飯店咖啡廳，與來台訪問的美國官員討論中美政策，這時手機響了，是《自立早報》記者打來的。

「妳聽到消息了嗎？」

對方的聲音很慌張。

「什麼消息？」

「桃園縣長劉邦友今天早上被人殺害了。」

「你說什麼？」

「他在縣長官邸裡被槍擊身亡，到現在還沒確定有多少人死亡。」

這消息使得秀蓮顫慄，然而電話裡的記者這時卻又丟出一個更令人冒冷汗的問題：

「妳要不要參加桃園縣長補選?」

起初只覺得很緊張，但後來想想這眞是個殘酷的問題。剛剛才告訴她發生命案的慘劇，隨即詢問她參選意願，很不合乎人性。秀蓮冷峻地告訴對方：

「你問這話，未免太過分了吧?」

秀蓮趕回辦公室，幕僚向秀蓮詳細說明電視報導的內容。

清晨兩名男子在縣長官邸警衛室搶奪槍枝後，將警衛壓制住，再進入官邸客廳，當時縣長正與幾位縣議員和縣府官員一起吃早餐。歹徒將九名被害人全部押往警衛室裡，用外科用膠帶綁住他們的雙手，蒙住眼睛，隨即開槍將被害人一一擊斃，每一顆子彈貫穿被害人的頭蓋骨。行凶時的槍擊聲，附近居民都以爲是放鞭炮的聲音。放鞭炮來驅邪是台灣的傳統風俗。

兇手穿著寬大的雨衣，從容走出官邸，坐上停在大門口外的縣議員用車，挾持車上休息的秘書。兇手們坐在車子後座，威脅女秘書把車子開往沒有人跡的虎頭山山區。

槍聲響起時，縣長夫人和幫傭都在樓上，不久菲傭出來，看到彷彿是屠宰場般的警衛室，九名被害人橫躺在血泊中。等救護車來時，只有一人一息尚存，其他人都已命喪黃泉。

聽完事件的經過，秀蓮心情很驚嚇。她的故鄉是桃園縣，但她與劉縣長沒有任何交情。因爲劉縣長不但是頗具爭議的國民黨員，而且是桃園地區的客家人。

即使如此，總不能不聞不問，秀蓮趕到醫院，遇見民進黨主席許信良。主治醫師帶領他們到急診室，眼前的景象令人慘不忍睹。

病床上躺放的屍體彷彿木刻的雕像。

「他已經死了。」

醫師邊指著劉縣長的屍體邊說。

「院方要宣布他死亡的消息，但上面指示我們再等一下。」

秀蓮驚恐地望著劉縣長的屍體。兩週前才見到他在桃園巨蛋面對數千名觀眾演講。巧合的是，巨蛋曾經辦過九名殉職消防員的喪禮。劉縣長體型矮小精幹，總是流露出強烈的企圖心。生前執著金錢與權力，但生命結束得太突兀了。

秀蓮繼續探望其他受害者，看到某縣議員的屍體，醫師正在說服他的太太：

「讓他走吧，他上午時就已經斷氣了，繼續做心肺復甦術只會造成肋骨斷裂。」

那位太太想盡辦法要救回已死的丈夫，秀蓮不忍心看下去而轉身離開。所謂的政治，多麼虛妄、多麼殘忍啊！

頓時，她覺得好空虛，如此賣力工作到底爲了什麼？人生非常短暫，在無法預測的意外事件之前更是毫無防備啊！

劉邦友縣長的死亡使全桃園縣陷入一團陰沉。負責偵辦這起謀殺案的檢察官告訴秀蓮說，劉縣長生前政商關係複雜，有許多利益衝突，這次遇害有很多種可能原因。

然而命案現場已被嚴重破壞，無法找到決定性的線索。由於警察未封鎖命案現場，救護人員和記者在染血的地板上留下了數十個腳印。初步蒐證工作宣告失敗，科學性鑑證也沒希望，更令人懷疑的是，原本鮮血染紅的地板「忽然」被「清洗得乾乾淨淨」。

各種假線索使得警方陷入混亂，民間也流傳著各種傳言，案件至今仍未偵破。

率領垃圾車隊的女牛仔

謀殺案後的那幾週，支持者和民進黨政治人物勸說秀蓮參選出缺的縣長寶座。「妳是唯一可以解決桃園問題的人。」他們堅持。有三位民進黨員也表達參選縣長的意願，「讓他們選。」秀蓮告訴她的朋友。民進黨進行了幾個民意調查，每次都以很大的差距遙遙領先後，要秀蓮參選的壓力持續增加。

如果她願意參選的話，黨主席許信良會提出取消黨內初選。許信良還告訴她說，「當家鄉有難的時候，能為家鄉做一點事，是一項任務。」秀蓮頓時想起了很久以前的往事。

「一九七八年我為了參選國大代表而從哈佛大學回國時，當時的桃園縣長就是許信良。後來選舉因美國跟台灣斷交而停止。許信良縣長的秘書來找我，請我挑選壁紙，我不知道究竟怎麼回事，秘書解釋說，縣長的新官邸剛剛完成，許信良請我挑選壁紙，理由是他認為下一屆縣長一定是我。我笑了，告訴他，我野心再大也不會瘋狂到那種地步。連參選念頭都沒有，怎麼可能管得到官邸的事？」

當然，下一屆縣長選舉時，秀蓮根本不可能去選縣長，因爲她在選舉前就被捕入獄。

「桃園眞的需要我，我會試試看。」秀蓮說。

許信良的堅強信念果然使秀蓮改變主意。

整個提名和競選過程進行得十分迅速。等到民進黨宣布提名秀蓮後，沒有一個著名的國民黨政治人物對縣長補選有興趣。因爲對於一個存念貪污的政治人物而言，補選的任期只有短短八個月，當選獲得的好處很少，而那之後立即要爲下一個四年的任期進行昂貴的第二次選舉。最後，國民黨提名中壢市長方力脩。

在一九五〇年代桃園縣的首次縣長選舉中，兩個最大的族群——閩南人和客家人，爲了哪一個族群的候選人可以領導桃園縣而爆發流血衝突。閩南人和客家人都是早期到台灣的開拓者，都被視爲本土的台灣人，雖然他們有不同的語言和文化傳統。桃園縣的閩南人和客家人最後達成協議，這種傳統直到秀蓮當上縣長之前都還嚴格地維護著。客家人擔任兩屆的縣長，而閩南人則擔任縣議會議長。過了兩屆八年的任期後，改由閩南人當縣長，客家人當議長。國民黨認爲桃園縣選民會堅持由客家人完成劉邦友未盡的任期，所以提名一名客家候選人。選舉期間，成千上萬的民眾前來聽秀蓮演說。方力脩則是招待他的客人吃晚餐，但是卻連一個活動小場地都坐不滿。當秀蓮選舉車隊行遍桃園縣時，店老闆會跑出來，給她的競選工作人員一把麵包和飲料。「投呂秀蓮，投呂秀蓮！」他們喊道。秀蓮有足夠的競選活動，知道自己狀況很不錯。國民黨則還沒看到地平線上的風暴。

選舉於三月十八日舉行，那天是凱撒被謀殺的日子。以純粹比喻的意義來說，秀蓮是布魯特斯，而國民黨才是凱撒。投票於上午八點開始，下午四點結束。三點時，國民黨秘書長吳伯雄在中央黨部舉行記者會，桌上擺滿黃澄澄的橘子，象徵大吉大利。

「本來，這場選舉是不利於我國民黨的，」秘書長說，「因爲，我們運用的科技選舉很複雜，所以我們提前向各位媒體朋友作說明，結果顯示方力脩贏了兩個百分比！」

吳舉杯祝賀國民黨的好運，招待記者吃橘子。直到下午四點半第一波的開票在電視上播出。幾乎每一個票所開出來的票，都是呂秀蓮領先了幾萬票的差距。不久後，很清楚地這次的選舉是個爆炸性的勝利。國民黨秘書長吳伯雄靜悄悄地溜走。當最後的開票結果出來時，中壢方力脩總部已是人去樓空，方自己也不知去向。但在不到四百公尺遠的秀蓮競選總部，上萬民桃園民眾聚在一起聽秀蓮的勝利演說。隔週，吳伯雄辭去國民黨秘書長的職務。

秀蓮在三月十八日被選出，而在三月二十七日，就職的前晚，西藏精神領袖達賴喇嘛在桃園巨蛋舉行他第一次的宗教儀式。這是達賴喇嘛有史以來第一次拜訪台灣，身爲當選的縣長，秀蓮受邀與他見面。多麼巧合！秀蓮認識達賴喇嘛好多年了，過去並曾多次安排邀請他來台灣未果。當他終於來到時，時間竟在秀蓮就職典禮前夕，而且蒞台第一次法會就在秀蓮自己的家鄉盛大舉辦。一時之間，劉邦友血案對桃園縣所造成的愁雲慘霧，似乎被一掃而空。

秀蓮就職之前，桃園縣最頭痛的問題就是政治貪腐及環境污染，尤其環境污染問題非常嚴重。依據環保署的調查資料，桃園縣的評分始終敬陪末座。

桃園縣內有八條主要道路的柏油路面含有輻射性物質，禍端起於一九八〇年代，中山科學院核能專家張正義神祕離台赴美，台灣的核能計畫被迫中斷，原有的中科院輻射性廢棄物被丟棄於河川，污染了河床的砂石，而這些砂石又被用來鋪設柏油路。

雪上加霜的是，美國電視製造廠RCA在桃園經營工廠數年期間，違法排放有毒化學物質，這些有毒化學物質滲入地下水，導致數百名員工罹患癌症死亡，連豬隻也受污染而被迫銷毀。

尤其嚴重的是垃圾問題，有三十二萬人口的中壢市，街頭巷尾的垃圾經常堆積如山，撲鼻的惡臭令人難以忍受，甚至有人諷刺說中壢是老鼠、蟑螂和野狗的新興都市。

但這絕不是因爲中壢人懶惰或喜歡骯髒的緣故，而是因爲缺德的政客和環保商人勾結獨占垃圾處理許可，以獲取暴利。

桃園縣一直很愚蠢地支付龐大的經費來使用其他縣市的垃圾掩埋場，理由是桃園的垃圾掩埋場已經溢滿，不能再塡收更多的垃圾，卻不願在縣內建造垃圾焚化爐或新的垃圾掩埋場。當垃圾太多時就需要緊急處理，而「緊急處理」堆放在街道上的垃圾，就成爲聯合獨占的垃圾處理業要求提高費用的藉口。總而言之，這些不肖的環保商人就是藉著中壢市的環境污染而獲利的集團，背後撐腰的就是縣政府和縣議會。

秀蓮在就職典禮的三月二十八日，立刻要求中壢的垃圾回收單位改進，然而縣政府環保局卻說，桃園縣內所有垃圾掩埋場已無法使用，只能就近使用苗栗縣的掩埋場。

垃圾車隊到了苗栗時，一群人聚集過來擋路，表示不允許將垃圾倒在他們的地方，堅持反對到底。於是只好叫垃圾車開到嘉義，然而當地的掩埋場主人卻說：

「抱歉，剛才已經有人買下了這掩埋場。」

得趕快找到解決方法才行。如果不把中壢街頭弄乾淨，秀蓮將無法競選連任，明白這個道理的國民黨人士一直在策劃用垃圾危機扳倒呂秀蓮的陰謀。

這時，一位幕僚提議，可以考慮看看桃園縣龍潭三和地區的垃圾掩埋場。

「三和垃圾場是山谷凹地，而且當地的居民都把票投給妳。」

此一提議值得一試。秀蓮向龍潭鄉長求援。

「呂縣長，我了解妳的艱難處境，但我不能公開答應妳。」

縣府人員於是私下拜訪三和鄉民，暗中尋求支持。當一切安排就緒，某個初夏的深夜時刻，秀蓮搖身一變成爲五十部垃圾車隊的總指揮，載運著中壢市的垃圾向龍潭地區出發。

「當時我覺得自己好像變成了女牛仔。」

秀蓮開玩笑地說了當時的心情。不過，現場的狀況絕不是開玩笑。才剛剛向山谷傾倒一卡車的垃圾，噪音立即引起附近居民的抗議。不多時全村男女老幼都趕過來了。

「很抱歉打擾到各位的休息時間，我也不得已，沒有其他選擇的餘地，大家都很明白，台灣氣候高溫多濕，如果讓垃圾繼續堆在中壢市街上不管，我們全桃園人的健康都可能受到影響。如果你們答應，我會正式簽約來使用這個掩埋場，會支付豐厚的回饋金，也會盡力消毒及除臭。」

秀蓮一說完，立刻飛來狠狠的責罵：

「我們已經忍受惡臭二十年了！」

秀蓮也飛快地回答：

「所以就讓我來處理吧。我會在掩埋場塡滿後，盡快徹底封埋以免發出惡臭。不然你們往後二十年還要繼續忍受惡臭也說不定。」

「騙人！不能相信！」

「爲什麼認爲我說謊？」

「因爲以前縣長都會說謊。」

「上次選舉時，你們投給哪個人？」

「我們都投給妳。」

「既然你們選了我，就給我機會吧。」

「我們感到失望。因爲國民黨長久以來都欺騙我們，我們才投給妳，妳卻用垃圾來報答我們。」

無話可說，秀蓮一再向居民道歉，轉身帶領尙未完成任務的五十多部垃圾車在毛毛雨中緩緩退後。

「這時我的內心非常掙扎，但絕不是擔心自己因爲處理不好垃圾而被迫辭去縣長一職，而是擔心若就此退縮，公權力完全破產，等於放任不肖業者聯合壟斷謀取暴利，中壢市民也因而繼續住在垃圾堆中。幕僚建議我要借助警力，使得我更加掙扎，因爲我最厭惡動用公權力向民眾施壓的作法。」

凌晨二點三十分，秀蓮不得已向警方要求支援。不到二小時後，警察局長率同一百八十名警察趕到。

「請把槍枝和警棍全部收起來。」

秀蓮最先交代他們這件事。

「居民沒犯任何罪，是我們要拜託他們幫忙。所以，無論如何，不可使用攜帶的警棍，我們應該避免任何流血，而以和平的方式處理這些垃圾，明白我的意思嗎？」

這時手機響了，現場的協調人員在電話中報告，大部分的居民都回家了，現在應該可以開始倒垃圾行動了。

十二輛警車在前面開道，不久居民再次聚集過來擋路，甚至有人抬出一具空的棺材來示威。

秀蓮抵達時，居民故意呼天搶地，有人索性趴在地上，以肉身阻擋，不讓車子通過。秀蓮試圖靠過去，他們卻大吼大叫說不可以靠近。

秀蓮以沉痛的心情向局長下達指示，警員們隨即遵照局長的口令前進，徒手抬起趴在地上的居民，強制撤離後，載運垃圾的卡車才逐漸開進掩埋場。秀蓮前前後後逐一和辛苦的卡車司機握手致謝。

看看垃圾倒得差不多，消防隊也開始噴水清洗道路，秀蓮才離開現場。回到家裡打開電視，七點鐘的晨間新聞正在播報這件事，一輛輛垃圾車前進垃圾場的情景，像極了美國西部電影的「篷車英雄戰」，秀蓮不禁暗笑自己。

政治的弔詭

之後，秀蓮派縣府員工到龍潭地區挨家挨戶拜訪，說明不得不臨時使用該地區掩埋場的苦衷。經過數次說明會與協調會之後，居民終於允許縣府正式傾倒垃圾。縣府也在端午節時致贈每戶回饋金。

爲了積極解決中壢垃圾，秀蓮不斷進行異地標建垃圾掩埋場。終於找到一塊土地進行議價。

「要回扣嗎？」

地主問，接著又加上一句：

「過去的縣長都收回扣。」

縣府主任秘書回答：

「不，我們希望價格再低一點。」

「眞的？」

「呂縣長絕對不會收回扣，我保證。」

「如果眞的不收回扣，我就以每坪三萬六賣給縣政府。」

秀蓮購買土地之後，將原本一家公司獨占的垃圾回收業務，分攤給七家公司。並且爲了日後垃圾處理的效率與安全考量，而準備以BOO方式興建大型焚化爐，經過公開招標的程序，在八家投標公司中選出欣榮公司，由他們提供土地、資金及技術，利用最新科技迅速興建完成，政府不花一毛錢，只負責將桃園縣的垃圾收集給他們。欣榮公司的焚化爐可以將垃圾處理發電供應給台電賺錢。眞是化垃圾爲黃金！

八個月後舉行的第二次縣長選舉中，即使對手用盡各種威脅手段及謀略，秀蓮仍以壓倒性的得票率擊敗國民黨的縣議會議長陳根德，桃園縣民比上次選舉時還多五萬五千人把票投給了秀蓮。

一波未平，一波又起。一九九八年二月十六日夜晚，秀蓮在台北接到記者打來的電話：

「中華航空客機失事了！」

不久後又打來另一通電話。

「妳怎麼還在台北？盡快回桃園！」

秀蓮對著電話反問：

「客機失事，我爲什麼要回桃園？」

「因爲墜機事故發生在桃園，離中正機場只有幾公里。」

秀蓮於是急忙趕到慘劇現場，發現現場一片黑暗，到處煙灰瀰漫。客機墜落時爆炸，電線杆被撞倒破壞，導致那一帶地區全都停電。爲了成立緊急救災中心，而運來發電機，利用微暗的燈光展開救災工作。當秀蓮從台北趕到時，警方、消防隊和檢察官也陸續抵達。

中華航空客機 A-300 自印尼峇里島飛回中正機場，在晚間八點十五分左右失事墜毀，二百零二名乘客全部罹難，罹難者的手臂、腿、支離破碎的屍體散布於客機墜落的街道各處。秀蓮知道罹難者家屬一定會趕來現場，因此立刻安排各項準備工作。

搭帳棚以防萬一下雨，並擺設桌椅，準備熱薑茶，指示工作人員從桃園縣各地棺材店預籌足夠的棺材。秀蓮確認連弔喪用的菊花都準備完畢後，便去見罹難者家屬。

罹難者家屬都聚集在機場外的過境旅館，他們連家人的生死狀況都不清楚。

秀蓮向中華航空公司抗議：

「這種做法不對！應該告訴罹難者家屬事實眞相。」

但是航空公司仍然拖拖拉拉，因此秀蓮只好扮演黑臉的角色。

「各位，我是桃園縣長呂秀蓮，我不得不告訴各位空難的眞相，所有乘客全都罹難了。」

秀蓮到如今仍然無法忘記當時聽到的哀嚎聲，那哀嚎聲在過境旅館的窗子和屋頂迴盪。家屬痛哭喊冤的傷心場面，令人不忍卒睹。

「各位家屬，我知道你們的傷痛，但不幸已經發生了，你們先到旅館房間休息，等失事現場清理好，再讓你們去認屍。」

秀蓮好不容易安撫吵嚷著要親自確認情況的家屬各自進入華航安排的房間後，立即到現場指揮處理。

自凌晨四點起開始下雨，還好下雨，氣溫因而下降，相當程度減低了屍體惡臭的擴散。

由於桃園縣的殯儀館不足，秀蓮堅持將所有的屍體送到台北縣去，自凌晨五點左右開始用冷凍卡車搬運屍體，到上午九點左右失事現場已大致淨空。

秀蓮在回家途中，翻閱報紙，驚訝不已，《中國時報》詳細報導災情，並說行政院長蕭萬長親來現場指揮救災事宜。蕭萬長何時來過？後來秀蓮問現場記者，中央或省政府有哪位官員來過現場？除了秀蓮，沒有官員到現場！

秀蓮一回到家，接到秘書打來的電話：

「呂縣長，省長宋楚瑜下午三點鐘會抵達現場，不知道呂縣長能不能陪同他？」

「請你轉告他，我拒絕陪同。他應該在昨晚墜機後第一時間趕來才對，怎麼可以等到一切處理得差不多之後才來？」

秀蓮氣頭上說了重話，也從不後悔當時不去陪省長。

無論行政院長或省長，至少在當晚出現一下，會大有幫助。例如運用特別命令，調來鄰縣的檢察官協助驗屍，將可大幅減低桃園縣十一名檢察官的工作壓力。因為檢察官必須在一夜之間，為兩百多具散碎滿地的屍首逐一相驗作紀錄，又恐怖又辛苦，檢察官們個個臉色雪白，疲憊不堪。

無論何時何地發生任何災情，高官立即出現在現場才能迅速處理問題。秀蓮認為無論行政院長或省長沒有在當晚馬上出現，顯見他們沒有面對慘劇的勇氣，也缺乏處理危機能力。

想不到兩年後，蕭萬長成了副總統候選人，而被國民黨開除黨籍的宋楚瑜則以無黨籍身分成爲總統候選人，不過，最後他們都落選了，反倒縣長呂秀蓮當選副總統。

意料之外的提議

有一次，秀蓮到東部的花蓮時，經歷很奇妙的經驗。當時參觀一家展示各種玫瑰石的博物館，一位中年男子走過來招呼她。

中年男子趁旁邊無人時，偷偷問秀蓮：

「妳可不可以告訴陳水扁走路時腳步放慢一點？這樣才能展現穩重形象。」

「咦，爲什麼要由我去跟陳水扁說這種話？」

「而且他需要修補牙齒。如果陳水扁再參選台北市長，將會落選，不過他可以準備參選二〇〇〇年的總統。如果妳擔任他的副總統候選人，可以給他帶來好運，也就是說，妳會幫陳水扁當選。」

秀蓮仔細觀察了一下中年男子的臉，看起來不像精神有問題的人，反而有一種神祕莫測的靈氣。原來那人就是玫瑰石博物館的主人蔡董事長。

後來又有一次，秀蓮到南部地區視察，搭乘的車子經過休息站，秀蓮去洗手間出來時，一位坐在對面桌子旁的中年男人叫她的名字：

「呂秀蓮縣長！」

「有什麼事嗎？」

「請問妳可不可以暫時過來一下？」

他邊用手指用力叩著桌面邊說：

「喝一杯茶吧。」

秀蓮不敢立即過去，與他保持距離站著。他邊將茶倒進小茶杯，邊喃喃自語：

「妳應該準備選舉。」

秀蓮覺得好奇怪，回答說：

「我剛剛才結束第二次縣長選舉。」

「所以準備二〇〇〇年總統大選的時候到了。」

男人說話時一直用手指叩打桌面。

「到時候妳會出馬成爲副總統候選人。」

秀蓮笑著回答：

「謝謝你請我喝茶。」

幾個月後，民進黨內部開始爲二〇〇〇年總統大選的候選人問題傷腦筋。

秀蓮對兩位候選人陳水扁和許信良都欠下很大的人情債。曾任桃園縣長、民進黨黨主席的許信良，提名秀蓮參選桃園縣長；而擔任台北市長的陳水扁，也曾任其競選總幹事。

這回輪到他們兩人要參選，秀蓮期待他們兩位能化解對立，協調出單一候選人，或者一正一副搭檔選舉。但由於各種因素，使得秀蓮的期待落空。

一九九九年三月初，秀蓮啓程訪問美國傳統基金會等智庫，並應邀參加「台灣關係法」制定二十週年的華府會議。「台灣關係法」是美國政府明確規定美國和台灣之間維持非正式關係的美國國內法，該法規定美國應銷售防禦性武器給台灣，因爲對台灣的任何軍事威脅都是違反美國國家利益之舉。

秀蓮剛出門前往機場途中接到秘書的電話。

「呂縣長！」

他的口氣稍顯激動。

「陳水扁市長想見妳。」

「你知道我馬上要搭飛機。」

陳水扁是她的台大學弟，也是《美麗島》事件時的辯護律師之一，他在呂秀蓮參選桃園補選縣長時主動擔任總幹事，秀蓮對他有好感和感恩的心，但卻沒有私人交情，而且以前也從來沒有和陳水扁共事的經驗。

「有沒有說是爲了什麼事？」

「沒有。只說想跟呂縣長聊一聊。」

「先轉告他，等我回國後再見面。」

秀蓮說完掛了電話，心想也許是爲了與許信良之間的對立，想得到她的支持吧。

回台後，託人連絡陳水扁，這回輪到他要去蒙古，所以兩人又隔了一陣子才眞正在台北遠東國際大飯店會員俱樂部見面。他的態度拘謹嚴肅，兩人討論了國際情勢及台灣未來的相關事項。陳水扁計畫前往華府，因此秀蓮以爲他找她是爲了詢問有關美台外交。

然而他卻突如其來地問她對於二〇〇〇年總統大選的看法。

「我認爲……民進黨內部的分裂相當嚴重，我希望你和許信良能夠找到兩人共同合作的辦法。如果需要我幫忙，儘管說。我一直很感謝你們兩位曾經幫過我。」

「妳認爲有可能嗎？」

「爲什麼不行？」

「事情太複雜，機會已經過去了。」

秀蓮由此明白陳水扁完全放棄和許信良合作關係的嘗試。

「兩位之間的對立，對民進黨的形象有不好的影響。必要的話，我願意替你和許信良溝通。」

「謝謝妳的好意，但一切已不可能。如果有機會成爲總統候選人時，呂縣長能不能當我的副總統候選人？」

秀蓮錯愕地反問：

「爲什麼會找我？我們過去互動並不多。」

「我和我太太討論過這個問題。我太太支持妳。妳的學歷高，又是美麗島受難者。妳在北部，我出身南部。妳在國際關係上很有貢獻，也做過立法委員及國策顧問。目前更以桃園縣長的身分表現出卓越的行政能力，妳對台灣婦女最有貢獻，我認爲能夠得到女性選民支持的，妳是不二人選。」

「不，能與你合作的人才很多。」

「妳是指哪一位？」

秀蓮提了許多人的名字，但是陳水扁都逐一婉拒。

「呂縣長，我原本不敢請民主運動的前輩當我的副總統候選人。不過我還是誠心拜託妳，請妳認眞考慮一下。」

眞是意料之外的提議。當年夏天，許信良宣布退出民進黨，民進黨同一天隨即提名陳水扁爲總統候選人，果然應驗了花蓮那位蔡董事長的預言。

水上蓮花

無視於秀蓮在民間的聲望，以及陳水扁精心考量的幾大理由，民進黨內的許多派系人士都不太認同秀蓮，他們向陳水扁提議挑選黨外人士做爲搭檔候選人，而各媒體也連日來不斷討論誰適合當副總統候選人。

民進黨內派系人士主張以黨外人士爲副總統候選人的理由很簡單，因爲他們判斷陳水扁在大選中獲勝的機率幾乎是零，台北市長選舉落敗後，再度落選的話陳水扁的政治生命就會徹底結束，因此副總統候選人就會成爲下屆總統候選人。他們不希望任何人卡位，乾脆找一個非民進黨人陪選就好。等到二〇〇四年時人人就都有機會了。

陳水扁心意堅定，他所表現的一貫態度令人信任。秀蓮在夏季尾聲時接受了副總統候選人的提議，接受的理由有兩點：第一，爲了提升台灣婦女的地位；第二，更要提高台灣在國際社會上的能見度，因爲有一位女性候選人，很能引起國際媒體的注意。

由於黨內的意見很多，陳水扁將此事保密了一段期間。到了九月十八日，在桃園縣舉行台灣歷年來規模最盛大的集會中，他向民眾發問：

「我應該選哪一位來當副總統候選人？」

「呂秀蓮！」

「是誰？」

「呂秀蓮！」

民進黨和陳水扁的助選團所做的民意調查結果，秀蓮都榮獲最佳搭檔候選人的民意支持，更加堅定陳水扁決定由秀蓮爲副總統候選人的決心。

桃園晚會第二天，秀蓮率團飛往中東訪問卡達（Qatar），參觀天然氣油田。當晚正參加由卡達王子主辦的歡迎會時，她的幕僚跑來傳達了可怕的消息。

一九九九年九月二十一日凌晨，強烈地震搖晃了整座台灣島，使得震央附近南投、台中等地區門窗破裂、房屋倒塌。台灣歷年來最大規模的地震強烈襲擊了台灣，導致二千多人死亡，近萬戶房屋倒塌。

秀蓮連忙搭機回國，放棄續往歐洲的行程。她並打電話回桃園，呼籲全市公教人員捐出一天的薪資，因此募得了數千萬元。

回國後秀蓮帶領桃園縣府團隊，立即前往各地災區，發放捐款，並且認養南投市和苗栗縣卓蘭鎭。

「國際團體的援助陸續湧來，提供各項物資給急需的災民。當全世界都爲重建台灣響應救災，唯有中共例外。中國大陸不但不幫忙，更從中作梗阻擾，主張世界各國的救援物資不應直接送交台灣，而應該透過中國政府轉交。甚至俄羅斯救援隊爲了直飛台灣而申請中國大陸開放領空，中國仍堅持不肯。」

死亡人數達兩千名以上，房屋倒塌上萬間，無家可歸者也有數萬人。中國是否因爲人口太多，死了兩千人根本不算什麼？這種不重視人命的共產國家成爲世界強國，不僅對台灣，對全人類來說都是一種不幸。

隨著救災工作告一段落，陳水扁接受呂秀蓮的建議，選擇在《美麗島》事件二十週年（一九九九年十二月十日）那天正式宣布秀蓮搭檔參選。秀蓮回顧當年催淚彈煙霧、暴動及點燃民主火把的那夜，內心依然激動。台下掌聲如雷，凱悅飯店舞台上，陳水扁公開宣布呂秀蓮爲他的搭檔候選人。秀蓮不禁有一種恍如隔世之感。

「二十年前，我因《美麗島》事件煽動叛亂罪而接受審判，當時陳水扁擔任我以及其他被告的共同辯護律師。如今我除了喜悅之外，也覺得無限感恩。我接受此一提名，同時發誓我會盡心盡力與他合作。如果陳水扁當選總統，等於我們在民主的神聖戰場上再次得勝，並且因而開啓引領台灣歷史邁向光明勝利時代的大門……」

當時，這對在台灣民主坎坷命運的歷程中產生的參選搭檔，最強勁的對手是宋楚瑜，他享有勤政愛民的美名。中國大陸出身的他，確認自己沒希望被國民黨提名爲總統候選人後，依然執意參選，因而被國民黨開除黨籍，但在當時各項民意調查中，宋楚瑜幾乎都領先其他候選人。

但在陳呂配宣布不久，宋楚瑜突然被揭發曾挪用國民黨公款的醜聞，使得選情顯著逆轉。宋的兒子在中興票券的帳戶中有來路不明的一億四千萬元鉅款，大約為三千萬美元，此外才二十九歲的他在美國竟擁有五棟房屋。如此巨額的金錢到底從哪裡來？強調自己為清廉改革候選人的宋楚瑜形象因而受到重創，此一事件對二〇〇〇年總統選舉結果產生決定性的影響。

宋楚瑜的民意支持度急遽下降，在選前兩個多月，陳呂配開始領先。但這並不表示選情全寄望在對方的紕漏上，而是陳呂配能夠發揮吸引力，令人耳目一新。

首先他們比國民黨候選人清廉，而且兩人矢志致力於革除政壇陋習，打造民主社會。陳水扁的太太雖然因疑似政敵所設計的車禍導致終生坐輪椅，依然以樂觀的態度努力為先生助選。此外，呂秀蓮是北部出身，陳水扁是南部出身，也使得他們的搭檔有利於獲得全國性的支持，加上他們這一組獲得了台灣婦女的全力支持。因此可以大膽地說，呂秀蓮是改變原本男性專擅政治的第一功臣。

陳水扁與呂秀蓮以「水蓮配」代表兩人合作的象徵圖騰，「水」取自陳水扁的水，「蓮」則取自秀蓮的蓮；「水」代表生命和純淨，「蓮」則代表出淤泥而不染的美麗。

每天晚上都舉行政見發表會，秀蓮甚至在一天之內奔走五個縣市演講十八場，從台北縣、基隆、台中、南投到嘉義，全台走透透，創下驚人紀錄。巡迴演說期間體重減輕了六公斤，害得她的裁縫師忙著重做她的新衣服。

在一個濕冷的雨天，秀蓮依然在競選宣傳車上揮手好幾個小時，儘管穿上雨衣，雨水還是濕透了身體。那天晚上，開始發高燒，但到了第二天早上，秀蓮勉強從高雄搭飛機回台北，立即住進長庚醫院打點滴。到了中午，她拔下手臂的靜脈點滴針頭，趕到政見會場演講，之後再回醫院打針。

漫步在春天的陽光下

諾貝爾化學獎得主李遠哲是台灣最受尊敬的學者，過去曾請他參政但被婉拒，因而受到人們更大的尊敬。他與陳水扁私下見過幾次之後，承諾如果陳水扁當選，他願意擔任國政顧問團的首席顧問。

能得到李遠哲的支持，代表擁有了非常穩重的得力幫手。不過，三月十三日星期一，股市竟然暴跌百分之七。這種打擊可說是黑色星期一，有些股市分析家認爲，國民黨爲了嚇唬選民，大量拋售股票以便打擊陳呂配的聲勢，於是選民一致譴責國民黨爲了選票而犧牲投資人的利益。

三月十五日，距離選舉還有三天，中國插手干擾台灣的總統大選。中國總理朱鎔基在全國人大會閉幕記者會上，警告台灣選民不要選出「錯的候選人」，接著又說：

「警告台灣人民，在面臨歷史關鍵時刻，切莫一時衝動，以免後悔莫及。」

朱鎔基用手指著鏡頭的模樣盛氣凌人，語帶威脅，等於警告台灣人民不可以選陳呂配。股市的暴跌和朱鎔基的警告，看起來對陳呂配來說不是好消息。就像一九九六年總統選舉時對台灣海峽發射飛彈一樣，這次中國還想對台灣總統大選進行干涉。

台灣人民的反應大約分為兩種：有的人批評中國干涉台灣的內政；有的人擔心萬一陳呂配勝選，兩岸的關係恐怕會更惡化。

早就對中國政府干涉台灣內政感到厭煩的人民，因為朱鎔基這次的發言而引爆了心中的怒火，這股怨氣全盤轉化為積極支持陳呂配的氣勢。另一派對兩岸關係膽怯的選民則傾向宋楚瑜，他們認為宋楚瑜是外省人，而且是兩岸統一論者，因此將可妥善解決兩岸關係。

最後一波的選舉造勢活動既狂熱且莊嚴，球場中央及四周看台上擠滿支持的群眾，後面的聽眾伸長著脖子注視前方，沒佔到位置的支持者則在球場外圍設置的大型螢幕前注視活動現場。

「活動結束後，我回到住處，我的心情非常平靜，很奇妙，擔憂及緊張的感覺全都消失了。當晚我難得睡得很甜，三月十八日早上很早就起床，到桃園家附近投票所投票，投完票後，我就到台北競選總部，準備當選感言的英文稿。因為我知道我們會贏。」

到了下午，陳呂配便以明顯落差領先。這是台灣歷年來投票率最高的一次，百分之八十二的投票率可說相當驚人。傍晚七點多鐘，開票結果證實陳呂配當選，秀蓮並不意外，因爲她老早練就一番功夫，每回選舉到了投票日前幾天，她大概就能預言誰勝誰敗。

晚上九點鐘，秀蓮和陳水扁一票人，站在慶祝勝選的舞台上，哥哥傳勝站在她的身邊。傳勝讀台大法律系一年級時，曾經幫黨外人士助選演說，當時秀蓮才讀小學六年級。哥哥的助選演講每次都讓秀蓮感動，人們也常誇獎傳勝，說他將來一定會當縣長。

不過後來當上縣長的人卻是秀蓮，並且將國民黨政權五十四年漫長暗鬱的歲月劃下句點，成爲台灣歷史上第一位女性副總統。

在勝利的夜晚，秀蓮不覺思念起父親。當秀蓮還小時，父親很喜歡看歌仔戲，也喜歡聽選舉政見會，但秀蓮對歌仔戲沒有什麼興趣，反而喜歡跟爸爸去聽政見。她入獄期間曾回顧小時候的事，如果當時她乖乖地陪爸爸觀賞歌仔戲，自己可能去唱歌仔戲，如果當了明星，至少後來不會坐牢。

人在高興或悲傷時很容易思念已過世的父母，因爲做子女的遭遇不幸時，總會想到幸好父母不用親眼目睹自己受苦，而覺得稍微心安。喜事來臨時也自然想到，如果父母健在不知會有多高興！

此刻特別思念起父親，因爲連正式小學都沒念的父親，爲秀蓮解說中國哲學和羅斯福的事蹟，以及第二次世界大戰所留下的歷史教訓，父親正是秀蓮最偉大的老師。

但在二〇〇〇年五月二十日，秀蓮卻特別思念起母親。副總統就職典禮的那天剛巧正是秀蓮的農曆生日。母親在一九四四年六月六日諾曼第登陸作戰開始那天生下了秀蓮，是農曆四月一日，到了二〇〇〇年恰巧國曆五月二十日！秀蓮不禁佩服母親眞正了不起！秀蓮因此把自己的榮耀獻給母親。假如母親還活著，親眼目睹今天的榮耀，應該再也不會怨嘆說，妳如果是男孩多好了吧？

五月二十日，那天充滿了溫暖的陽光。總統府外面連接至講台的路上鋪了紅色的地毯，陳呂二人在擠滿廣場的人民熱烈歡呼聲中並肩踏上了紅地毯，向民眾揮手。

秀蓮是向差點被賣爲養女的過去，向因爲生爲女兒身而忍受差別待遇的記憶，向蠶食自己身體的癌細胞，向對她威脅及嘲諷的暴力分子，向悽苦的囚禁生活揮手。

後記

呂秀蓮特別爲我說明二〇〇四年三月十九日發生的槍擊事件。那天是個陽光燦爛的春天。

「陳總統站立在吉普車裡，車隊緩慢地行駛在歡迎的人群中。我則坐在他身邊的高腳椅上。因爲一週前腿部嚴重受傷，那天無法站立。我還記得很清楚，那天民眾的歡呼聲及鞭炮聲，吵雜得使耳朵都快要聾了。忽然間我的膝蓋有了重重的感覺，而且非常痛，但我咬緊牙關極力忍住，趕快掏出一疊衛生紙把血止住。因爲我擔心槍手仍在現場，萬一我驚嚇喊叫，恐怕引發激烈槍戰，波及無辜。」

「盡快到醫院去吧。」

秀蓮指揮司機，這時才發現總統的夾克也有血跡。

「總統！你也中彈了？」

馬路上兩旁歡迎的民眾揮舞著旗子，總統和秀蓮忍住疼痛向他們揮手。車隊到達醫院時是被槍擊十五分鐘之後。

關於槍擊事件，議論紛紛。有些人認爲，中國是幕後的指使者；有些人則認爲是競選對手爲了阻撓陳呂連任而企圖暗殺；有些人主張是政治狂熱分子所爲；國民黨則宣稱是民進黨內部自導自演的陰謀。

因爲根據總統副總統選罷法，如果總統死亡，選舉全面中斷，但副總統遇害時，競選活動仍然照樣進行，等當選後再另外補提一位副總統即可。於是泛藍的人傳言民進黨爲了拉高選民的同情票，而企圖暗殺秀蓮。

「我是讀刑法的人，除非有明確的證據，我不相信傳聞，而且我更信任陳總統的爲人，他絕不會爲了滿足自己的權力故意犧牲別人。」

「難道從來沒有懷疑過？」

我以格外執著的態度問。

「懷疑並不會因爲風聞而產生，而是因爲不夠信賴才會產生。他在提名副總統的過程中，不理會眾多的反對意見，而再一次提名我。在眾多民進黨人中，我連續兩次被總統提名，肯定會讓不少人嫉妒，但總統依然毫不動搖，堅定地支持我。事實就是如此，怎麼可能會爲了勝選而自導自演所謂的騙局呢？」

「也許我看過太多的政治騙局吧。」

「妳知道陳總統是怎麼樣的人嗎？他是曾經爲差點被判死刑的政治犯辯護，而且在很久之後與那政治犯攜手用和平的方式打倒專制政黨的人。妳不認爲這是非常美好的故事嗎？如此美好故事的主角會操作槍擊事件嗎？操作的人不是陳總統，絕對是另有其人。」

呂秀蓮對此信心十足。說得也是，眞相只有一個，但在眞相完全大白之前，可謂言人人殊。無論如何，能夠確定呂秀蓮對陳水扁總統非常信賴和尊重。

鑑識專家李昌鈺博士測量槍彈射擊的高度爲一百四十七公分，而秀蓮身高一百五十七公分。當時如果秀蓮直接站在吉普車上，槍彈可能會命中她的胸膛，幸好她坐高腳椅子彈才會射到她的膝部，而她所以會坐在高腳椅上遊街，原因是三月十三日晚上的大型政見會，她因爲趕著上舞台演講，急忙間，右腳踝踢到舞台木柱，當晚右腳流血腫大，又沒有看醫師，隔天開始拄拐杖競選，腳傷也一天天嚴重，所以三一九那天她只好坐上高腳椅遊街，而且出門前用厚繃帶包紮腿部並穿上絲絨長褲。所以子彈打過來時，沒打到她的胸膛，也沒打碎她的膝蓋。原來老天爺先讓她用腳受傷來救自己一命！

「我眞是個命大的人。」

呂秀蓮邊說邊淡淡地微笑。

最近她正爲「民主太平洋聯盟」的活動而費心，此一團體是在日本投降六十週年的二〇〇五年八月十四日創立的，以民主、和平、繁榮爲目標，強調「沒有眞正的民主，就沒有眞正的和平；沒有眞正的民主與和平，就沒有眞正的繁榮。」經過三年籌備，一成立就有環太平洋二十八個民主國家參加，眞是不簡單！

二〇〇五年民主太平洋聯盟區域會議分別在瓜地馬拉和東京舉行，今年則在首爾舉行。

我問她：

「有沒有計畫來首爾？」

「韓國政府不會讓我去。」

「過去的中國是軍事大國，如今已成長爲經濟大國，也許未來他們的施壓會更加凌厲，妳打算如何應付？」

「一方面讓世界了解台灣的現況及中國的蠻橫，另一方面加強與世界各國之間的聯繫。不流動的水會發臭，就算面對阻礙流動的巨大牆壁，仍應爲了克服它而繼續不斷活動。如此一來，總有一天，那面牆壁會產生龜裂，最後會倒塌。面對不公時保持沉默等於鼓勵惡行，因爲從中獲利的還是中國。」

「目前爲了與世界保持聯繫而推動的案子有哪些？」

「二〇〇五年時我參加了瓜地馬拉共和國舉辦的副總統會議。巴拿馬、薩爾瓦多、宏都拉斯、哥斯大黎加等國的副總統均踴躍參加，我們研擬了一項永續發展方案，那時我們曾經以韓國的發展模式爲重心而熱烈討論。」

「所謂韓國的發展模式，是指經濟方面嗎？」

「沒錯。」

「依我看，韓國人本身似乎沒有感覺到韓國經濟成長的事實，直到出國在海外目睹如三星電子、現代汽車或裴勇俊的巨幅廣告看板之後，才感覺到韓國有發展。」

「韓國的發展是千眞萬確的。過去台灣的經濟力優於韓國，但現在反而被韓國追趕上來。不過，以世界第三高外匯存底來看，台灣還是一個很有潛力的國家。」

「以潛力來講，韓國也是同樣的情形。」

我呵呵大笑，呂秀蓮也如往常一樣以溫和的微笑來回應。

「剛才一時轉換了話題。請問成立民主太平洋聯盟的主要宗旨是什麼？」

「民主、和平與繁榮。我們爲了防範地球上發生任何戰爭而展開各種活動，包括促進民主、人類安全與經濟繁榮的相關計畫等等。希望有助於環太平洋國家的永續發展。」

「依我淺薄的經驗，大部分的會議僅在會議現場熱烈討論，但眞正實踐爲具體的例子極少。尤其沒有實際利益的會議更是如此。能不能再具體說明一下？」

「譬如我們會提供獎學金給會員國的學生來台攻讀碩、博士課程，就像我過去以美國的獎學金讀書一樣。另外打算串聯包括韓國在內的環太平洋等二十八國的國會議員，成立太平洋國會連線，以及太平洋大學連線，與婦女發展中心等。目的在於透過除了政治以外的文化、藝術、教育、婦女等多元領域的網絡，促進環太平洋各國的發展與合作。說實在，戰爭是由無能的政治家發動起來的，將老百姓的關心轉向海外，以便隱藏自己的無能，我一直以來都主張柔性力量的原因在此。」

「聽妳這麼說，讓我頓時想到美國。」

呂秀蓮似笑非笑地說：

「我見過布希總統的弟弟佛羅里達州的州長，當時我跟他直截了當地說，我們台灣幫忙管理美國的後院，但是你們對台灣回饋了什麼？」

「幫忙管理美國的後院是什麼意思？」

「台灣五十多年來一直吃力地維持中美洲和加勒比海的邦交關係，那是美國的後院。他們屏障了太平洋前線，如果沒有台灣，他們就和中共建交，共產勢力就會在那兒蔓延，美國爲了牽制中國，便必須大幅增加該地區的國防費用支出。」

「原來如此。目前妳在國內做哪些事？」

「主持總統府的人權諮詢委員會。此外，我也主持科技諮詢委員會，因爲科學技術發展很重要，是台灣最重要的經濟命脈。另外，我一直協助推展觀光事業，因爲我喜歡旅行，平常愛爬山或參觀名勝古蹟，每次出外看看就覺得台灣眞是一個美麗的國家。我們應該利用台灣的美麗來吸引更多的觀光客。」

「打算用什麼方法？」

「由於台灣的交通網相當完善，近年來，退休的日本人來台灣長住（Long-stay）的例子愈來愈多，因此我想要催生幾個舒適又美麗的銀髮族社區。」

「針對年輕人的政策有哪些？」

「除了栽培科學技術人才之外，對文化、藝術方面有才華的年輕人，也逐漸增加提供援助。另一方面，台灣的未婚男女愈來愈多，也許工作太繁忙而很少有機會與異性約會，因此我舉辦『同心緣』活動，提供未婚男女多一點接觸的機會。」

「副總統六十年來都是單身過日子。如今是否應該更關心自己？」

「以前我在報刊上發表文章，就會有很多男人寫信或打電話來想與我見面。」

「好羨慕。我發表文章，不要說男人，連女人都沒有寫信或打電話給我。」

呂秀蓮淡淡地微笑。我忽然覺得很好奇，她到底有沒有大聲笑過？

「那麼，那些信函或電話有沒有轉變爲眞正見面的例子？」

「從來沒有！首先我自己沒有興趣，而且要我見一個身分不明的人，將會遭遇什麼樣的事都不知道。表達感情是每個人的自由，但如何回應則全然是我自己的事。」

「我想聽聽看妳私下想做哪些事。」

「時候到了，我就會隱退，靜靜地寫作。想親手寫下個人的經驗、感想，與親友之間的故事等等。」

「希望妳的著作也能在韓國出版。到時候我會去買那本書來看，如果妳拿到版稅，就好好請我一頓。感謝妳接受我長時間的採訪。」

我們倆起身握手後，呂秀蓮引領我到廚房旁邊的餐桌，那裡已經擺上了台灣傳統料理。

我爲了採訪呂秀蓮，三度訪問台灣，然而每一次都是進行馬拉松式的採訪。二〇〇五年地方選舉期間，我還跟隨她到南部地區的政見會場。

她總是很忙。總是從某個地方匆匆過來，然後又要匆匆去某個地方，日程總是排得滿滿的。採訪途中到了用餐時間，我和呂秀蓮便面對面坐著吃便當。但沒料到，採訪全部結束時，竟有山珍海味在等著我。

「早知道這樣，我應該早一點結束採訪才對。」

我持續試圖跟這位既聰慧又勇敢的女人開玩笑，但她從未開懷大笑。是不是沒有幽默感？或許，經歷過長期苦難的人在克服苦難之後，仍然無法開懷大笑。因爲如果沒有學會如何節制情感，就很難戰勝嚴苛的苦難。

離開之前，呂秀蓮送我爲義賣會而做的手提包和帽子，那是一套在淡黃色布上刺繡蓮花的手工藝品。這是我生平第一次收到這麼樸素又高尚的禮物，我打算把這份禮物當成我家的傳家寶。

「大位不可智取。」她從來沒有意思去取得大位，但最後大位還是自然地找上了她。呂秀蓮認爲這是天意，而民心即天意，也就是說，或許這一切都是台灣人民的心意。

〔附錄〕

新女性・新世界

——專訪呂秀蓮副總統

一、為什麼韓國《大長今》小說作者會撰寫《世界之女呂秀蓮》一書？有什麼特別的機緣？

據我的了解是，作者柳敏珠女士在韓國的《文化日報》看到一篇對我的專訪，深受感動決定寫這本書。剛巧，我們駐韓代表處李在方代表希望讓台灣跟國際多接軌，他知道《大長今》電視劇在台灣非常轟動，因緣際會透過韓國銀杏樹出版社（也就是《大長今》原著的出版社）跟作者接洽，促成柳女士決定來台專訪我的因緣。

因爲我相當忙碌，無法安排長時間專訪；前前後後柳敏珠女士來台灣四次，其中一次我剛好代理民進黨黨主席，並沒有時間和她見面，實際上只進行三次專訪。一九九五年我出過一本《縱橫五十年——呂秀蓮前傳》，把我五十歲以前的前半生都交代得十分清楚了。這本書的內容透過駐外代表處以口譯的方式，讓柳女士對我的背景大約有些了解。

第一次訪談正值三合一——縣市長、議員、鄉鎮長的地方選舉期間，我邀請柳敏珠跟著我下鄉輔選，讓她看看台灣的選舉，那次我擔任輔選的角色，如果是我自己的選舉當然會更精彩。第二次她希望我安排幾個朋友讓她訪談，所以我安排幾位美麗島時代的女性友人：周清玉、許榮淑、藍美津、陳菊，以及資深媒體人楊憲宏等。第三次我代理主席沒有時間讓她訪談，第四次她來了兩天，談得比較深入，但遺憾的是，因為韓國銀杏樹出版社出版時間的限制，所以我擔任副總統的部分，感覺是蜻蜓點水式的寫法，因此本書應該定位在我就任副總統之前的生平。此外，必須說明的是，因爲柳女士是劇作家，有獨特的筆觸和想像力，因此寫作本書很多情節描述是以小說方式呈現，不是嚴謹的傳記寫法，希望讀者閱讀本書時有此了解。

二、為什麼書名用「世界之女」？作者切入的觀點是什麼？

柳敏珠女士在韓國文學界有很高的地位，她才情兼具，訪問完後，我表示是否可以透過口譯讓我了解她究竟是怎麼寫我的。但她說：「對不起，我的文章是不事先讓人家看的。」我也就尊重她，所以在看到譯本之前，我完全不知道她是如何寫我的。

再來，我們完全沒有談到書名，她說書名是她訪談我之後根據靈感來決定。由此可見，她是一個對自己非常有信心，非常執著、有才華的女性。所以我完全不知道她會怎麼寫我，也很好奇她會用怎樣的書名。直到初稿完成銀杏樹出版社的社長親自到台灣來跟我簽約，才告訴我他們用了「世界之女」這個書名。知道後我是很驚訝的，無論如何我自己是不會用這樣偉大的名稱，完全是柳女士以她的角度，從世界的觀點來呈現我。我覺得這本書的特色也就是在用「世界觀」來看台灣女子呂秀蓮。

雖然我生長在台灣小小的桃園，自我大學畢業出國念書，至今幾十年來，我來來回回的在世界各地穿梭，其實花非常多的心力讓台灣與世界接軌。就如書裡描述我在一九八四年辦世界婦女高峰會，及當年我在紐約成立台灣國際聯盟辦公室如何推動台灣加入聯合國，有相當詳細的敘述。柳女士對台灣的國際處境十分同情，她發現我用微薄的力量努力地讓台灣與世界接軌，尤其每次都得跟中國無所不用其極打壓台灣的惡勢力抗撞十分感動。我想這也是她把書名訂為《世界之女呂秀蓮》的原因吧，這是她完全以國際的眼光來寫我。

三、書中有多處將韓國與台灣的女性比較，據您的了解韓國的女性與台灣女性地位有什麼不同？

傳統上，台灣、日本、韓國的女性相當程度受到儒家思想的壓力，所以在社會、家庭以及政治地位來講，處於絕對的劣勢，柳女士自己也有相當的感觸。本書訪談讓她非常感動，尤其在她和周清玉、許榮淑、藍美津三位女性立委談到美麗島時代的故事，她們認爲那一代的女性幾乎都受到我的影響，不只是啓蒙而且是相當大的激勵，所以她們才會走出家庭參與社會及政治運動。

韓國女性在這方面，柳女士認爲不如台灣，所以，她特別敬佩我可以讓台灣的女性地位有這麼大的變化。其實我對韓國女性也有一定的了解。一九七五年我第一次去韓國，相當程度受到韓國歷史上第一位女法官、女律師李兌榮博士的影響，因爲之前她曾到台灣來訪問，我們相互認識。後來亞洲協會安排我到韓國，就在她的婦女相談所實習一個月，她給我很大的啓發。大概後來她們婦運後繼無人，所以不像台灣的新女性運動持續地蓬勃發展。

回過頭來看，我在台灣全力推動婦女運動，三十年來薪火相傳，一代代發展下去，這點讓我感到安慰。韓國的女性運動其實也在努力發展當中，以政治指標來看，他們產生了第一位女性的總理，也有女性黨魁朴槿惠女士，明年她還會參選大統領。我對韓國另一個發現是，兩年前我看了《明成皇后》電視劇，雖然劇情難免虛虛假假充滿戲劇化，但她是韓國歷史上末代皇后，一生的事蹟非常壯烈，對韓國邁向現代化具有關鍵性的影響，我覺得韓國女性本質上是很了不起的，不管貴為皇后還是一般女性，她們都很堅毅，只需要一個機會和動力，她們都可以在各種舞台和男性並駕齊驅。

四、書中特別將您與韓國大國黨黨魁朴槿惠（有可能成為韓國第一個女性總統）相提並論，且指出您與朴槿惠處事與個性的迥異，您的看法呢？

在二〇〇三年，我舉辦一次亞洲婦女論壇，朴槿惠女士應邀來台北參加，朴女士相當客氣，在會場上沒有積極表達她的意見，要離開時我特別安排跟她見面，她說這次會議給她很大的啓示，會見那麼多亞洲傑出的女性菁英，尤其是我。之前她還一直質疑自己是否要直接走上參政之路，因爲過去她扮演的角色始終是她父親朴正熙大統領的好幫手，在母親遇刺之後她一直擔任「第一夫人」的角色，是在第二線的位置，認識我之後給她很大的啓示，所以她決定要走上第一線。果然她回去之後步步高升，領導韓國最大政黨，我很佩服她，也爲她感到驕傲。

在與柳敏珠女士訪談中，我也問到朴槿惠女士的下一步會怎麼走？在韓國人心目中她的地位如何？柳小姐也是一位新女性，她認爲朴女士生長在權貴政治家庭，養尊處優，比較缺乏自主性；我出生在一個非常平凡的家庭，幸而我的家人非常愛我，從小給我良好的教養，鍛鍊我獨立自主、果斷的個性，雖然我一生的遭遇非常崎嶇，相當地悲劇，但我依然走過來。我和朴女士出生背景不同，性格相異，人生際遇也不一樣，不過我對朴女士年輕時歷盡雙親先後被政治暗殺的遭遇，年長又能走出權貴政治開展獨立自主的女性參政之路，十分激賞也由衷祝福。

五、目前世界各國已有多位女性元首，未來女性從政且高居元首之位，是否是一種趨勢？

女性從政且高居元首絕對是一個趨勢！目前有十二個國家的元首是女性，這十二個國家遍布世界五大洲；此外，現任女性國防部長有九位，女性副總統有十三位，而隨時都還會有女性出任高津要職。未來女性參選國家元首絕對會是一個趨勢，這也是人類文明演進必經的階段。其實人類發展的過程中，母系社會一直都存在，只是很多國家因爲禮教或政治的打壓，故意把女性分化；男性的統治哲學是讓女性需要男性！比如婆媳紛爭，兒子一定介在中間；三角戀愛，兩個女人互相打架，明明是男人的錯，卻讓兩個女人互相仇恨廝殺。女性主義者就要戳破這種迷思，告訴女人別傻了，女人跟女人一定要建立最友善的關係。如果女人間彼此不友善，只是方便了男人的統治，女人跟女人之間友善，婆媳之間友善，即使情敵之間都友善，男性就很難擺布女性了。

如果每個國家的決策權都由男性掌握，首先國家資源的分配大權就在男性手裡，男性思維會將這些資源用在好大喜功的方向，對民生疾苦比較不關心，男人喜歡成就豐功偉業，但對人民的幸福可能沒有很大注意。可是相對來看，女性治國的福利、人權保障、生態環保都較完善良好。其實這些才是人民喜歡的。人民痛恨戰爭，可是戰爭可以重振一個國家的歷史或領導地位，男性就是喜歡追求這樣的「豐功偉績」。女性比較踏實悲憫，因此女性參政的趨勢應該是好的。像今年WEF公布全球競爭力前五名的國家瑞典、丹麥、芬蘭、冰島和挪威都是小國，而且有好幾個國家都是女性元首，或國會、內閣有相當高的比例為女性，至少都有百分之三十以上。由此看來，落實兩性共治才能夠確保人類福祉；女性參政並非跟男性爭權奪利，而是藉由兩性共治，男性思維、女性思維、男性價值、女性價值調和在一起，呈現更周密、完善的理念。

從歷史上來看，九十九點九百分比的戰爭都是男性宣戰的，因為女性沒有決策權。戰爭開打，先生或兒子上戰場，女性絕對是受害者，所以女性與其在戰爭後因失去家人而哭泣，為什麼不在戰爭前就有參與決策的權力？女性不要戰爭要和平！國內的某「台獨大老」經常說，不能忍受一個穿裙子的人來作三軍統帥，他最大的迷思是以為戰爭是必要的，如果戰爭發生女性沒辦法指揮三軍。錯了！戰爭是要盡量避免的，當女性主政時最大的職責是要避免戰爭，這才是最高的智慧，也是人民最高的福祉。我要強調男性比較好戰，所以讓女性擔任三軍統帥，可以避免或減少戰爭。

六、請以您的經驗談談女性從政的特質，及需要什麼能力？

我觀察近代各國女性從政，有些國家即使女性掌大權，她依然是「舊女性」，尤其在亞洲國家比較常見，很多東南亞國家很早就有女性領導人，他們的共同特色是家族政治，像印度、斯里蘭卡、巴基斯坦，甚至菲律賓、印尼也都是這樣，祖父、父親或丈夫從事政治，她們是家族承襲的關係，這樣的女性意識不夠明確，她們往往只是男性背後整個龐大政治勢力的代理人而已，我觀察她們多半對女性的地位權益沒有那麼用心。眞正的新女性是以自己的力量，拚鬥出自己的政治實力，我想這大概也是國際上會重視我的原因，他們發現在亞洲各國的女性掌權者，幾乎都是出身於政治世家，權利地位的取得多半與自家男性有關，唯獨我是單打獨鬥出來。不只權力的取得應該靠自己的力量，更重要是有獨立自主的政治能力；有背後強大政治勢力的女性如果取得權位，她多半在施政或決策上會受到背後政治勢力的牽扯，所以本身的獨立自主性比較少。眞正新女性，一方面是單打獨鬥，一方面非常獨立自主，有自己的判斷力，有前瞻性、有願景，能引領大家，我覺得這才是新女性從政的特點。女性從政是一種趨勢，但不可否認除非有龐大的家族勢力、政治勢力，否則女性從政比男性艱辛好幾倍。以我的例子，每一項挑戰沒有不是我自己來克服、面對、突破難關的，女性要參政必須認清荊棘滿地，走這條路有心理準備還不夠，還要加倍認眞，加倍呑忍，更不可認爲取得公權力就可以鬆懈。要加倍努力、學習，展現自己眞正的才能，因爲外界會以更多更嚴厲的挑戰來考驗妳。

七、您對您這一生有什麼自己的看法？您如何論斷您的人生？

我的一生非常曲折、多災多難，十分艱辛。另一方面我在人生的道路上峰迴路轉，所以也比別人幸運、多采多姿，這相當程度是命運給我的挑戰；多采多姿的一面大部分應該是憑我自己的意志力和毅力去克服，才有的美好過程。我這一生中有幾次災難是對我身體的一些挑戰，如小時候因爲百日咳，結果我哥哥買的藥居然是僞藥，讓我全身中毒發黑，送到台大醫院急救，沒死這是一幸；三十歲時突然發現得了甲狀腺癌，以現在的醫學來看是沒什麼，但當時對健康是一個大挑戰；第三次的災難就是二〇〇四年總統大選，三一九兩顆子彈，居然沒有死，也幸運地沒有殘廢。

重要的還是在於外界的挑戰，當然，很多都是我自己的選擇；在我二十七歲，三十多年前，就開始宣傳新女性主義，挑戰男性社會，當時封建又是戒嚴體制，所受到的打擊、政治迫害，不是一般人能想像的，我居然二十七歲就在大談新女性主義痛罵臭男人挑戰威權！後來得癌症歸咎原因大概是因為心力交瘁，是我「咎由自取」，自己要走這條路。

第二個挑戰是「美麗島事件」。我參加黨外運動，特別是在發生事件那一天，大軍壓境，很多男生最後腳底抹油溜掉了，但看軍警未暴先鎮，我就上台拿麥克風沿街吶喊，心裡其實很恐慌。哪像現在紅衫軍圍城，玩得多輕鬆、開心，因為他們心理上沒有恐懼，知道新政府不會亂捉人。我們那時候不一樣，可以說是提著腦袋瓜在從事民主運動。

在美麗島事件發生之前，我是第一個放棄獎學金回台灣的留學生，當年在哈佛大學我大可安安穩穩地念完博士學位，可是我把這機會放棄，選擇回來台灣。上台演講我談台灣的過去、未來，演講的會場人山人海，很多人掉眼淚，那時檢察官都在旁邊蒐證，講到激烈的時候，我心想可能隨時子彈就打中腦袋瓜，像馬丁路德那樣的，當時是抱著非常悲壯的心情在推動民主運動。

我最記得一九七九年十二月十三日早上五點多，我第一個被逮捕，押送到景美看守所，鐵門喀嚓打開，把我丟到囚房裡，然後喀嚓一聲又關起來，在那個小小的房間，我第一個反應是在心裡問：「爸爸，你知道你的女兒被關進牢裡了嗎？」雖然我爸爸過世了，但因為他在養育我的過程中，期待我有所作為，期待我走政治的路。當時我並沒有害怕，只是想說：喔，我終於被捉進來了。

有些際遇是命運安排，有些是家庭影響

回想起來我這一生受家教影響很深，儘管在這樣曲折艱困的環境中，是我父親、母親加上我兄姊給我的支持，讓我走了過來。他們首要的家訓是「誠信」，我父親常說：「牙齒要當作銀」，就是說出來的話，要像金銀財寶那般有價值，說話要有信用！第二個是「正直」，我非常嫉惡如仇，小時候老師強迫我把家境好和不好的同學互調成績名次，我氣得不得了，在大掃除時發動罷工，小小年紀我就對抗不公不正。由此可以看出來爲什麼後來我去推動新女性主義，又爲什麼參加反對運動。當年留學回國後，我在行政院任職科長，是行政院有史以來的第三位女性科長，蔣經國很疼我，但我後來還是離開了，原因是我嫉惡如仇，我反對國民黨的許多不是。

第三，我父母親很慈悲、善良，記得我爸爸年輕時到基隆做生意，看到一群人圍著一隻海龜在叫賣。我爸爸看到這隻海龜掉眼淚，便拿錢買下然後把海龜放生，他就是這樣善良的人。我有今天的成就或許是因爲當年父母積了一些善德。

還有一件事值得一提。當年從大陸撤退來台很多外省人，有些單身漢常在我們家小店的走

廊上遊蕩，父親常常請他們一起吃飯，而且教他們孵豆芽賺錢謀生，有的沒錢買豆子，父親就讓他們賒帳，等賣了豆芽賺錢再還，就這樣有一群外省人被照顧。我競選桃園縣長那年，發現有一群計程車司機，我不認識但他們全部支持我，掛著我的旗子。後來才知道就是當時我爸爸照顧、賒帳、教他們孵豆芽的其中一個人，我們叫他老李。他兒子後來經營計程車行，他爸爸告訴他，能夠在桃園安身立命和我父親的照顧有關，他兒子感念自動回報，所以發動桃園的計程車隊統統來支持我。

我媽媽的脾氣比較剛烈，能力很強，爸爸非常溫順，這有點違背「陽剛陰柔」的刻板印象。這也是後來我提倡女性主義時認為女人不一定溫柔、男人不一定強悍的道理。

有一件事也可以說出來。我大姊素來身體不是很好，母親捨不得讓她出嫁，希望留在家裡多照顧。有一天母親突然帶回一個差不多五歲的小男孩，要大姊收為養子。因為母親在大廟口，看到一個男人在賣兩個小孩，男人說他沒辦法養這兩個小孩，母親看了可憐又想到大姊沒有結婚，於是帶回來這個小男孩。現在看來好像很魯莽的行為，但這是我媽媽發的善心。大姊過世了，大姊的養子前年也過世了，以前我從來不提這一段。我爸媽是很平凡的人，但他們很善良有慈悲心。這些事情對我應該有根深蒂固的影響，我也引以為榮。

其實在爸媽年輕時，他們相當的叛逆，那個貧窮的時代還盛行著童養媳婚配，我媽媽是一戶富家的童養媳，爸爸也另外有童養媳，結果他們居然推翻原本的安排，兩個人自由戀愛結婚，在那個年代簡直不得了！他們不讓我知道這件事情，一直到兩個老人家都過世，我才從姑媽那裡聽來的。我覺得很得意，我會提倡新女性主義、對抗威權等等，一直到當副總統看到不對的事情我還是有意見，我覺得除了父母給我的身教，或許是血脈的延續吧。總而言之，我覺得家庭背景、父母兄姊的身教言教，對一個小孩的未來發展，絕對有很大的影響，如果我這一生中有些際遇是命運的安排，另外一些就是受到家庭的影響；從一個不算富裕甚至是平凡的家庭出生的我，能夠有今天，與其說是天命，其實後天教養和自己的發憤圖強也很重要。

INK PUBLISHING

People 6

世界之女呂秀蓮

作　　者　柳敏珠
譯　　者　金炫辰
總 編 輯　初安民
責任編輯　施淑清
美術編輯　許秋山
校　　對　施淑清

發 行 人　張書銘
出　　版　INK 印刻出版有限公司
台北縣中和市中正路 800 號 13 樓之 3
電話：02-22281626
傳真：02-22281598
e-mail : ink.book@msa.hinet.net
網　　址　舒讀網 http://www.sudu.cc

法律顧問　林春金律師
總 代 理　展智文化事業股份有限公司
電話：02-22533362・22535856
傳真：02-22518350
郵政劃撥　19000691 成陽出版股份有限公司
印　　刷　海王印刷事業股份有限公司

出版日期　2006 年 12 月 初版
ISBN　978-986-7108-94-4
986-7108-94-9

定價　300 元

國家圖書館出版品預行編目資料

世界之女呂秀蓮／柳敏珠 著；金炫辰 譯.
--初版，--臺北縣中和市：INK 印刻，
2006〔民 95〕面；　公分（People；6）

ISBN 978-986-7108-94-4（平裝）
1. 呂秀蓮一傳記

782.886　　95023358

INK

K INK INK INK INK INK INK
INK INK INK INK INK INK IN
K INK INK INK INK INK INK
INK INK INK INK INK INK IN
K INK INK INK INK INK INK
INK INK INK INK INK INK IN
K INK INK INK INK INK INK
INK INK INK INK INK INK IN
K INK INK INK INK INK INK
INK INK INK INK INK INK IN
K INK INK INK INK INK INK
INK INK INK INK INK INK IN
K INK INK INK INK INK INK
INK INK INK INK INK INK IN
K INK INK INK INK INK INK
INK INK INK INK INK INK IN
K INK INK INK INK INK INK
INK INK INK INK INK INK IN
K INK INK INK INK INK INK
INK INK INK INK INK INK IN
K INK INK INK INK INK INK
INK INK INK INK INK INK IN
K INK INK INK INK INK INK
INK INK INK INK INK INK IN